Zu diesem Buch

«Bei einem weihnachtlichen Treffen im heißen Australien kommen Leidenschaften zum Glühen und entladen sich Konflikte, geschürt durch eine geltungssüchtige, egoistische Frau, bis es im buchstäblichen Wortsinn zu einem tödlichen Feuer kommt. Der Roman besticht durch subtile Charakterisierung und dichte Atmosphäre. Der Band ragt, was literarische Qualität und Spannung betrifft, entschieden heraus.» («Salzburger Nachrichten»)

Anna Murdoch, geboren in Schottland, wuchs in Australien auf und lebt heute abwechselnd in London und New York. Sie ist verheiratet mit dem Verleger Rupert Murdoch und hat drei Kinder. Nach dem Schuleintritt des jüngsten nahm sie sich vor, bis zu ihrem vierzigsten Geburtstag nicht nur ihren Studienabschluß nachzuholen (Literatur und Mythologie), sondern auch ein Buch zu veröffentlichen. Beides gelang. Ihr vorliegendes Erstlingswerk ist ein kritischer Roman, aber auch eine Liebeserklärung an Australien, wo sie ihre Jugend verbracht hat.

Anna Murdoch

IN IHREM SCHATTEN

Roman

Aus dem Englischen
von Stefanie Kovacic

rororo
Rowohlt

Die englische Originalausgabe erschien 1985
unter dem Titel «In Her Own Image»
Umschlagillustration Michael Sandmann
Umschlagtypographie Walter Hellmann

Veröffentlicht im Rowohlt Taschenbuch Verlag GmbH,
Reinbek bei Hamburg, Februar 1989

Gesetzt aus der Bembo (Linotron 202)
Gesamtherstellung Clausen & Bosse, Leck
Printed in Germany
780-ISBN 3 499 12329 0

Für
K. R. M.

I

Der Dezembertag, an dem Josie und ihr Sohn ankamen, war so heiß gewesen, daß ein Heuhaufen im Stall unterhalb von BBs Haus Feuer fing. Als BB den grünen Lastwagen mit dem Wassertank auf der Ladefläche zum Stall rasen sah und ihr Schwiegersohn Harry und einer der Arbeiter wie wild auf die Flammen in dem trockenen braunen Gras einzuschlagen begannen, streifte sie ihre Gartenhandschuhe über und lief schnell vom Haus auf dem Hügel hinunter, um ihnen zu helfen.

Als sie den Stall erreichte, hatten die Männer das Heu schon auseinandergerecht, soweit sie es vermochten, trampelten mit den Füßen darauf herum und schlugen mit nassen Jutesäcken auf die Flammen ein, die hartnäckig einmal da, einmal dort emporzüngelten. Die Hunde der Farm rannten bellend herum; häßliche, bläulich gesprenkelte Köter, dachte BB, und Jim, der Verwalter, trat mit seinen Stiefeln nach ihnen.

BB griff sich einen Sack, hielt ihn unter den Wassertank und begann dann, so wie die Männer, auf das Gras einzuschlagen. Jedesmal wenn sie den Boden traf, wirbelte die heiße schwarze Asche um die Ränder des Jutesackes, als wäre der Boden ein Lebewesen und wehrte sich gegen die Attacken. Sie kam sich so schwach vor, weil der Sack so schwer war, und fing daher ebenfalls an, mit den Füßen auf die kleinen Flammen zu stampfen und das Feuer auf diese Weise einzudämmen. Jim beobachtete sie voller Wut, und sein Gesichtsausdruck ließ keinen Zweifel daran, daß seiner Meinung nach eine Frau hier fehl am Platze war. Worauf BB nur noch heftiger auf die Flammen trampelte. Harry fuhr mit dem Lastwagen näher an den Stall heran; der grüne Anstrich der Wellblechwände warf Blasen und blätterte ab. Harry richtete den Wasserstrahl so direkt wie möglich auf den Brandherd. Kleine Bäche von Schweiß rannen über sein rußgeschwärztes Gesicht. BB hielt einen Augenblick inne und wischte sich ihr Gesicht ab.

Aus dem Heu schossen plötzlich Mäuse hervor. Harrys Setter, der bis dahin nicht einmal gebellt hatte, ließ sich nun von der wilden Aufregung der übrigen Hunde anstecken und stürzte sich zielsicher auf eine Maus. Eben wollte er die Maus, die er zwischen den Pfoten hielt, fressen, als BB es bemerkte und «Nein, Ruby, nein!» rief. Der Hund blickte sie überrascht an, bevor er die Maus dennoch verschlang, sich dann davonstahl und im spärlichen Schatten eines Oleanderstrauchs, wo er sich in Sicherheit wähnte, zur Ruhe legte.

Und dann geschah etwas Seltsames, so grausig, daß BB den ganzen Nachmittag noch daran denken mußte. Sie hatte gerade den armen Ruby angeschrien, die Maus fallen zu lassen, als sie auf dem Boden eine kleine, rußgeschwärzte, beinahe bis zur Unkenntlichkeit versengte Maus erblickte, die zusammengekrümmt vor ihrer rechten Schuhspitze lag, und war so heftig daraufgetreten, daß sie die Knochen unter ihrer Schuhsohle krachen hörte. Es war eine reine Reflexbewegung gewesen. Sie hatte aufgesehen und bemerkt, daß Jim sie beobachtete. Die Augen unter der Krempe seines Farmerhutes waren eng zusammengekniffen.

«Angst vor der kleinen Maus?» fragte er in schleppendem Tonfall. Er verzog die Lippen und grinste sie an. BB ignorierte ihn. Ihre Abneigung beruhte auf Gegenseitigkeit.

Das Feuer war nun unter Kontrolle, und Harry fragte: «Bist du okay, BB? Soll ich dich den Hügel rauffahren?»

Als sie in den Lastwagen stiegen, pfiff Harry nach dem Hund, und Ruby sprang in den Wagen, wo er sich zwischen ihnen niederließ. Speichel tropfte von seiner langen, rosafarbenen Zunge.

«Ich hab euch doch auch geholfen, nicht wahr?» fragte BB und schlug zufrieden die Wagentür zu. Harry, an seine Schwiegermutter gewöhnt, brummte nur.

«Ach du liebe Zeit», sagte BB verlegen und wandte ihre Aufmerksamkeit den Löchern in ihren Strümpfen zu, die die Funken hineingebrannt hatten. «Ich werde mich umziehen müssen, bevor sie zu mir kommen. Sind sie schon da?»

«Nein, noch nicht.» Harry setzte den Laster zurück, und BB wandte den Kopf, um einen Blick über die Schulter zu werfen. Jim stocherte gerade lässig in der Asche herum, um sicherzugehen, daß das Feuer vollständig gelöscht war. «Jim –» begann sie, vergaß aber sofort, was sie sagen wollte, weil Ruby zu würgen anfing und BB wieder an die Maus dachte, die der Hund lebendig und in voller

Größe verschlungen hatte; sie fragte sich, ob Ruby wohl Fell und Knochen auf ihr Kleid spucken würde.

Am Nachmittag, als sie auf der Veranda ihres Hauses saß, auf ihre Töchter wartete und den Saum eines Kleides nähte, mußte sie immer wieder daran denken, wie sie die Maus zertreten hatte, ohne einen Augenblick zu zögern; mit ihrer Ferse daraufgetreten war, als hätte sie mit einer Schlange zu tun gehabt. Wenn es natürlich wirklich eine Schlange gewesen wäre, dann hätte sie wohlweislich die Finger davon gelassen und Harry geholt, der sie erschossen oder ihr mit einer Peitsche das Genick gebrochen hätte. Sie hatte ihm einmal dabei zugesehen, als er mit Liz, ihrer älteren Tochter, ausgeritten war. Das war kurz nach Liz' und Harrys Hochzeit gewesen. Es war eine braune Schlange, ebenso tödlich wie ihre Farbe unscheinbar, und sie war plötzlich vor ihnen aufgetaucht, gleich neben der Zufahrt zu ihrem Haus. Liz' Pferd bäumte sich auf, und Harry nahm die Peitsche vom Sattelknauf, schlug ein einziges Mal zu, und die Schlange lag mit gebrochenem Rückgrat leblos da. Das hatte BB damals sehr beeindruckt, und sie sah Harry noch immer in dieser romantischen Rolle, wie er auf seinem Pferd davongaloppierte, um seine Frau zu beschützen. Schade, daß es die falsche Frau war. Liz ist alles andere als romantisch, ein neuer Menschenschlag, dachte BB mit einem Seufzer. Welche Verschwendung. Ja, wenn sie selbst Harry in früheren Jahren kennengelernt hätte, das wäre etwas anderes gewesen. Oder wenn Josie und Harry zueinander gefunden hätten... BB biß den Faden ab und steckte die Nadel in die Spule. Wieder ein Ende, dachte sie.

BB war nicht morbid veranlagt, aber in der letzten Zeit hatte der Tod etwas Faszinierendes für sie. Selbst ein so unbedeutender Tod wie der einer Maus. Was sie an etwas erinnerte.

Sie legte die Näharbeit beiseite, ging ins Haus und überprüfte eine Mausefalle hinter dem Kühlschrank. Der Köder lag noch darin und wartete auf die kleine Besucherin, die ständig an BBs Kabeln knabberte und im ganzen Haus Kurzschlüsse verursachte. Jim war zweimal dagewesen, um das Kabel zu reparieren, hatte sich über sie lustig gemacht und ein solches Durcheinander angerichtet, daß sie sich mit dem Besen und einer Pfanne auf den Knien auf die Stufen gesetzt und gewartet hatte, bis er fertig war.

BB fürchtete sich nicht vor Mäusen. Sie fürchtete sich vor fast überhaupt nichts (außer vielleicht vor Liz' Temperament, und *das* war etwas, dem sie aus dem Weg zu gehen trachtete). Mäuse fand sie interessant: Es interessierte sie, was mit ihnen geschah – nicht, was sie taten. Einmal hatte sie von einem höchst ehrbaren Kindermädchen gelesen, das die Mäuse, die es im Kinderzimmer fing, in einen Eimer voll Wasser zu werfen und mit einer Kohlenschaufel so lange unterzutauchen pflegte, bis sie ertrunken waren. BB war nicht sicher, ob sie zu so etwas fähig wäre. Eine Freundin wiederum, die sie seinerzeit in England gehabt hatte, erzählte gerne davon, wie sie die Mäuse aus den Fallen ins Klo warf und wie es sich anhörte, wenn die Maus hinuntergespült wurde. Das war natürlich damals gewesen, als es noch Speisekammern gab und Kühlschränke und Wasserklosetts eine Neuheit waren; die Zeit, bevor BB Liz' und Josies Vater geheiratet hatte und mit ihm nach Australien ausgewandert war.

BB holte einen Topf und ein Sieb und ließ sich wieder auf der Veranda nieder, auf ihrem Lieblingsplatz: einem unverwüstlichen Rattanstuhl, von dem sie sich nicht trennen wollte. Sie schälte Erbsen für das Abendessen, öffnete die Schoten, die sie aus dem Sieb auf ihrem Schoß nahm, mit einem Knall und warf sie in den Topf, der neben ihr auf dem Boden stand. Sie dachte über Mäuse, über ihre Ehen (was für Katastrophen waren *die* doch gewesen!) und über den Tod nach. All diese Endpunkte beschäftigten BB dermaßen, daß sie sich von den Ideen in ihrem Kopf manchmal geradezu besessen fühlte. Und in diese wirre Gedankenwelt schlich sich, ein ungewollter Eindringling, das Problem, wie sie Liz die Neuigkeit beibringen sollte – die Neuigkeit, die nichts mit alldem zu tun hatte. Einerseits war da Liz' Naturell in Betracht zu ziehen (Harry war immer derjenige, der zu beschwichtigen suchte); auf der anderen Seite – und das war ebenso wichtig wie der erste Punkt – traf es BB in ihrem Stolz, ihre Tochter um irgend etwas bitten zu müssen, weil sie wußte, daß sie hier eigentlich nur geduldet wurde. Als ob man sie bloß gnadenhalber hier leben ließe – genauso wie die Queen ihren Verwandten Asyl in Windsor Castle und Kensington Palace gewährte. Es machte sie rasend, Liz zur selben Kategorie zählen zu müssen. Sie preßte die Erbsenschote, die sie in der Hand hielt, so heftig zusammen, daß die Erbsen über den Boden davonkollerten.

Liz war so selbständig und hatte solches Glück. Warum war nicht Josie Harrys Frau geworden? Das wäre eine feine Sache gewesen. Sie und Josie waren einander ähnlich. BB rückte heftig mit dem

Stuhl, um dem Schatten zu folgen, der ein dunkles Dreieck auf der Veranda bildete. Sie saß nur da, um auf ihre Töchter zu warten, und hoffte immer noch auf die Brise, die manchmal am Nachmittag vom Murrumbidgee heraufwehte. Und dann blickte sie auf und sah die Mädchen den Hügel heraufkommen. Sie nannte sie immer noch Mädchen, obwohl sie längst Frauen waren. Offenbar hatte sie das Auto überhört, als sie sich nach der Löschaktion zurechtgemacht hatte. Sie beobachtete die beiden, wie sie schweratmend in der Hitze zu ihr heraufstiegen. Liz trug einen Hut, dessen Krempe ständig nach hinten klappte und den sie immer wieder energisch zurechtrückte. Die beiden hatten die Straße verlassen und suchten sich ihren Weg durch das kurze, sonnenverbrannte und staubige Gras, und bei jedem Schritt wirbelten kleine Staubwölkchen um ihre Fersen.

BB konzentrierte sich auf ihre jüngere Tochter Josie, die nur fünfzehn Monate jünger als Liz war und die sie seit Liz' Hochzeit vor zwölf Jahren nicht mehr gesehen hatte. Ihr Haar war noch ganz genauso wie damals: dicht, hellbraun und schulterlang. Sie bewegte ihre Arme mit unveränderter Grazie. Sie wirkt sehr jugendlich, dachte BB. Sie hätte Tänzerin werden, bei der Sache bleiben sollen. Und in BBs Herz, das, wie sie zugab, nur wenig mütterliche Gefühle barg, regten sich Interesse, Neugier und vielleicht auch Stolz auf diese Tochter, die ihr so ähnlich war.

BB versuchte, sich über ihre Empfindungen klarzuwerden, während sie aufstand und ihren Töchtern entgegensah, die langsam näher kamen.

In der gleichen Weise hatte sie die Gefühle analysiert, die sie dazu bewogen hatten, die Maus zu zertreten: War es bewußt geschehen, spontan, hatte sie überhaupt darüber nachgedacht? Es kam ihr vor, als wären ihre Gefühle in einem Lexikon enthalten und sie müßte nur den richtigen Begriff heraussuchen, um sie deuten zu können.

Als sie nun dastand und nervös mit den Fingern spielte, probierte sie die verschiedensten Gesichtsausdrücke durch und überlegte, welche Rolle sie spielen sollte. Wie sie diese Tochter begrüßen sollte, über deren Leben sie, offengestanden, so wenig wußte. Eine Fremde, und dennoch eine Fremde, die aus ihrem eigenen Körper gekommen war. Herausgepreßt – so, daß die Muskeln ihrer Vagina auch noch nach einunddreißig Jahren nachempfinden konnten, wie damals der Kopf durchgeglitten war: Es hatte sich angefühlt, als zwinge man eine harte Navel-Orange durch ein zu enges Rohr. Dieses Gefühl verblüffte BB immer noch. Und so ging sie mit einem Ausdruck der Verblüffung von der Veranda in den Garten, ihren Töchtern entgegen.

«Sie hat einen Verehrer», sagte Liz, die einen Augenblick stehenblieb, sich über die Stirn strich und unter der Krempe ihres Hutes hervor zum Haus ihrer Mutter hinaufsah. Josie lachte.

«Es ist schon lange her, daß ich diese Worte gehört habe. In New York haben alle ‹dates›. Läßt mich immer an Dattelpalmen denken, an denen ganze Bündel von Männern hängen.»

«Wenn hier irgend etwas an den Bäumen hängt, dann sind es höchstens Schafe.»

«Verehrer. Das erinnert mich an unsere Schulzeit. Weißt du noch, als damals in Sydney die Furcht vor der Kinderlähmung umging und wir alle in ein Internat in den Blue Mountains verfrachtet wurden?»

«Ja. Sie hat uns einen Tag zu früh zurückgeschickt.»

«Sie hat es sich wirklich nicht leisten können.»

«Blödsinn. Sie hat sich im selben Jahr eine neue Fuchsstola gekauft. Ach, bleib doch einen Augenblick stehen, Josie, und laß mich Luft schnappen.»

Liz nahm den Hut ab und verscheuchte damit die Fliegen, die sich auf ihrem Rücken niedergelassen hatten. Es war verflucht heiß. Keuchend und verschwitzt drehten sich beide Frauen um und blickten den Weg hinunter, den sic gekommen waren. Das Große Haus, Liz' und Harrys Haus, lag unter ihnen, massiv und grau inmitten eines Gartens, der wie ein hellgrüner Edelstein schimmerte. Die Farbe eines minderwertigen Smaragds, dachte Liz oft, und dennoch liebte sie diesen Ort. Der grüne Fleck in dieser braunen Landschaft war etwas Außergewöhnliches.

Wenn der Fluß genug Wasser führte, konnten sie es regelmäßig abpumpen, um das Grün zu erhalten, aber da der Murrumbidgee in diesem Jahr nicht mehr war als ein besseres Rinnsal, mußten sie den Garten nach Sonnenuntergang von Hand bewässern. Der Fluß schlängelte sich gemächlich um das Grundstück und schuf eine runde Halbinsel, auf der die Häuser und die Ställe, die Felder und die Schuppen ohne erkennbare Anordnung verstreut lagen. Die

Bäume in der Flußbiegung schimmerten silbern in der Stille, und dahinter lagen sanft und endlos blau die Hügel des Murrumbidgee-Landes.

«Ich hab vergessen, wie schön Tiddalik ist», sagte Josie, breitete die Arme aus und spreizte die Finger, als wolle sie den Fluß und den Himmel berühren.

«Es ist ein lächerlicher Name», erwiderte Liz. «Hast du gewußt, daß es Großer Frosch heißt? Tiddalik. Cynthia hat es mir erzählt. Der Name stammt aus einer Eingeborenensage über einen Frosch, der das Wasser aus sämtlichen Flüssen und Bächen getrunken und eine verheerende Dürre verursacht hat.»

«Wie sinnig», meinte Josie.

«Ja. Cynthia würde einem den ganzen Tag lang Sagen erzählen, wenn man sie ließe – und dann würde im Haus nichts weitergehen. Ich vermute, daß es genauso ausgesehen haben muß, als die ersten Siedler hier ankamen: trocken und ausgedörrt.»

«Aber es regnet doch manchmal?»

«Aber ja. Sogar in der Sage wird darüber berichtet. Als der Frosch Tiddalik das ganze Wasser ausgetrunken hatte, hatten die anderen Tiere den Einfall, den Frosch zum Lachen zu bringen, damit er das Wasser, das er hinuntergeschluckt hatte, wieder ausspie und sich die Bäche und Tümpel wieder füllten. Sie versuchten also alles mögliche, um den Frosch zum Lachen zu bringen, aber ohne Erfolg. Bis ein Aal zu tanzen begann; da lachte der Frosch endlich. Er lachte so herzhaft, daß sein Maul aufsprang, das Wasser herausströmte und die Dürre vorüber war.»

Josie setzte den Fuß so, daß sie auf dem steilen Abhang einen besseren Halt bekam, und ein riesiger Schwarm Heuschrecken flog aufgescheucht auf und schwirrte lärmend den Hügel hinunter.

«Mit wem trifft Mutter sich?» fragte sie.

«Mit Mr. Doughty, dem Apotheker aus der Stadt.»

«Mr. Doughty? Der lebt noch? Er muß doch mindestens siebzig sein.»

«Zweiundsiebzig. Und er betet sie an. Kann mir nicht vorstellen, warum. Sie gehen am Sonntag gemeinsam zur Messe. Mein Gott, warte nur, bis du sie über Religion reden hörst. Offenbar holt sie da Versäumtes nach. Und ich kann dir sagen, daß sie von Tag zu Tag schwieriger wird.»

«Das liegt wahrscheinlich an ihrem Alter.»

«Du meinst die Wechseljahre? Dann ist sie aber seit dem Tag meiner Geburt in diesem Zustand!»

Eine Fliege geriet in Josies Mundwinkel, und sie spuckte sie angewidert aus. Ihre Schwester lachte; Josie rang sich ein klägliches Lächeln ab.

«Daran gewöhnt man sich nie, egal, wie lange man hier lebt», meinte Liz und schwenkte ihren Hut. «Komm weiter, BB wartet schon auf uns.» Sie setzten ihren Marsch fort, und der Fliegenschwarm ließ sich wieder auf ihren Rücken nieder.

«Du bist dünn», sagte BB anklagend mit einem Blick auf ihre jüngere Tochter, die sich auf die Sofalehne gesetzt hatte. Sie waren nach drinnen gegangen, weil die Sonne auf der Veranda zu heiß war.

Der Raum war dunkel und stickig, die Vorhänge waren zugezogen, die Jalousien heruntergelassen, sogar die Tür ließ BB geschlossen, um die Hitze abzuhalten. Ein Ventilator, der auf einer mit Kleidern fast zur Gänze bedeckten Nähmaschine stand, blies protestierend die heiße Luft wieder und wieder in den Raum. Durch das Summen des Ventilators konnte man das Zwitschern von BBs Wellensittich in der Küche hören. Liz nippte an kalter Limonade, die BB gebracht hatte, und entfernte sorgfältig eine Vogelfeder vom Rand des Glases, bevor sie trank. BB ertappte sie dabei.

«Sei nicht so pedantisch, Liz.» Liz seufzte und lehnte sich zurück, um ihre Mutter und Josie zu beobachten. Wie ähnlich sie sich sahen. Jetzt, da Josie älter war, sogar mehr denn je. Beide waren kleiner und hübscher als sie selbst. Sie hatte sich immer wie der Kuckuck im Nest gefühlt. BB und Josie hatten die gleichen großen braunen Augen, obwohl in BBs Blick immer eine Spur von Zweideutigkeit lag. Ihre Augen spiegelten niemals das wider, was sie wirklich dachte, und folglich schien stets ein Widerspruch zu bestehen zwischen ihrem Mund und den Augen. Josies Augen waren noch immer so, wie sie sie aus ihrer Mädchenzeit in Erinnerung hatte: sanft und verwundbar.

«Du bist dünn», wiederholte BB, «und du klingst... amerikanisch.» Sie sah sie an, als käme Josie von einem anderen Stern.

«Warte erst, bis du Alex hörst», meinte Liz.

«Ich hätte nie gedacht, daß du wie die Amerikaner reden würdest.» BB schüttelte mißbilligend den Kopf. Liz schlürfte geräuschvoll ihre Limonade und zwang sich dazu, sich nicht über BBs eigenen, ganz deutlich britischen Akzent zu äußern.

«Alex ist nicht mitgekommen, weil er so erschöpft ist, das arme Kind», sagte Josie. «Er ist eingeschlafen, kaum daß er in seinem Zimmer war.»

Liz beobachtete ihre Mutter in dem dämmrigen Licht. Sie konnte sich nicht erklären, was sie so nervös machte, nervöser noch als sonst. Sie fuhr mit den Händen über das Tablett auf dem Tisch, verschob den Krug um ein paar Zentimeter, und ihr Finger zog endlos den nassen Kreis nach.

Aber Liz konnte die Gedanken ihrer Mutter nicht lesen, obwohl sie, wie sie glaubte, manchmal verdammt nahe daran war, und Josie redete weiter über New York, und wie schlecht das Wetter gewesen war, als sie vom Idlewild Airport abflogen, und wie sie und Alex beinahe das Flugzeug verpaßt hatten, weil Präsident Kennedy an diesem Tag in New York gewesen und der Verkehr zusammengebrochen war. Liz erklärte, sie würde alles dafür geben, wenn sie in diesem Moment splitternackt in einer Schneewehe liegen könnte.

BB meinte: «Du bist schon so lange von Australien fort, Josie, daß du vergessen hast, wie heiß es hier ist.»

«In New York kann es auch heiß werden», erwiderte Josie, «aber du hast uns ja nie besucht.»

«Ach, es ist so weit weg», seufzte BB, und in ihrer Stimme schwang die geographische Isolation mit, die sie empfand. «Alles ist so weit weg von hier.» Sie sah Liz an.

Liz brummte nur, schloß die Augen und machte es sich auf dem Sofa bequem. Sie fühlte sich wie ein Ballon, aus dem man die Luft ausgelassen hatte. Es war unerträglich stickig, und sie wünschte, BB käme endlich zu dem Thema, das sie beschäftigte – was immer es war. BB spielte mit dem Ring an ihrer linken Hand, der aus drei schmalen Reihen von Steinen bestand (eine für jeden Ehemann, wie Liz boshaft zu bemerken pflegte).

«Wie nett, daß wir zu Weihnachten endlich einmal eine richtige Familie sind, nicht wahr, Liz?» sagte BB. «Es ist so schön für mich, meine Familie endlich einmal beisammen zu haben: ich und du und Josie und mein Enkel und Harry. Und als du mir gesagt hast, daß Josie und Alex rüberkommen, hab ich zu überlegen begonnen.»

Liz öffnete die Augen einen Spalt weit, starrte zur Decke und wartete, daß ihre Mutter weitersprach. Eine Fliege summte unablässig um die Lampe. Liz wartete darauf, daß sie landete.

«Und weil Weihnachten ist und die Zeit für einen Neuanfang und Vergebung und so fort...» BB richtete ihren Blick auf Josie. «Deine Juden haben schließlich auch ihren Tag der Versöhnung, nicht wahr? Alles, was ich habe, sind meine lumpigen Beichten, aus denen ich mir das heraussauge, was der Pater hören möchte.» Ihre braunen Augen richteten sich wieder auf Liz. «Ich habe mir gedacht, es wäre an der Zeit, daß auch ich Buße tue: endgültig und für alle Zeiten. Daher habe ich *meiner* Mutter geschrieben und sie gefragt, ob sie auch kommen möchte.»

Die Fliege summte noch immer im Zimmer herum. BB fuchtelte mit den Händen in die Luft, als wolle sie Fliegen und Unterbrechungen abwehren.

«Ich weiß natürlich, daß es eine Stange Geld kostet, aus England hierher zu fliegen. Aber es kostet mich keinen Groschen. Daphne besitzt die nötigen Mittel und hat den Flug selbst bezahlt. Ist das nicht großartig? Ich hab hier all die Jahre überlegt, daß sie kein...»

Liz unterbrach sie. «Wie lange wird sie bleiben?»

«Nun, das ist das zweite, Liebes.» BB holte tief Luft und trat die Flucht nach vorne an. «Ich habe sie gebeten, zu kommen und hier bei mir zu leben – für immer.»

Die Mitteilung hatte den gleichen Effekt wie ein Stein, der in einen tiefen Brunnen fällt. Kein Geräusch war zu hören. Die Fliege war gelandet. Als der Stein schließlich den Grund erreicht hatte, meinte Liz: «Oh, verdammt, Mutter.» (BB stellte fest, daß Liz sie immer Mutter nannte, wenn sie wütend war.) «Was um alles in der Welt ist in dich gefahren? Sie ist eine alte Dame. Sie ist sehr glücklich und zufrieden in England. Alle ihre Freunde sind dort – hier kennt sie niemanden. Ihr steht nicht einmal in engem Kontakt. Oh, mein Gott.»

«Liz, du hast keine Ahnung. Du solltest ihre Briefe lesen. Sie ist so einsam, das arme Ding. Und das Klima tut ihrem Bein nicht gut. Besonders seit sie im letzten Jahr auf einem Fußgängerübergang von einem Lastwagen angefahren wurde. Man hat ihr die Hüfte nageln müssen, weißt du», erläuterte sie. Josie biß sich in die Lippen. Sie sah Liz an, als wünschte sie, in New York geblieben zu sein.

«Sie hat schreckliche Schmerzen in der Hüfte», fuhr BB fort, und ihre Stimme begann zu zittern. «Sie sitzt da in ihrem Haus in diesem fürchterlichen Dorf in Essex, wo es ständig regnet. Immer regnet. Und die Mäuse!» BBs Stimme wurde wieder kräftiger. «Die Mäuse in ihrem Haus. Draußen ist es nämlich zu feucht. Als ich sie damals besuchte, bin ich auf die Toilette gegangen – und wißt ihr, was darin geschwommen ist? Eine Maus. Eine tote Maus. Mir war zum Kotzen.»

«Allem Anschein nach auch drinnen zu feucht für Mäuse», meinte Josie. Liz war zu wütend, um zu lachen.

«Jedenfalls, ich lebe hier in diesem Haus», sagte BB und schluckte ihren Ärger hinunter, «dank dir, Liz, und Harry. In einem eigenen Zimmer und einem kleinen Garten und soviel Sonne, wie man sich nur wünschen kann.» Sie zerrte mit der rechten Hand an ihrem Rock. «Und ich habe so lange gebraucht, sie zu finden. Ihr habt keine Ahnung, was ich durchgemacht habe. Es war damals nicht einfach für ein Adoptivkind, seine richtigen Eltern ausfindig zu machen. Vielleicht kann ich jetzt all das für Daphne tun, was ich zuvor nie hatte tun können.»

Liz konnte sich nicht länger beherrschen.

«BB, du hast dich nicht im geringsten für sie interessiert, nachdem du sie in England kennengelernt hattest. Nicht im geringsten. Ich weiß, warum du sie herbringst. Du hast herausgefunden, daß sie Geld hat...»

«Das ist eine Lüge!»

«... und dann war sie gleich viel interessanter.»

BBs Mund zitterte.

Mit einem ärgerlichen Ruck hob Liz ihren Hut, der zu Boden gefallen war, auf. «Dann verstehe ich nicht, wie es dir einfallen konnte, eine siebzigjährige Frau...»

«Neunundsechzig», warf BB ein.

«... eine neunundsechzigjährige Frau auf einen fremden Kontinent am anderen Ende der Welt kommen zu lassen. Die Hitze wird sie wahrscheinlich umbringen, wenn sie tatsächlich kommt. Und was willst du hier mit ihr anfangen? Wollt ihr eure Tage mit gemeinsamem Häkeln verbringen? Das ist lächerlich!»

«Könnte sie denn nicht nur einfach auf Besuch kommen?» fragte Josie.

«Zu spät», erwiderte BB, und in ihrer Stimme schwangen Verzweiflung und Triumph mit. «Sie ist schon unterwegs, verstehst du?» Sie zog einen dünnen blauen Luftpostbrief aus der Tasche und strich ihn an ihrem Schenkel glatt, bevor sie ihn Liz gab. «Sie kommt morgen in Canberra an. Ich dachte, Jim oder sonstwer könnte hinfahren und sie abholen...» Ihre Stimme wurde leiser, während sie auf Liz' Reaktion wartete. «Sie wird uns nicht zur Last fallen.»

Liz war wütend, daß man sie so manipulierte. Wieder einmal. Es war immer dasselbe mit BB: Sie überstürzte alles, bevor sie es richtig durchdacht hatte, und erwartete dann, daß die anderen ihr aus den Schwierigkeiten halfen.

Und BB konnte sie immer noch so leicht in die Defensive drängen, als ob sie, Liz, im Unrecht wäre, und BB stand nun als die liebe, rücksichtsvolle Tochter da, die versuchte, sich um ihre betagte Mutter zu kümmern.

«Du hättest es wenigstens mit mir besprechen können», sagte Liz und wußte, wie kläglich sie wirkte. Sie ging zur Eingangstür und öffnete sie, als brauchte sie frische Luft, lehnte sich mit verschränkten Armen gegen den Türpfosten und schaute in den Garten. Sie hörte, wie ihre Mutter hinter ihr aufstand und sie und Josie mit den Gläsern in die Küche gingen. Die Launenhaftigkeit ihrer Mutter war ihr durchaus vertraut, ja, sie hatte schon so lange damit gelebt und darunter gelitten, daß sie eigentlich schon immun dagegen hätte sein müssen. Und dennoch gelang es ihrer Mutter immer wieder, sie genauso leicht aus der Fassung zu bringen wie damals, als Liz ein Kind gewesen war.

So wie damals, als BB mit dem Saxophonspielen begonnen hatte und rund um die Uhr übte, so daß die Mädchen kaum schlafen konnten. Selbst eine Anfrage der Mutter Oberin am Sprechtag, was denn zu Hause los sei, daß die Mädchen immer in der Schule einschliefen, hatte keinen Erfolg. Erst BBs schwindendes Interesse und die Schwierigkeit des Instruments hatten der Sache schließlich ein Ende gesetzt. Durch diese alltäglichen Probleme allerdings hatte Liz gelernt, sich zu behaupten. Sie wurde schon sehr früh zur Ersatzmutter. Sie war es, die Josie am Samstagvormittag zum Ballettunterricht im Palings Building in Wynyard brachte. Sie flocht ihrer Schwester die Zöpfe, rieb ihr, bevor sie zur Schule gingen, mit einem feuchten Tuch die Flecken aus der Jacke. Sie strich ihr die Brote. Und einmal, als Josie Zahnschmerzen hatte und BB nicht mit ihr zum Zahnarzt gehen wollte, weil sie mit dem Gedanken spielte, den Christian Scientists beizutreten, brachte Liz nach der Schule Josie dorthin und ließ den faulen Backenzahn ziehen.

Liz legte eine Hand an den Türpfosten und blickte hinunter auf Tiddalik. Ein kleines Stückchen von dem Anstrich blätterte unter ihrer Hand ab. Das Haus mußte gestrichen werden, aber nicht in diesem Jahr. Zuerst kamen die Zäune an die Reihe. In der Nähe der Hauptstraße gab es einen Abschnitt, wo die Schafe immer durchbrachen. Und sie hatten schon jahrelang keinen Kunstdünger mehr streuen können. Das Land war daher ziemlich ausgelaugt, und sie wollte es unbedingt ertragreicher machen, genauso wie Harry. Aber es war nie genug Geld da. Die Erträge dieses Bodens, den Harry und sie so sehr liebten, lagen im besten Falle knapp über der Rentabilitätsgrenze. Der Regen war immer zu spärlich oder kam zu spät, und der felsige Kalkstein, der die Koppeln wie Rippen durchzog, war der landwirtschaftlichen Nutzung nicht gerade förderlich. Im schlimmsten Falle, in Dürrejahren wie jetzt, mußten sie ihr Konto bei der örtlichen Commonwealth Bank überziehen. Und BB hatte gedacht, Liz hätte Geld geheiratet. Ein kleines schiefes Lächeln huschte über Liz' Lippen, als sie zu den braunen Hügeln blickte, die sie an einen in der Spätnachmittagssonne dösenden Hund erinnerten. Sie wußte, wie ihre Mutter über Harry dachte.

«Kommst du, Josie?» fragte sie über die Schulter.

Josie und BB kamen zur Tür. Liz öffnete das Fliegengitter, und sie traten auf die Veranda hinaus.

«Ich habe noch einige Weihnachtseinkäufe zu erledigen», sagte Liz, «und ich glaube, daß ich das morgen machen werde – wir könnten also bei dieser Gelegenheit Daphne abholen.»

«Oh, ich wußte, daß dir etwas einfallen wird», rief BB, die freudig in die Hände klatschte. Wie sehr doch BBs allzu offensichtliche Erleichterung Liz irritierte!

«Ich werde sie nur abholen», erwiderte sie. «Es war deine Entscheidung, sie hierher zu lotsen, und es ist dein Problem.» Sie fühlte sich wie Pontius Pilatus, während sie die Stufen hinunterstieg. Die Sonne traf sie wie eine Stichflamme, als sie und Josie aus dem Schatten traten.

«Es ist so heiß», klagte Josie. Die Bluse klebte ihr feucht am Rücken. «Macht es euch etwas aus, wenn ich schwimmen gehe?»

«Natürlich nicht. Der Tümpel an der Flußbiegung ist noch tief genug. Vor der Hammelkoppel. Soll ich mitkommen?»

«Nein. Nein, ich möchte gern ein bißchen spazierengehen und mich dann abkühlen. Ich kann dann besser schlafen.»

BB ging neben ihnen die Stufen hinunter. Jetzt, da sie ihre vordringlichsten Probleme gelöst hatte, suchte sie nach weiteren. Und wurde, wie immer, fündig.

«Ach, sieh dir nur meine Geranien an! Wirklich, Liz, das ist eure Katze, sie kommt herauf und frißt sie. Frißt einfach die Blätter ab. Also, das ist wirklich zuviel.»

«Mach nicht die Katze dafür verantwortlich, BB, es sind wahrscheinlich die Opossums», erwiderte Liz. «Und außerdem würde die Katze die Mäuse vertilgen, über die du dich ständig beklagst...»

«Eine Katze würde meinen Wellensittich fressen.»

«... anstatt Jim die ganze Zeit zu belästigen.»

«Es ist mir ganz bestimmt nicht recht, daß Jim hier immer herumhängt.»

«Ja, das haben wir bemerkt.»

Aber BB hörte nicht zu. Sie stocherte schon mit einem Stab in der Erde der Geranientöpfe herum und brach die angeknabberten Blätter mit den Fingern ab. Liz schaute Josie an und hob die Augenbrauen. Beide hatten denselben, unausgesprochenen Gedanken. Verrücktes altes Weib. Und an der Tatsache, daß sie dasselbe über ihre Mutter dachten, erkannte Liz, daß zwischen ihr und Josie noch die gleiche Vertrautheit bestand wie früher. Und es machte sie traurig, weil ihr bewußt wurde, daß sie einander seit Josies Ankunft zum erstenmal richtig in die Augen gesehen hatten. Es machte Liz verlegen, und offenbar hatte es auch Josie verlegen gemacht, denn beide senkten den Blick.

«Auf Wiedersehen, BB», sagte Josie. Aber sie bekam keine Antwort. Die Schwestern trennten sich mit einem unbeholfenen, angedeuteten Winken. Die eine ging zum Fluß, die andere zum Haus: Jede an den Ort, der sie auf Tiddalik am meisten anzog.

2

Liz war froh, das Haus ihrer Mutter verlassen zu können; die klare, trockene Luft zu atmen, die durch keine Geheimnisse vergiftet wurde, um sich herum die Hügel zu sehen, einen hinter dem anderen, in denen sie jede Schlucht kannte.

Sie wußte, was dort war, ohne es zu sehen. Aus der Entfernung konnte sie nichts unterscheiden, aber sie ahnte die kilometerlangen Zäune aus Holz und Draht, die sich um die Koppeln herum, um die Hügel ausdehnten und an Flüssen und alten Gebietsgrenzen endeten. Genauso wie sie die Reihen von Pappschachteln in BBs dämmrigen Zimmern kannte, aber zu ignorieren versuchte. Sie wußte, daß sie dort waren, in den Wandschränken, unter dem Tisch in der Küche, auf der Veranda, auf dem Dachboden. Und ohne hinzusehen, konnte Liz beschreiben, was sich darin befand: Rezepte und Zeitungsausschnitte aus alten Ausgaben des australischen *Women's Weekly*, Haushaltstips, die BB nie befolgen, Gerichte, die sie niemals kochen würde. Da waren vergilbte Seiten aus dem *Daily Telegraph* mit Artikeln über Gartenarbeit und Ratgebern für Verliebte. Blumen, die sie nie gepflanzt, und Ratschläge, die sie nie befolgt hatte. Genauso wie die Träume ihrer Mutter überdauerten sie als quälende Fragmente von Ideen. Hoffnungen, auf die einstmals gebaut wurde, die sich aber nie realisiert hatten. Unter der Nähmaschine, die jetzt kaum noch Verwendung fand, waren weitere Kartons gestapelt, in denen sich halbfertige Pullover und Stoffbahnen befanden. Dreieinhalb Meter blauer und grüner Brokat, im Ausverkauf bei Foy's in Sidney erstanden – «daraus ließe sich ein reizendes Cocktailkleid machen, Liz, wenn ich nur die Zeit hätte, es zuzuschneiden –» Eine Schachtel voll Gingan- und Baumwollstoff und Teile spröder, zerbrechlicher Papierschnitte, mit rostigen Nadeln zusammengesteckt, in einen Kissenbezug hineingestopft, weil «man sie eines Tages wieder brauchen könnte». Da gab es Schachteln und Spulen mit Nähseide, Wollknäuel, herausgetrennte Reißverschlüsse und längst ausgediente Kleider. Und in den Schachteln wiederum andere Schachteln, Schuhkartons mit Knöpfen, Haken und Ösen, ausgeleierte Gummibänder, gehäkelte Wollreste in schreienden Farben, die man, laut BB, «nur zusammenheften müßte, und schon hätte man einen reizenden Überwurf oder einen Schal oder eine Babydecke. Man kann nie wissen, wann man so etwas braucht.»

Diese Dinge, die Liz nicht oft sah, die aber immer präsent waren, deprimierten sie so sehr, daß sie es, soweit irgend möglich, vermied, BBs Haus zu betreten. Sie weigerte sich, dort zu essen, weil es in der Küche genauso schlimm aussah, abgesehen davon, daß die Kartons hier an Stelle von Zeitungsausschnitten Küchengeräte und Geschirr enthielten, das meiste davon zerbrochen oder unbrauchbar und vieles noch immer unausgepackt, im selben Zeitungspapier wie damals, als BB eingezogen war. Weiß der Himmel, was in manchen dieser Schachteln steckte: schimmliges Tomatenketchup, dachte Liz mit Schaudern. Oder alte Karotten, die vielleicht durch den feuchten Kartonboden, durch das Linoleum hindurch in der Erde unter dem Haus Wurzeln geschlagen hatten. Ihr wurde übel, wenn sie daran dachte.

Aber es war nicht nur der Schmutz im Haus ihrer Mutter, nicht nur die Verwahrlosung, die Liz deprimierten – es war die Unordentlichkeit an sich. Die Unordentlichkeit von BBs Leben. Für Liz standen die Kartons stellvertretend für sämtliche Fehler ihrer Mutter. Liz dachte darüber nach, während sie den Hügel hinunterwanderte. Die Sonne brannte ihr auf den Nacken, selbst durch das Stroh ihres Hutes hindurch. Sie dachte über BBs Unfähigkeit nach, eine Sache bis zum Ende durchzuziehen, etwas abzuschließen, das sie einmal begonnen hatte. (Und die wenigen Dinge, die sie tatsächlich abschloß, endeten immer in einer Katastrophe.) Wie konnte BB mit all diesen Erinnerungen an mißglückte Starts und gebrochene Versprechen leben? So vieles, das unerfüllt blieb. Es gab Zeiten, in denen Liz auf dieses Haus aus der Sicherheit ihres eigenen Hauses blickte und es als Schiff auf hoher See in diesem braunen Land sah, das ständig unter vollen Segeln fuhr – aber immer im Kreis. Das Haus war die Ursache der Verstimmung zwischen BB und Jim. Verrückter alter Jim, dachte Liz, die selbst wenig Zeit für ihn hatte. Aber Jim hatte ursprünglich in dem Haus auf dem Hügel gelebt, nach dem Tod von Harrys Vater, und als BB sich auf Tiddalik niederließ (und Liz bedauerte nichts mehr, als in dieser Sache den Mund aufgemacht zu haben), gab man ihr das Haus auf dem Hügel, weil es Liz' und Harrys Haus am nächsten lag und weil es am zweitbesten zu Fuß zu erreichen war. Jim hatte sich nicht wirklich beklagt; dazu verehrte er Harry zu sehr, in den er seit seiner Kindheit vernarrt war. Er war ohne aufzumucken in ein Schafschererhaus im Hochland gezogen, zwei Kilometer oberhalb der Schuppen, in denen die Schafe geschoren wurden. Aber er war verletzt, fand immer wieder Wege, seinen Unmut zu zeigen, und machte abfällige Bemerkungen; so zum Beispiel bezeichnete er BB als «dieses verkommene Barmädchen» – aber nur, wenn Liz außer Hörweite war.

Und BB hatte nichts dazu beigetragen, die Übergangszeit zu erleichtern. Als sie Jims Habseligkeiten im Haus vorfand, hatte sie diese ins Freie, mitten in die Einfahrt gelegt, «so daß alle Welt sie sehen konnte!», wie Jim stotterte (als ob irgend jemand außer der Familie und den Tieren diese Straße frequentierte). Aber Jim wurde ganz starr vor Stolz und Wut beim Anblick eines alten Aschenbechers mit einem Deckel aus Chrom, oder des vergilbten Bildes eines preisgekrönten Kalbes, das aus der Lokalzeitung ausgeschnitten war und in einem zerbrochenen Plastikrahmen steckte. Und einmal stand ein angeschlagener Porzellannachttopf mit handgemaltem Blümchenmuster stundenlang in der Einfahrt, bis Jim vorbeikam, ihn eilig und voller Zärtlichkeit aufhob, mit kaum verhohlener Wut unter seinem Hemd verbarg und stolz den Hügel hinunter zum Lastwagen marschierte.

Liz hatte es anfangs amüsant gefunden zu beobachten, wie Jims Krimskrams aus dem Haus geschafft wurde und dafür der Krimskrams ihrer Mutter einzog. Aber die Lage besserte sich nicht. Die Mißstimmung schwelte weiter – in vielen geringfügigen Vorkommnissen und gegenseitigem Ignorieren, um schließlich in regelmäßigen Abständen in bitteren Anklagen zum Ausbruch zu kommen, wenn die mühsam verdeckte Feindseligkeit offen zutage trat.

Liz hatte die Ebene erreicht und ging auf die Stallungen zu. Sie fragte sich, ob Harry die Arbeit schon beendet hatte oder ob er noch im Büro war. Er schien dort neuerdings mehr Zeit zu verbringen als auf den Koppeln. Wissenschaftler spielen, nannte sie das. Harry hatte es schon lange aufgegeben, Liz die Ergebnisse seiner Zuchtexperimente zu erklären. Er hatte viel Zeit dafür aufgewendet. Sie waren sich nicht einig darüber, wie die Farm geführt werden sollte: Liz wollte eine rasche Änderung – schließlich war sie es, die die Händler bezahlen mußte –, doch Harry träumte von einer Verbesserung auf lange Sicht. Er wollte bessere Schafe züchten, das war alles. Die Dürre, unter der sie gegenwärtig zu leiden hatten, kam jedenfalls keinem von beiden zugute.

Der Stallkomplex auf Tiddalik war ein hübsches, niedriges Gebäude aus grauen Kalksteinblöcken, die von Hand bearbeitet waren, so daß die Winkel und Flächen, die das Beil nicht erreicht hatte, den roten Lehm des Bodens, aus dem sie stammten, sehen ließen. Auf dem Weg vom Haus ihrer Mutter zu den Stallungen kam Liz zuerst an den Gehegen vorbei, in denen die Schafe für den Eigenbedarf geschlachtet wurden. Heute nachmittag lagen drei Lämmer blökend in der Hitze, bewacht von den Hunden, die im Schatten unter dem Wassertank angekettet waren und wie immer heulten.

«Ach, seid doch still», rief Liz und warf einen kleinen Stein in Richtung der Hunde. Die Tiere legten einen Augenblick lang ihre schwarzen Schnauzen auf die bläulich gesprenkelten Pfoten, bis Liz in sicherer Entfernung war, und begannen dann von neuem mit ihrem Gejaule.

Liz kam zum Büro und stieß die schwere rotlackierte Tür auf. Nach der gleißenden Helle mußten sich die Augen erst an die Dunkelheit des Raumes – Harrys Stolz und Freude – gewöhnen. Büro war eigentlich ein zu großes Wort. Früher hatte man es als Lagerraum für Getreide verwendet, und die Luft schien immer noch erfüllt zu sein von dem feinen Geruch. Hoch oben an der Wand befand sich ein kleines Fenster, in dem eine Glasscheibe fehlte. Ein alter, cremefarbener Kühlschrank, dessen Anschlußkabel in der Lücke im Fenster verschwand, stand geräuschvoll summend in einer Ecke. Von der Decke hing eine einzige nackte Glühbirne. Die Wände waren vor einem Jahr getüncht worden, und eine Schwarzweiß-Luftaufnahme von Tiddalik, auf der die Koppeln mit roter Tinte eingezeichnet waren, hing schief an einem Nagel. Liz rückte das Bild mit einem Finger gerade. Ein schäbiger Schreibtisch, der früher einmal lackiert gewesen war, ein Stuhl. Der Schreibtisch war vollgeräumt mit Stapeln von Schriften über Viehhaltung (auf dem Kühlschrank lag noch mehr davon), Prospekten und Broschüren über Schafzucht und -krankheiten, einigen Büchern zum selben Thema, einem Mikroskop, einer Lampe (mit herabbaumelndem Kabel), einer länglichen Schachtel mit Glassplittern, einigen Bleistiften, ein paar Kugelschreibern, einem Lineal und einer Flasche Tinte (blauschwarz). Liz nahm eine Broschüre zur Hand und überflog sie. Du liebe Zeit, wie konnte Harry all dieses Zeug nur lesen? Liz schob das Lineal einen Zentimeter beiseite. Über dem Schreibtisch hing ein Kalender, den der örtliche Viehzüchterverband jedes Jahr schickte; das prächtige Farbfoto zeigte rötlichbraune schottische Rinder, die saftiges grünes Gras fraßen. Die Kalender sahen jedes Jahr gleich aus. An einem Nagel daneben hingen Harrys Zuchttabellen; die Blätter flatterten im Luftzug, der durch die offene Tür kam.

Obwohl Liz Harrys Fachsimpelei über Schafzucht schon nicht mehr hören konnte (seit zwölf Jahren hörte sie dieselbe Leier), liebte sie diesen Raum: wegen seiner Ordnung – alles lag an seinem Platz. Wahrscheinlich ist es das, dachte sie, die Sehnsucht nach Ordnung, die sie und Harry einander so ähnlich machte, obwohl diese Vorliebe bei Harry wahrscheinlich angeboren war, während sie sie sich erst anerzogen hatte.

Liz, die die Ordnung liebte, die sie sich selbst auferlegt hatte, überblickte das Zimmer und fühlte, daß sie, bloß indem sie hier stand, alles zusammenhielt. Einen Augenblick lang hatte sie die lächerliche Vorstellung, daß alles auseinanderfallen würde, wenn sie sich bewegte. Also verhielt sie sich ganz ruhig in Harrys Reich und lauschte den Geräuschen der Farm: den Hunden, den blökenden Schafen, dem Summen des Kühlschranks und der Generatoren. Für Liz waren es gute Geräusche, die zuverlässige Bestätigung, daß ihre Welt in Ordnung war. Alles an seinem Platz, nichts, das sie überraschen konnte.

In ihrem Haus – das genaue Gegenteil von BBs Haus – war es genauso. In ihrer Küche waren sogar die Gewürze in den Regalen alphabetisch angeordnet. Cynthia, die ihr im Haushalt half, meinte, daß sie den tieferen Sinn dieser Maßnahme nie begreifen würde, und überhaupt, warum konnte Zimt nicht neben Paprika stehen? Und die Handtücher im Wäscheschrank, die waren ein eigenes Kapitel. Liz faltete sie immer auf spezielle Weise und stapelte sie nach Farbe und Größe. Cynthia, in deren Augen das nicht den geringsten Unterschied ausmachte, räumte sie nach eigenem Gutdünken ein, und es bereitete Liz ein perverses Vergnügen, die Handtücher ungeordnet vorzufinden, weil ihr das in regelmäßigen Abständen den Vorwand verschaffte, sie alle herauszuzerren und auf dem Fußboden zu verstreuen. Und dann konnte Liz sie aussortieren, die Borten geradeziehen, die ja einliefen, sorgfältig Kante auf Kante legen und sie dann nach Farben ordnen, so daß die abgerundeten Kanten wie flauschiges Wellblech wirkten und es eine Freude war, sie anzusehen. Manchmal, wenn Liz durch die Diele ging und am Wäscheschrank vorbeikam, öffnete sie dessen Türen, um die ordentlich gestapelten Handtücher zu betrachten (wobei sie sich zuerst überzeugte, daß Cynthia nicht in der Nähe war, denn schließlich war das Mädchen erst achtzehn, und Liz wollte sie nicht verletzen), bis es Cynthia im Laufe der folgenden Wochen schließlich nach und nach gelang, die Handtücher «so einzuräumen wie immer».

Das Geräusch des Lastwagens, der mit Getöse in den Hof einfuhr, und das ungeduldige Gehupe brachten Liz wieder in die Gegenwart zurück. Sie schloß die Tür hinter sich und trat in das Sonnenlicht hinaus. Harry saß am Steuer des Lastwagens. Die Hofhunde, die er mitgenommen hatte, und Ruby lagen auf der Ladefläche. Die Hunde unter dem Wassertank begrüßten ihre Artgenossen mit Gekläff. Harrys Gesicht unter dem breitkrempigen Hut drückte Beunruhigung aus. «Ist Jim hier?» rief er laut, um das Bellen zu übertönen.

«Nein», antwortete Liz, während sie auf ihn zuging. «Ich hab ihn nicht gesehen. Was ist los?»

«Seine Stute läuft herrenlos die Zufahrt hinauf. Er ist gleich nach dem Essen auf Peg ausgeritten. Bei den alten Ställen war ein Feuer ausgebrochen, und wir haben uns die Arbeit geteilt.» Während er sprach, trabte Peg in den Hof. Die Zügel schleiften, so daß sie die Hufe höher heben mußte als gewöhnlich. Harry stellte den Motor ab, befahl den Hunden, ruhig zu sein, und stieg aus. Liz ging schon auf das Pferd zu, das die Ohren zurückgelegt hatte, und sprach besänftigend auf das Tier ein.

«Komm her, Peg, komm her.» Liz faßte die Zügel, und Peg war sofort fügsam. Rasch überprüften sie und Harry, ob Peg sich etwas gebrochen hatte, und als sie nichts finden konnten, führte Harry sie in den Stall, wo sie ihr Sattel und Zaumzeug abnahmen. Liz rieb das Pferd mit der Satteldecke trocken.

«Er sagte, ein Schaf oben in der Osage Orange-Koppel hätte ein bösartiges Geschwür im Auge», erklärte Harry, während er in seiner charakteristischen Haltung – mit gespreizten Beinen, die Hände an den Hüften – dastand. Als er den Rücken durchstreckte, zuckte er zusammen, und Liz bemerkte es, wie sie alles an ihm bemerkte, sagte aber nichts.

«Der alte Schuft ist vielleicht runtergefallen. Ich seh wohl besser nach, was mit ihm los ist.»

«Ich komme mit», sagte Liz. «Josie ist schwimmen gegangen, und Alex schläft tief und fest.»

Sie stiegen in den Lastwagen, und Harry startete den Motor. «Wie geht es ihnen?» fragte er.

«Es geht ihnen gut.»

Pause.

«Alex ist ein lieber Kerl. Er ist Josie wie aus dem Gesicht geschnitten. Die gleichen braunen Haare. Die gleichen Augen.»

Längere Zeit saßen sie schweigend nebeneinander. Ihre eigene Kinderlosigkeit war ein zermürbender Streitpunkt. Sie fuhren auf die Hauptstraße zu. Liz verbrannte sich den Arm am metallenen Fensterrahmen, als sie sich dagegen lehnte.

«Hat BB die beiden schon gesehen?»

«Sie hat Josie gesehen. Aber BB wollte mich sehen. Mein Gott, Harry, du hast keine Ahnung, was sie getan hat. Sie hat ihre Mutter eingeladen, hierherzukommen. Um hier zu leben!»

«Ich dachte, ihre Mutter sei tot?»

«Ja, ihre italienische Mutter. Sie meint Daphne. Ihre richtige Mutter. Die sie schließlich in England gefunden hat. Erinnerst du dich, als sie im ersten Jahr unserer Ehe nach England fuhr? Sie hatte sich kurz zuvor von dem Leichenbestatter scheiden lassen und eine Anzeige in der Zeitung aufgegeben, auf die eine ihrer Cousinen geantwortet hat.»

Harry lachte. Es war herzhaftes Lachen, und er legte dabei den Kopf zurück. Liz starrte auf seinen Adamsapfel.

«Das ist typisch BB», sagte er. Er schüttelte ungläubig den Kopf. Nichts, was seine Schwiegermutter tat, konnte ihn überraschen. Einmal hatte er sie ertappt, als sie bei einem Platzregen mitten auf der Einfahrt vor ihrem Haus saß und ihr Haar vor Nässe am Schädel festklebte. «Was machst du da?» hatte er sie, gut geschützt in seinem Regenmantel, gefragt.

«Es ist einfach zauberhaft», hatte sie zurückgeschrien. «Komm und sieh selbst!» Aber es war nichts zu sehen gewesen außer Schmutz und Schlamm. Liz meinte, der einzige Grund, warum er BBs Exzentrik mit solchem Gleichmut hinnehmen konnte, läge darin, daß sie sich noch nicht richtig mit ihm angelegt hatte. Aber das würde schon noch kommen. Ja, das würde noch kommen, und ob er dann noch lachen würde?

«Ich finde das überhaupt nicht lustig», sagte Liz. «Ich bin irrsinnig wütend. Sie hatte kein Recht dazu. Und du weißt, wer dann alles am Hals haben wird – du und ich. Innerhalb einer Woche hat sie von der alten Dame genug, das sag ich dir.»

«Na ja, das kannst du doch noch nicht wissen.»

Harry hielt den Lastwagen an und stieg aus, um ein Gatter zu öffnen. Liz schlüpfte auf den Fahrersitz und lenkte den Wagen über die Rampe. Früher hatten sie kein Gatter und keine Rampe gebraucht, aber nun kamen die Leute mit Lieferwagen von Canberra heraus, und sie hatten bereits ein paar Hammel eingebüßt. Vor einigen Monaten hatte Harry hier die abgehackten Läufe eines Junghammels gefunden, und sie hatten das Gatter angebracht.

Als Harry wieder hinter dem Steuer saß, fuhr Liz fort: «Wenn es jemanden gibt, den ich kenne, Harry, dann ist es meine Mutter. Ich würde mich nicht darauf verlassen, daß sie mich zum Frühstück rechtzeitig weckt.»

Sie hatten die Osage Orange-Koppel erreicht, so benannt nach den Bäumen an ihrer westlichen Grenze, die ständig ihre grünen, nicht eßbaren Früchte abwarfen.

Beide entdeckten Jim gleichzeitig, der unter einem der Bäume saß, an den Stamm gelehnt, eine leere Flasche neben sich.

«Er ist besoffen», sagte Liz und preßte die Lippen zusammen. «Wieder einmal.»

Harry fuhr zu den Bäumen hinüber.

«Armer alter Kerl», meinte er.

Sie hielten den Lastwagen an und stiegen aus. Liz verschränkte die Arme und blickte auf Jim hinunter. Ihre Stimme klang wütend.

«Harry, du wirst ihn loswerden müssen, wenn er so weitermacht. Er ist keine Hilfe für dich.»

«Keiner von uns ist vollkommen, Liz», erwiderte er, während er sich hinunterbeugte und den alten Mann ohne Anstrengung aufrichtete.

«Du wirst dir den Rücken ruinieren», rief sie.

Er achtete nicht auf sie. «Komm schon, du alter Schuft, ich helf dir in den Lastwagen.»

Die Wärme in seiner Stimme machte Liz nur noch wütender. «Ach, es ist hoffnungslos, mit dir zu reden. Hoffnungslos. Er nützt dich nur aus. Niemand anderer würde ihm einen Job geben!»

«Das glaube ich auch», erwiderte Harry.

Liz unterdrückte mit Mühe eine scharfe Antwort. Es machte sie rasend, wenn Harry so verdammt gönnerhaft war, besonders wenn beide wußten, daß er recht hatte. Er stritt fast nie mit ihr, und weil er es nie tat, hatte sie immer das Gefühl, er sei im Recht. Sie sah zu, wie Harry Jim auf den Lastwagen bugsierte und ihn zwischen die

Stapel von Jutesäcken bettete, als wäre er ein Baby. Die Hunde leckten Jim das Gesicht ab.

«Verschwinde, Ruby», befahl Harry.

«Hörst du mir zu?» Liz stand noch immer mit verschränkten Armen da.

«Also, ich versuche, es nicht zu tun, meine Liebe», antwortete er. Er grinste. Sie fühlte sich noch machtloser, weil sie ihn nicht in Wut bringen, ihre Frustration nicht an ihm auslassen konnte. Mit einem unterdrückten Seufzer schwang sie sich in den Wagen, schlug die Tür zu und zündete sich eine Zigarette an, während Harry sich hinter das Steuer klemmte, ihr das Knie tätschelte und den Motor anließ.

In der Küche des Großen Hauses (niemand wußte, woher diese Bezeichnungen stammten, man nannte die beiden Häuser ganz einfach schon immer Großes Haus und Haus auf dem Hügel) schälte Cynthia Kartoffeln. Sie arbeitete konzentriert und dachte gerade an ihr Brautkleid, als sie das Geräusch des Lastwagens und die Hupe hörte. Sie überlegte, daß ihr das Kleid vielleicht noch passen würde, wenn sie die Nähte ausließ. Die Hupe ertönte neuerlich. Zum Teufel mit allen Männern, dachte sie, als sie vorsichtig von ihrem Stuhl rutschte und schwerfällig durch die Küche trottete. «Hilfst du uns, Cyn?» rief Harry von draußen.

Cynthia zwängte sich durch die Hintertür, wobei sie ihr Gewicht sorgfältig ausbalancierte. Das Kind sollte im Januar kommen, und sie hatten den heißesten Dezember, an den sie sich erinnern konnte. Sie hatte so lange gebraucht, bis Jim einwilligte, sie zu heiraten! Wenn er sich nicht vorher noch schnell aus dem Staub macht, dachte sie. Sie mußte ihn fesseln wie ein störrisches Pferd, ja, das mußte sie tun.

«Er ist total im Eimer, Cyn», sagte Harry, als sie ums Haus herum zur Ladefläche des Lastwagens kam, wo Jim glücklich und stockbesoffen zwischen Jutebündeln und dem leeren Wassertank lag. Er lächelte sie dümmlich an, während die Hunde wedelnd sein Gesicht ableckten.

«Ach, Jim», rief sie, «was hast du angestellt?» Ihre dunkelbraunen Augen spiegelten die Resignation in ihrer Stimme wider. So, als sähe sie ihre Zukunft schon vor sich, die ihr keine Überraschungen bot.

Jim begann rülpsend zu singen: «Einst kauft ich eine Weide auf rauhem und felsigem Grund...» Er verlor den Faden und summte zwischendurch: «Tralalalala, tralalalala... dem Upper Murrumbidgee. Das Gras ist eher karg, das stimmt. Aber, tralalalalalala... Die Schafe haben eine herrliche Aussicht hoch droben auf den Felsen.»

«Das hilft dir jetzt auch nicht weiter, Jim», sagte Harry und kletterte zu ihm auf die Ladefläche. Als er Jim aufhieven wollte, faßte dieser nach seinem Arm.

«Es stimmt, nicht wahr? Ich werde nie ein eigenes Zuhause haben, oder? So ist es, ist es doch. K-arge K-lüfte des Murrumbidgee.» Er stotterte und rülpste. Über seiner linken Augenbraue war eine Schnittwunde, und das Blut war auf dem Lid eingetrocknet und verkrustet.

«Das hier ist dein Zuhause, du besoffener alter Schuft», meinte Harry, packte Jim unter den Achselhöhlen und schleifte ihn zur Rampe der Ladefläche. Jim war schwer wie Blei. Die Frauen bemühten sich, ihm vom Wagen herunterzuhelfen. Jim grapschte nach Cynthia.

«Gib uns einen Kuß, Cyn.»

«Wir legen ihn ins Hinterzimmer, bis er seinen Rausch ausgeschlafen hat», schlug Liz vor.

Das war ein selten benutzter Raum, in dem sich außer einem alten, abgewetzten Sofa kaum etwas befand. Eine Tür führte zur Veranda, die um das ganze Haus herumlief. Liz und Harry hoben Jim vom Lastwagen herunter und kämpften sich mit ihm zur Tür. Cynthia stützte ihn, bald mit den Armen, bald mit dem Bauch und stolperte mit. Sie stieß die Tür auf, und mit Mühe gelangten sie auf die Veranda. Aus der Küche drang der Duft von Rosmarin und Lammfleisch. Das erinnerte Jim an ein anderes Lied, und er begann, keuchend vor sich hinzusummen. Cynthia öffnete die Tür zu dem kleinen Zimmer, räumte einige Kisten und Teile einer zerbrochenen Milchkanne weg und trat zur Seite, während Liz und Harry Jim auf das schäbige braune Sofa betteten.

«Du liebe Zeit, diesmal ist er wirklich im Delirium», sagte Cynthia, die sich daranmachte, ihm die Stiefel auszuziehen. «Wo haben Sie ihn gefunden?»

«Oben in Osage Orange, vergnügt wie einen Schneekönig», antwortete Harry, während er seinen Hut abnahm und sich über die Stirn wischte.

«Er wird noch so enden wie mein Pa», meinte Cynthia kopfschüttelnd. Sie sah kurz Harry an, und ihre Augen füllten sich mit Tränen. «Genauso wie mein alter Herr. Was für eine Schande.» Sie zog Jim die Stiefel aus, und ein Schwall von Blut schoß auf den Boden.

«Er ist so stockbesoffen, daß er nicht einmal merkt, wo er verletzt ist.»

Liz verließ das Zimmer und ging über die Veranda in die Küche, um eine Schüssel mit Wasser und ein Desinfektionsmittel zu holen. Harry legte Cynthia die Hände auf die Schultern.

«Er wird wieder okay, Cyn. Wasch ihn und laß ihn dann seinen Rausch ausschlafen.» Er ging zur Tür.

«Mr. Barton?»

Harry blieb stehen und drehte sich um.

«Danke.»

Er nickte und ging hinaus.

Jim öffnete ein Auge. «Gib uns einen Kuß, Cynthia, wo doch alle weg sind.» Cynthia beugte sich über ihn, um ihm das Hemd auszuziehen.

«Komm schon, Cyn.»

«Du bist ja besoffen wie ein Bierkutscher», sagte sie zu ihm, aber in ihren Augen spiegelte sich Zärtlichkeit. Dem Alter nach hätte er ihr Vater sein können, aber er war nett zu ihr. Er hatte sie niemals geschlagen, nie etwas von ihr verlangt, das sie nicht geben wollte. Er war nie gemein zu ihr gewesen wie manche Nonnen in dem Heim, die immer so lieb zu ihrem schwarzen Gesicht gewesen waren, wenn die Priester und die Monsignori zu Besuch kamen, und die sie an den Haaren gezogen und in die Ohrläppchen gekniffen hatten, wenn sie ihre Hausaufgaben nicht verstand. Nur ein paar von ihnen, aber gerade an die erinnerte man sich gewöhnlich.

Er nahm ihre Hand und hielt sie fest.

«Du riechst nach Suppe und Kartoffeln. Was für gute, saubere Gerüche. Gib uns einen Kuß, Darling.» Er hob den Kopf und rieb sein Kinn an ihren Brüsten, die prall von Muttermilch waren.

«Sei nicht kindisch», lachte sie, «nicht jetzt.» Aber sie ließ ihn einen Augenblick lang gewähren und stellte sich vor, wie es sein würde, wenn sie den Mund ihres Kindes an ihren Brüsten spürte. Und dann wich sie zurück, als Liz mit einer weißen Emailschüssel und dem Erste-Hilfe-Kasten unter dem Arm ins Zimmer kam.

«Danke, Mrs. Barton», sagte sie und nahm Liz die Schüssel ab. Sie blickte zu Jim. Er war eingeschlafen.

«Na sowas. Das tut mir leid», meinte sie. Sie kniete sich neben das Sofa.

«So kann es nicht weitergehen, Cynthia, das weißt du», sagte Liz und beobachtete Cynthia, die den Schnitt auf Jims Stirn reinigte und sich dann der Wunde an seinem Fuß zuwandte. «Wir sind im Moment ziemlich knapp an Leuten: Es gibt jetzt nur noch Jim und Reilley. Harry muß sich auf Jim verlassen können.»

«O ja, ich weiß. Aber machen Sie sich keine Sorgen, Mrs. Barton. Sie sind sehr gut zu mir gewesen, mit dem Baby und allem. Jim wird bald wieder okay sein. Wirklich. Er ist in letzter Zeit nur ein bißchen durcheinander. Sie verstehen, wegen mir und dem Baby und der Hochzeit. Er hat es so lange geschafft, sich vor der Ehe zu drücken, daß das alles wahrscheinlich ein bißchen ein Schock für ihn ist. Sie können nicht damit fertigwerden. Männer, meine ich. Er braucht nur mich, damit er ein anständiges Leben beginnt, das ist alles. Und Sie wissen, daß er alles für Mr. Barton tun würde. Alles. Er würde seine Seele für ihn verkaufen, wenn er es müßte.»

Cynthia nahm die Bandage in die Hand, schnitt ein Ende in zwei lange Streifen, verknotete sie und verband Jims Fuß. Unter ihren langen schwarzen Fingern sah der Verband sehr weiß aus.

«Warten Sie nur, bis wir verheiratet sind. Er wird sich ändern. Ich werde ihn zurechtbiegen, das verspreche ich.» Schwerfällig stand sie auf, nahm die Schüssel mit dem blutigen, schmutzigen Wasser und verließ gemeinsam mit Liz schweigend das Zimmer.

Cynthia blieb in der Küche, und Liz machte sich auf die Suche nach Harry. Er war im Badezimmer im Erdgeschoß und wusch sich Gesicht und Hände. Sie wollte ihm sagen, wie dumm es von ihm war, Jim zu behalten. Mit Jim wurde es immer schlimmer. Und wie, um alles in der Welt, sollte sie mit der Sache mit ihrer Mutter und mit Daphne fertigwerden? Und jetzt, da Josie und Alex hier waren, und Cynthia hochschwanger, konnte sie sich nicht um alles kümmern; die Probleme drohten ihr über den Kopf zu wachsen. Aber statt mit Harry zu zanken, legte sie die Arme um ihn und stand einen Augenblick da, das Gesicht an seinen Rücken gepreßt. Sonst war sie nicht so überschwenglich, und sie spürte, wie sich seine Rückenmuskeln unter dem verschwitzten Hemd anspannten. Er hielt einen Augenblick inne, die Hände voller Seife, nur für einen winzigen Augenblick, aber beide registrierten das Zögern. Er roch nach Schweiß. Heute, in dieser angespannten Stimmung, die die Anwesenheit ihrer Familie heraufbeschworen hatte, empfand sie Harrys Erdverbundenheit als beruhigend. Der scharfe Geruch störte sie nicht – und deshalb sagte sie einmal nicht: «Um alles in der Welt, dusch dich doch vor dem Essen.» Es störte sie nicht.

Was sie störte, was sie mehr störte, als sie zugeben wollte, war Cynthias unschuldige Liebe zu Jim. Dieser alte Gauner. Aber es erinnerte sie daran, wie sie früher immer über Harry gedacht hatte. Auch sie hatte früher dieses euphorische Gefühl gehabt, den unerschütterlichen Glauben, ihn ändern zu können. Und zuerst hatte sie nicht einmal geglaubt, daß er es überhaupt nötig hätte. Sie starrte auf das Gewebe seines Polohemdes. Früher hatte sie in Harry einen Gott gesehen – nein, das war wahrscheinlich ein zu starkes Wort, aber ganz gewiß hatte sie ihn früher für mutig und edel gehalten. Hatte gespürt, daß sie in die tiefsten Abgründe seiner Seele blicken konnte, da er makellos war. Wie sie selbst? Wie sich die Dinge doch änderten! Gleichgültig, wie sie versuchte, sich selbst zu betrügen, indem sie die Konstanten in ihrer Umwelt in einer bestimmten Weise anordnete – die Dinge veränderten sich, hatten sich verändert, aber sie konnte nicht herausfinden, ob Harry oder sie selbst daran schuld war.

Manchmal, so wie jetzt, die Arme noch immer um ihn geschlungen, fragte sie sich, ob er es auch spürte. Daß das, was sie vielleicht geteilt hatten, sich verflüchtigte, wobei aber Spuren zurückblieben, ein Dufthauch, wie von einem ausgerauchten Parfum. Hatten sie sich in all den Jahren einfach zu sehr aneinander gewöhnt? Aber in der Vertrautheit lag doch Trost. War das Liebe? War es das, wozu Liebe wurde? Sie hatte niemals etwas Tröstliches oder Vertrautheit bei BB oder ihrem Vater bemerkt, ganz bestimmt nicht, solange sie zusammen waren. Manchmal glaubte Liz, daß vielleicht für jeden nur ein bestimmtes Quantum Liebe vorgesehen war und sie ihren Teil schon abbekommen hatten, sie und Harry; und nun war Cynthia an der Reihe. Cynthia, die unter dem physischen Beweis der Liebe anschwoll. Liz dachte plötzlich an Harrys Zuchttabellen, die im Wind flatterten. Und ihre eigene Kinderlosigkeit kam ihr zu Bewußtsein.

«Was ist los?» fragte Harry und griff nach einem Handtuch.

«Ach, nichts», erwiderte sie, während sie die Arme von ihm löste und im Badezimmerspiegel ihr Gesicht sah. Wie blaß sie war unter der sonnengebräunten Haut! Wie leer sie sich fühlte. Wie eine dieser vertrockneten Schoten, die draußen in den Eukalyptusbäumen hingen: hübsche, bronzegrüne Hülsen. Harry hatte ihr einmal gesagt, sie hätten die Farbe ihrer Augen. Das war natürlich damals, in den alten Zeiten, gewesen. So hübsche Hülsen, aber spröde und zerbrechlich. Für sie waren es altehrwürdige Glücksbringer, und manchmal, wenn sie nach dem Abendessen draußen saßen, brach sie die Schoten von der papierartigen Baumrinde und legte sie sich im Halbkreis um den Ausschnitt ihres Pullovers oder ihrer Bluse, wie eine Halskette aus altmodischen Granaten.

Sie stand in dem hohen, kühlen Badezimmer auf den schwarzweißen Fliesen und sah zu, wie sich ihr Mann das Haar kämmte. Sie beobachtete, wie er sich selbstbewußt über den Hinterkopf fuhr, dort, wo das dichte hellbraune Haar unmerklich dünner wurde. Das blaue Hemd spannte über den Schulterblättern. Sie wollte ihn berühren, doch sie konnte die Arme nicht heben.

Er war eitel. Sie wollte ihn reizen.

«Ist diese ganze Zeremonie für mich?»

Er hängte das Halstuch auf und sah sie an.

«Was glaubst du?»

Er lächelte ihr zu, berührte sie nicht, wich ihr aus, um zur Tür zu gelangen. Er sah so verdammt gut aus.

«Harry», sagte sie, «wußtest du, daß die römischen Gladiatoren nur einen Meter fünfzig groß waren?»

Er lachte laut auf und öffnete die Tür. «Und weißt du, daß du BB jeden Tag ähnlicher wirst?»

3

Josie war den ganzen langen Weg zum Fluß hinunter gegangen, dankbar, nicht mehr im Haus ihrer Mutter zu sein, sondern in der endlosen Weite der Koppeln und Hügel. Der Himmel war hoch, unendlich und konturlos wie ein Schneefeld in ihrer neuen Heimat, so daß Josie am liebsten ihre Fußstapfen darin hinterlassen hätte. Sie hob einen Eukalyptuszweig auf, zerdrückte die Blätter und atmete das starke Aroma ein. Es war wie der erfrischende Ausbruch von

Freiheit nach der Stickigkeit von BBs Haus. Und BBs Ansichten. Josie hatte es vermeiden wollen, schon am allerersten Tag ihres Besuchs in BBs Netze verstrickt zu werden, und hatte gedacht, daß ihre eigene Willenskraft dazu ausreichen würde. Nun war sie nicht mehr so sicher.

Sie warf die Blätter fort und kämpfte sich durch das Dickicht der Büsche weiter zum Fluß hinunter. Sie sah den Murrumbidgee durch die Bäume schimmern wie ein kühles Versprechen.

Wunderschöner Fluß. Er erinnerte sie an den Hafen von Sydney, dessen Wasserfläche heute morgen durch das Fenster des Flugzeuges geleuchtet hatte; so hell, daß ihr von dem Widerschein an den silbernen Tragflächen die Augen schmerzten. Hallo, alte Freundin, hatte er ihr zugerufen. Wie du dich verändert hast! *Du* hast dich nicht verändert, hatte sie gedacht, während sie hinunterblickte und Alex die Aussicht erklärte. Ihre Heimatstadt. Das Wasser funkelte hier immer. Selbst an trüben Tagen war es ihr wie Stahl vorgekommen, der nie seinen Schimmer verliert. Sie erinnerte sich lebhaft daran, daß das Wasser im Hafen damals, als sie ein kleines Mädchen gewesen war, genauso geleuchtet hatte. 1942.

Das Wasser hatte durch die Bäume geschimmert. Sie hatten eine Mietwohnung am McMahon's Point, sie und Liz und BB. Geld war knapp, und BB hatte sich wieder ihren Schneiderkünsten zugewendet, um über die Runden zu kommen. Es war eine verrückte Zeit. Alles wurde anders. Eine Zeit des Umbruchs. Es war Krieg. In Sydney gab es Verdunkelungsbefehl. Das Grace Brothers Building und das Marcus Clark Building waren für Militär- und Regierungszwecke in Beschlag genommen worden.

Auch die Körper der Mädchen veränderten sich; Liz und Josie hatten gemeinsam ihre erste Packung Monatsbinden gekauft, und BB, erfüllt von ihrer eigenen Sinnlichkeit, aber unfähig, sich zu der ihrer Töchter zu bekennen, drückte Liz ein Heft mit dem Titel: «Was bedeutet Menstruation?» in die Hand, und damit war ihre Aufklärung abgeschlossen.

Josie machte in diesem Jahr gerade eine religiöse Phase durch. Sie schwärmte für eine der Nonnen in der Schule und verbrachte viel Zeit damit, mit einer schwarzen Wollweste um den Kopf und einem weißen Handtuch, das sie sich um die Stirn gebunden hatte, in der Wohnung am McMahon's Point herumzuspazieren. «Sehe ich wie eine Nonne aus?» fragte sie Liz immer wieder, während sie sich im

Spiegel betrachtete. Liz blickte dann von einem Buch auf. «Du siehst verrückt aus», befand sie mit brutaler Endgültigkeit, bevor sie sich wieder in ihr Buch vertiefte.

Es war das Jahr, in dem ihr Vater sie verließ. Er war zu alt, um eingezogen zu werden, und sein Zivilberuf – Schlosser und Dreher – war nicht mehr gefragt. Die Industrie konzentrierte sich ausschließlich auf Rüstungsbetriebe, und Vater erzählte ihnen, daß er nach Melbourne gehen müsse, wo er in einer Fabrik Arbeit finden könne. Das sagte er ihnen an dem Morgen, an dem er fortging. «Kümmert euch um eure Mutter, bis ich wieder zurück bin.» Sie waren in der Küche. Er trug seinen einzigen Anzug aus braungestreiftem Wollstoff mit breiten Rockaufschlägen, und BB saß auf seinen Knien, in einem rosafarbenen wattierten Morgenrock, und seine Hand, mit den unvermeidlichen schwarzen Rändern unter den Fingernägeln, ruhte auf dem Satin. Die Mädchen waren verlegen angesichts dieses ungewohnten Zeichens von Zuneigung. Und dann war er fort. Josie nahm daraufhin an, Liebe bedeutete, jemand anderem weh zu tun. Eine verwirrende Lektion, die BB durch ihr Verhalten nur noch bestärkte.

Kurze Zeit, nachdem Vater fortgegangen war, entschied BB, daß sie nicht länger Kleider für Kunden nähen könne, die nie termingerecht bezahlten. So gab sie also die Schneiderei auf, und die Kleider hingen, teilweise fertig, zum größten Teil aber unfertig, an ihren Bügeln an den Türen und Wänden des Wohnzimmers und im Vorzimmer. Sie suchte einen Job und fand einen – als Bardame im örtlichen Pub, dem «Prince of Wales» in der Blues Point Road. Damals, im Januar, traf eine große Zahl alliierter Truppen ein, und die Stadt quoll über von Betriebsamkeit und Gewalttätigkeit. BB ging sogar so weit, sich ihr Haar blond zu färben. «Man lebt nur einmal», sagte sie. Sie begann, von Blauen Orchideen und Menzies Mannequins zu sprechen, sagte nach jedem Satz: «Ist das nicht irre?» und nannte jeden Apparat ein «Dings». Und dort im Pub lernte sie während ihrer Dienstzeit auch den Journalisten kennen.

Sie nahm ihn ein- oder zweimal mit nach Hause, und die beiden saßen dann im Wohnzimmer und küßten sich. Einmal konnte Josie es nicht länger ertragen, kostümierte sich mit der schwarzen Wollweste und dem weißen Handtuch und marschierte ins Wohnzimmer, vorbei an den Geisterkleidern mit fehlenden Ärmeln und herabhängenden Säumen, und sagte: «Entschuldige. Ich muß nur mein

Gebetbuch holen.» BB meinte nur, sie solle sich nicht so dumm anstellen, aber ab diesem Zeitpunkt brachte sie den Journalisten nicht mehr mit nach Hause. Wenigstens nicht, solange die Mädchen da waren.

Statt dessen blieb sie einfach immer länger aus. Die Mädchen krochen ins Bett – sie hatten immer zusammen in einem Doppelbett geschlafen –, schmiegten sich aneinander und lauschten auf die Wellen, die am Ende der Straße ans Ufer plätscherten. Jedesmal, wenn eine Fähre ankam, plätscherten und schlugen die Wellen lauter. Ein oder zwei Autos fuhren vorbei, die Scheinwerfer abgedunkelt mit braunem Packpapier, aber manchmal traf ein schwacher Schein die Wand des Schlafzimmers. Und dann, welche Erleichterung! Liz und Josie hörten den Schlüssel im Schloß und sahen BBs Schatten durch die offene Tür über ihr Bett huschen.

«Bist du es, Mami?» – «Pst. Schlaft doch.» Und sie drehten sich um und kuschelten sich aneinander und ließen sich in den Schlaf fallen, in dem sie sicher waren, sicher, sicher, sicher. Sie war da, nur durch eine dünne Wand von ihnen getrennt, dünn wie eine Membrane, und sie würde kommen, wenn sie nach ihr riefen, und ihr Nachthemd, seidig wie ihr Schatten, würde sie streifen, wenn sie sich über sie beugte. Wenn sie großes Glück hatten und BB einen besonders liebevollen Tag, kam sie zu ihnen ins Bett, legte sich zwischen sie, und sie schmiegten sich alle aneinander. Josie hielt ihre Mutter fest, fühlte unter der Seide die verbotene Geschmeidigkeit ihrer Brüste und ihres Leibes an ihrem eigenen, mageren Körper. Nahm den Duft auf, den so femininen Geruch, manchmal süß, manchmal wie Moschus. Den öligen Duft des Haars, in dem eine Spur von Tabakrauch hing. Den trockenen Atem, der Josie an Gewürznelken erinnerte.

Aber eines Nachts kam BB nicht nach Hause. Liz und Josie hatten sich im Bett aneinandergeschmiegt, aber sie hatten immer noch Angst, da die Dunkelheit in dieser Nacht besonders undurchdringlich war und die Straßenbeleuchtung nicht funktionierte. Sie hörten das Plätschern des Wassers gegen die Hafenmauer. Es kam Josie vor, als befände sie sich auf einer Insel, die langsam vom Meer aufgefressen wurde. Liz war aufgestanden und hatte aus dem Zimmer ihrer Mutter Vaters riesenhaften Soldatenmantel geholt, den er während seines Militärdienstes – vor ihrer Geburt – getragen hatte. Liz breitete ihn über sie beide, und schließlich schliefen sie ein. Einmal wachte Josie erschreckt auf, weil sich die Schulterknöpfe in ihrem Haar verfangen hatten. Am Morgen war BB noch immer nicht da. Liz zog Josie und sich an, kämmte Josie das Haar und strich ihre Frühstücksbrote. Am Nachmittag, als sie wieder nach Hause kamen, lag ein Telegramm unter der Tür. Sie lasen es, während sie sich Brote mit Erdbeermarmelade zurecht machten. Das Brot in seiner Wachspapierhülle war heiß, weil es den ganzen Tag in der Sonne auf den Stufen vor der Haustür gelegen hatte. «KOMME NICHT NACH HAUSE STOP RUFT DAD AN: MELBOURNE 28718. KÜSSE MUM.»

Und so machte sich also BB auf die Suche nach ihrem Glück, und Vater kam zurück. Sie wohnten weiterhin am McMahon's Point, und Vater fand eine Stelle als Portier in einer Schule, wo er sich um den Boiler kümmern mußte. Er haßte den Job. Er war ein sanfter Mensch, aber er kam über seine Niederlagen nicht hinweg. Von einem Journalisten und von Gott weiß noch wem Hörner aufgesetzt zu bekommen und schließlich beinahe nicht mehr arbeitsfähig zu sein, untergrub jegliches Selbstvertrauen, das er gehabt hatte. Die Mädchen mußten zusehen, wie er schrittweise verfiel, bis er sich schließlich ganz aufgab. Es aufgab, in der Früh aufzustehen, so daß er arbeitslos wurde, was ihm als Vorwand diente, den ganzen Tag im Bett liegen zu bleiben. Es aufgab, sich zu rasieren und zu pflegen. Es schließlich aufgab, um seine Gesundheit zu kämpfen. Die Krankheit in seiner Lunge wurde immer schlimmer, und er wurde in die Klinik in Surrey Hills gebracht. Liz und Josie durften die Station, auf der er lag, nicht betreten. Sie waren Kinder. Nur BB, die in einem Anflug von Mitleid wieder aufgetaucht war, durfte ihn besuchen. Sie erzählte ihnen, daß er sie nicht einmal ansehen wollte. Und Josie wußte, daß der Schmerz über ihre Rückkehr sein Ende beschleunigt hatte. BB schob ihn ein letztes Mal in seinem Rollstuhl auf den Balkon hinaus, von wo er ihnen, die unten in der Crown Street standen, kraftlos zuwinkte. Das war nicht mehr er selbst, dachte Josie. Realer als sein Tod war der schreckliche Gestank der Toohey-Brauerei, den sie noch in der Nase hatte, während sie und Liz traurig den Hügel zum Bahnhof hinunterwanderten, um den Zug zum Circular Quay zu erreichen.

So kam BB also zurück, zunächst ohne Journalisten, und dachte, sie könne dort weitermachen, wo sie aufgehört hatte. Als wäre das Leben ein Strickzeug, das sie in eine Ecke gelegt hatte und das sie nun, weil sie Lust dazu verspürte, wieder hervorholte.

Das lag so viele Jahre zurück, alles alte Geschichten, dachte Josie jetzt. Aber es schmerzte noch immer, wenn sie daran dachte. Und all der Schmerz – wozu? Nachdem BB urplötzlich ihre Meinung geändert und den Journalisten geheiratet hatte, scheiterte die zweite Ehe noch rascher als die erste. Und ihre dritte und letzte Ehe war sogar noch kürzer.

Josie hatte den letzten Zaun vor dem Fluß erreicht, als eine leichte Bewegung, die sie aus den Augenwinkeln wahrnahm, sie zum Stehenbleiben veranlaßte, und drei kleine Wallabies plötzlich aus einem Strauch vor ihr auftauchten. Sie sah zu, wie sie leicht und graziös über das Gras und die umgestürzten Bäume hüpften und dann den Zaun zwischen Koppel und Fluß mit einem einzigen eleganten Sprung überwanden; dann verschwanden sie mit synchronen, fließenden Bewegungen am sandigen Ufer. Ihr Anblick befreite Josie von ihren Erinnerungen, und zügig ging sie im goldenen Licht der Sonne weiter, die noch im Untergehen glühte und lange Schatten auf die trockene Erde warf. Über ihrem Kopf surrte ein Schwarm lärmender Kakadus – eine weiß-gelbe Wolke, die von einem fahlen Baum zum anderen flog. Und dann brach ein Gezänke los, und eine schwarze Elster, die kreischend durch den dunkelblauen Himmel schwirrte, wurde von zwanzig, dreißig, vierzig Vögeln angegriffen, die auf sie herabstießen und in einer wahren Lärmorgie über sie hinwegfegten.

Alex wird es hier gefallen, dachte Josie, während sie am Ende der Koppel über den Zaun kletterte. Büschel fettiger Schafwolle hingen auf dem Stacheldraht. Sie befühlte sie mit den Fingern. Wie weich und zerknittert die Wolle war. Oh, ja, Alex würde es hier gefallen. Ihrem Großstadtkind, das Weite mit Freiheit gleichsetzte. Eine Vorstellung, die, wie Josie wußte, falsch war.

Der Fluß führte wenig Wasser, und das Ufer war sandig. Josie streifte die Sandalen ab und lief auf das Wasser zu, dorthin, wo der Sand sich in Schlamm verwandelt hatte. Warm sickerte er durch ihre Zehen. Sie wollte unbedingt schwimmen und entschloß sich, in der Unterwäsche ins Wasser zu gehen. Niemand war zu sehen. Sie zog Rock und Bluse aus und warf sie hinter sich auf den trockenen Sand. Sie watete ins Wasser, bis die kühlere Strömung an den Knien ihr sagte, daß der Fluß tiefer wurde, und sie warf sich hinein und tauchte unter. Als sie den Tümpel an der Flußbiegung erreichte, tauchte sie noch tiefer. Aber das Wasser war dunkel, und auf dem Grund waren Baumstümpfe, die gegen ihre Beine stießen, und der Gedanke an einen mächtigen Flußgott, der vielleicht das gleiche tun könnte, trieb sie rasch wieder an die Oberfläche.

Josie schwamm zum Ufer zurück. Sie fühlte das leichte Zerren der Strömung – das war heute beinahe gar nichts, so träge rann der Fluß dahin. Sie watete zur Böschung, breitete ihren Rock aus und legte sich darauf, um in der Sonne zu trocknen. Sie lag auf dem Bauch, lauschte, wie das Blut in ihren Adern pochte, wie ihr Herz schlug, fühlte die Hitze des Bodens unter sich, die Sonne über sich und beobachtete, wie sich die Sonnenstrahlen im Prisma eines Wassertropfens auf ihrem Arm brachen. Sie fühlte sich eins mit dem Wasser, dem Sand und der Sonne, so, als hätten diese Elemente sie geschaffen. Zum erstenmal, seit sie New York verlassen und Michael auf dem Flughafen Lebewohl gesagt hatte, fühlte sie sich entspannt.

Den Kopf auf dem Arm untersuchte Josie die Sandkörner an den Härchen ihres Unterarms, und wenn sie den Kopf ein wenig drehte, konnte sie über dem Ufer das Haus ihrer Schwester sehen, das majestätisch, erhaben und grau auf seiner grünen Kuppe ruhte. Wie sehr sie sich dieses Haus einst gewünscht hatte! Die Fenster im Obergeschoß mit den heruntergelassenen Jalousien und den Markisen wirkten wie eine Vermummung; das Haus erinnerte Josie an das Bild eines Falken mit verbundenen Augen, das sie einmal in einem Buch gesehen hatte. Es hatte sich nicht verändert, seit sie und Liz zum erstenmal hier gewesen waren.

Sie mußte lächeln, als sie daran dachte. Harrys Schwester Julie hatte sie zu einer Party eingeladen. Julie hatte auch Michael, den amerikanischen Studenten, eingeladen, weil er so «exotisch» war. Damit meinte sie, wie Josie später herausfand, daß er Jude war. Josie und Julie waren Freundinnen. Sie besuchten die Beryozka-Ballettschule in Sydney. Nach dem Unterricht trafen sie sich immer mit Liz (die von den Zeichenstunden kam), und die drei warfen ihr Geld in einen Topf und gingen in Repins Coffee Shop in der Darlinghurst Road, wo sie gemeinsam einen Käsetoast aßen. Sie kicherten über die Gegenwart und schmiedeten phantastische Pläne für die Zukunft, eine Zukunft, die herrlich vor ihnen ausgebreitet lag, ein leeres Blatt Papier, das nur darauf wartete, beschrieben zu werden.

In diesem Jahr war Harry zur Royal Easter Show in die Stadt gekommen. Liz und Josie waren ihm zuvor nie begegnet, obwohl

Julie ständig von ihrem gutaussehenden Bruder erzählte, der selten die Farm verließ. Julie nahm Josie zur Landwirtschaftsschau mit, wo auch die Schafe aus Tiddalik zu sehen waren – aber sie wußten beide, daß sie Josie nur mitschleppte, damit sie ihren Bruder kennenlernte.

Julie hatte mit ihrer Beschreibung nicht übertrieben. Harry sah außerordentlich gut aus. Von all den Tagen, die er im Freien verbracht hatte, waren seine Haut und seine Haare so sonnenverbrannt, daß sogar die Augenlieder, wie Josie sich erinnerte, goldfarben glänzten. Er lächelte gern und oft, und dieses Lächeln hatte eine verheerende Auswirkung auf alle Mädchen, die ihm unterkamen.

Tiddalik hatte einen dritten Preis für seine Wolle errungen, und um zu feiern, luden Harry und seine Schwester einige Freunde zum Abendessen ein. Michael war dabei, und Liz. Sie hatten sich alle in ein Taxi gezwängt und sausten die William Street zum Cross hinauf.

Damals und dort, glaubte Josie, als sie in dem klapprigen Taxi gegeneinandergeschleudert wurden wie farbige Scherben in einem Kaleidoskop, beschloß das Schicksal, mit ihrem, Harrys und Liz' Leben zu spielen.

In der Stadt hatte Harry unsicher gewirkt, seinen weichen, breitkrempigen Hut nervös mit den Fingern zerknüllt. Aber als sie nach Tiddalik kamen, um an dem Picknick in der nahen Provinzstadt teilzunehmen, ihre schönsten Kleider sorgfältig in Reisetaschen verpackt, schien Harry in die Landschaft zu passen wie Rinde an einen Baum. Die Unbeholfenheit, die er in Sydney gezeigt hatte, so anziehend sie war, wurde hier durch eine wohltuende Übereinstimmung mit dem umliegenden Land ersetzt. Er besaß eine gewisse Anmut, eine Art, sich langsam und sicher zu bewegen, die bei einem so kräftigen Mann überraschend war. Ob er sich nun mit dem Vieh beschäftigte, sein Pferd sattelte oder mit seinen Freunden lachte und ihnen die abenteuerlichsten Geschichten erzählte, oder ihnen, den unerfahrenen Großstadtkindern, demonstrierte, wie geschickt er mit einer Büffelpeitsche umgehen konnte – immer verbreitete er einen Charme, dem sowohl Josie als auch Liz erlagen. Selbst Michael konnte Harrys Freundschaftlichkeit schwer widerstehen. In diesem Jahr, erinnerte sich Josie, waren die Kirschbäume überladen mit Früchten, und die Mutter bat Harry, hinauszugehen und die Vögel zu verscheuchen. Er rollte die lange Viehpeitsche aus und knallte so leicht und mühelos damit, daß die Schläge im ganzen Tal wie Gewehrschüsse widerhallten und Josie, die ihn von einem Fenster im Obergeschoß beobachtete, sich fragte, wie stark wohl seine Arme sein mochten. Die alte Mrs. Barton ertappte Josie bei diesem Blick aus dem Fenster auf ihren Sohn, und Josie wurde rot und zog den Kopf zurück.

An jenem Wochenende, dachte Josie, als sie jetzt, zwölf Jahre später, am Flußufer lag, hatten sich die verschwommenen Schatten des farbigen Glases, das zwischen den Spiegeln gefangen war wie die Sonne in einem Wassertropfen auf ihrer Hand, verschoben und neu formiert, und Liz hatte ihr anvertraut, daß sie sich in Harry verliebt habe. Als Josie sich daran erinnerte, drehte sie sich unbehaglich um, und eine Ameise krabbelte über ihren Finger und biß sie. Josie spuckte auf den Finger und rieb ihn mit Sand ab.

Am nächsten Morgen waren sie zu den Picknickgründen hinausgefahren, das massive graue Steinhaus hinter sich lassend, das von Glyzinien und Efeugirlanden umrankt war, als wolle es sich über seinen eindrucksvollen Anblick lustig machen. Der Picknickkorb im Fond des Wagens war randvoll mit Köstlichkeiten: Da waren dicke Schnitten hausgemachtes Brot, belegt mit zartem Lammfleisch; Gläser mit eingelegten Walnüssen von den alten Bäumen im Obstgarten; Flaschen mit Senf und Würze, Sekt und Ingwerbier; sorgfältig in Leinenservietten gehüllte Kristallgläser, und neben einer zerbrechlich aussehenden, hohen, mit Sahne und Maulbeermarmelade gefüllten blassen Biskuittorte lagen saftige, mit Marzipan und Eis verzierte Fruchtkuchen. Im Deckel des Picknickkorbes waren Teller und Messer und Gabeln mit Elfenbeingriff verstaut. Diese Üppigkeit und die seltenen und schönen Gegenstände beeindruckten sowohl Liz als auch Josie.

Es hatte den ganzen Tag geregnet, und sie hatten alle zuviel getrunken. Der Sekt war warm und schal geworden, und ihre Strohhüte waren vom Regen aufgeweicht. Sie verbrachten die meiste Zeit des Tages damit, sich immer wieder ins Auto zurückzuziehen, um ihr Haar zu ordnen oder die schmutzigen Schuhe zu säubern. Am Abend waren die Landstraßen ein einziger Morast. Unter viel Gelächter schoben sie den alten Humber, den Harry Bertha nannte, aus dem schlammigen Feld heraus, in dem er geparkt war. Dann krochen sie in den Kegeln des Scheinwerferlichts auf der Straße dahin, während es unaufhörlich weiterregnete. Julie, die darauf bestand, die Nüchternste zu sein, lenkte, Michael und noch ein dritter saßen neben ihr, Liz und Harry und Josie hatten sich in den Fond des Wagens gequetscht, und ein gewisser Pete oder Peter lag stockbesoffen über ihren Knien.

Sie sangen Strophen von Schlagern und starrten in die Sintflut hinaus. Der Himmel hatte nun im wahrsten Sinn des Wortes seine Schleusen geöffnet, und sie wünschten, die Fahrt würde nie enden, denn die Erregtheit und die Nähe ihrer jungen Körper ließ sie dunkel die Vergänglichkeit aller Dinge ahnen. Der starke Geruch des nassen Grases auf ihren Schuhen, der Geruch nach feuchter Stärke, die aus den zerdrückten Kleidern der Mädchen rann, der Geruch nach Sekt und Tabak, all das vermengte sich mit dem Geruch der alten Ledersitze. Es war wie ein Elixier für ihre benebelten Sinne, und sie ließen eine weitere Flasche Sekt herumgehen. Sie tranken direkt aus der Flasche, und ihre Münder füllten sich mit Schaum.

«Einen Toast! Einen Toast!» schrie Harry.

Liz kreischte laut auf. Ihre Hemmungen hatten sich verflüchtigt wie die Schaumperlen, die den Flaschenhals hinunterrannen.

«Worauf, Harry? Worauf?»

«Auf... auf Fortuna!» schrie er, beugte sich über sie, um das Fenster herunterzukurbeln, und riß ihr den Hut vom Kopf, worauf sie wiederum kreischte und sich gegen den Sitz preßte, weil der Wind ihr den Regen ins Gesicht peitschte. Harry hielt ihren Hut hinaus in die dunkle, heulende Nacht, wie eine Opferschale für die Götter.

«Auf Fortuna!» rief er in den Regen hinaus. «Auf daß wir sie immer erkennen mögen, wenn sie ihr Füllhorn auf uns ergießt – und sie festhalten.» Lachend ließ er sich zwischen die Mädchen zurückfallen und stülpte sich den nassen Hut auf den Kopf. Er nahm einen Schluck aus der Flasche, und dann trafen seine Blicke sich mit Josies Blicken, und beide brachen in Gelächter aus, weil er so albern aussah mit dem Hut ihrer Schwester auf dem Kopf. Und dann, mitten im Lachen, küßte er sie fest auf den Mund, und sie war überrascht, wie kühl es schmeckte. Über seine Schulter hinweg konnte sie sehen, wie Liz ungestüm das Fenster hinaufkurbelte. Es war, als hätte eine Filmszene sich in Josies Gedächtnis eingeprägt, denn sie sah sie jedesmal vor sich, wenn sie an Liz dachte. Lange, nachdem sie Michael und Liz Harry geheiratet hatte. Das

Bild ihrer Schwester, wie sie das Fenster hinaufkurbelte, um das Innere des Wagens abzuschließen, als könnten sie alle durch das Fenster in eine unkontrollierbare und unbekannte Leere hinausgezogen werden.

Es war die erste Lüge gewesen, dieser kleine Kuß.

Josie erkannte es jetzt, rückblickend. Alles war daraus entstanden. Wie einfach und unschuldig unsere Fehler sind, dachte sie, als sie sich erhob und den Sand von Armen und Beinen schüttelte. Sie schlüpfte in ihren zerknitterten Rock und knöpfte die Bluse zu.

Sie fragte sich, wie Harry nun wohl aussah? Seit der Hochzeit hatte sie ihn nicht mehr gesehen – der Hochzeit mit Liz, bei der sie, die jüngere Schwester, Brautjungfer gewesen war. Josie war seitdem nicht mehr nach Australien gekommen. Sechs Wochen nach der Hochzeit ihrer Schwester hatte sie in New York Michael geheiratet. Wie verschieden ihre Hochzeiten gewesen waren: die von Liz hier im Garten, mit einem Festzelt und Blumen und einer Menge Verwandter und Freunde der Bartons, und sogar einem Fotografen des australischen *Woman's Weekly*, der das gesellschaftliche Ereignis festhielt. Und ihre eigene in der stillen, leeren Brotherhood Synagoge in Greenwich Village.

Josie machte der Gedanke, Harry wiederzusehen, nervös. Sie war sich über ihre Gefühle ihm gegenüber nicht im klaren. Das war der Grund dafür, daß sie hergekommen war. Der Grund, den sie für sich behielt. Michael vermutete es. Nein, sie war sicher, daß er es wußte. Sie konnte es nicht völlig vor ihm verbergen – ihre eigene Unzufriedenheit mit ihrer Ehe, ihre Rastlosigkeit. Sie mußte zu sich selbst finden. Sie hatte beschlossen, ein für allemal der Wahrheit – der Wahrheit ihrer wirklichen Gefühle für Harry – ins Auge zu sehen. War es eine mädchenhafte Verliebtheit, die sie schon längst hätte vergessen sollen? War es vorbei? War alles eine Lüge gewesen? Es schien verrückt, ein Gefühl, das vor zwölf Jahren entstanden war, so heftig zu empfinden. Aber sie hatte nie ein tieferes Gefühl gekannt als dieses.

Michael, der selten in Zorn geriet, hatte sie einmal angefahren: «Du bist nicht besser als deine Mutter!» Und sie hatte reagiert, als wäre sie geohrfeigt worden. «Sag das nicht noch einmal!» Die Heftigkeit ihrer Antwort hatte sie erschreckt. Sie hatte darüber gebrütet. Wenn es nun stimmte? Sie hatte sich so bemüht, besser zu sein als BB. Eine bessere Ehefrau, eine bessere Mutter. Und während sie

Alex heranwachsen, ihre eigenen Karrierewünsche schwinden sah, und ihr Leben sich in einem Rahmen bewegte, den sie sich nicht selbst ausgesucht hatte, fühlte sie, daß ihr Leben eine Lüge war. Daß es drohte, sie zu ersticken. Und die ganze Zeit fragte sie sich, ob die Tatsache, daß sie wie BB war, daran Schuld trug.

Und dann war da noch das andere Problem.

Liz. Ihre Gefühle für Liz.

Hier, auf Harrys Boden, auf dem Grund und Boden ihrer Schwester, ihrem Land, soweit das Auge reichte, kam Josie sich vor wie eine Verräterin. Wie eine Betrügerin. Darum hatte sie sich in BBs Haus so unbehaglich gefühlt: ruhig dazusitzen, während BB nach einem Weg suchte, Liz *ihren* neuesten Betrug beizubringen. Und Josie war die ganze Zeit dagesessen, hatte ihr eigenes Geheimnis zurückgehalten und beobachtet, wie BB mit dem ihren kämpfte. Sie hatten beide dagesessen wie – wie Frösche. Ja, es mußte stimmen. In allen schlechten Dingen war sie wie ihre Mutter. Wen hatte sie all die Jahre hindurch zum Narren gehalten?

Josie zog ihre Sandalen an. Alex würde nun wach sein: Sie konnte die Begegnung mit Harry nicht länger hinausschieben. Ihr Magen krampfte sich zusammen. Wie sie sich verachtete. Als sie aufblickte, war die Welt noch immer dieselbe, fern, unbeteiligt. Die Sonne sandte lange, funkelnde Streifen über die Hügel in der Ferne, und der Fluß und das benachbarte Tal lagen im Schatten. Der Himmel war nun dunkelblau wie Tinte, wie vor einem Sturm, aber es war kein Lufthauch zu spüren.

Josie kletterte über die Böschung zur Auffahrt hinauf. Sie drehte sich kurz um und erhaschte einen letzten Blick von BBs Haus. Sie bildete sich ein zu sehen, wie sich das blaue Kleid ihrer Mutter im Garten gegen die goldene Färbung der untergehenden Sonne abhob. Aber sie war sich nicht sicher und lief zur Straße, die wie ein blasser Pfeil den Weg zu den Menschen im Großen Haus wies.

4

Nach einem frühen Abendessen, bestehend aus Lammkotelett und Erbsen, saß BB aufrecht im Bett, neben sich die Lampe, deren Vierzig-Watt-Birne sämtliche Mücken und Fliegen von Tiddalik anlockte. Die Fenster waren weit geöffnet, und trotz der Fliegengitter schlüpften die winzigsten Insekten durch und bildeten einen dichten Klumpen um die Lampe, lebten, liebten und starben innerhalb von ein paar Stunden zwischen der Glühbirne und dem Lampenschirm.

Neben BB auf dem Bett lag einer ihrer Kartons – Eta Erdnüsse, fünf Kilogramm. Er war voller Briefe, Postkarten und Fotos. BB saugte an einer Orange, während sie die Schachtel durchwühlte. Mit den Jahren war sie sentimental geworden, und ihr Gedächtnis ließ sie manchmal im Stich. Sie hielt einen Brief gegen das Licht und rieb mit dem Finger an einem Orangenfleck.

1942.
BB, Liebste!
Ich denke die ganze Zeit an Dich. Du gehst mir nicht aus dem Kopf. Was hast Du mit mir gemacht. Ich wünschte, ich könnte Dir erzählen, woran ich gedacht habe – obwohl Du es wahrscheinlich errätst. Sogar im Luftschutzkeller denke ich an Dich – Deine weißen Beine, Dein Drängen. Erinnerst Du Dich an die Nacht, als wir kein Zimmer finden konnten und Du mich nicht mit nach Hause nehmen wolltest? Ach BB, Du läßt den Krieg so unwirklich erscheinen. Aber der australische Soldat kann sich sehen lassen. Selbst wenn Du mit britischem Akzent sprichst, bist Du jetzt eine von uns. Wenn ich jünger wäre, würde ich diese Schreibmaschine wegwerfen und mitmarschieren. Gestern habe ich einen Truppentransport gesehen, Hunderte Männer. Die Malaien haben ihnen zugerufen: Hallo, Joe. Hallo, Joe. Mein Gott, es würde Dich stolz machen, wenn ...

Genug davon, dachte BB und warf den Brief auf den Boden. Du brauchst mir nichts über den Zauber der Montur zu sagen.

1950.
Liebe Ma!
Ich bin so aufgeregt. Wir bekommen ein Baby! Michael findet es großartig – Gott sei Dank. Ich wüßte nicht, was ich tun würde, wenn er anderer Meinung wäre. Er ist so lieb zu mir,

wirklich, Ma. Das entschädigt für seine Eltern. Ich wußte, daß ich schwanger war, schon bevor es mir der Arzt gesagt hatte. Ich hatte dieses seltsame Prickeln in den Brüsten. Gerade stark genug, daß mir manchmal unbehaglich war. Es ist wie ein leises Sprudeln. Erinnert mich an Enos Brauselimonade, nur, daß es unter meiner Haut ist. Hattest Du dieses Gefühl auch bei mir? Du hast nie davon erzählt, wie es mit uns als Babys war. Ein Zimmer, das wir bis jetzt als Abstellraum verwendet haben, werden wir als Kinderzimmer einrichten. Es hat ein hübsches Fenster auf die Straße. Wenn ich den Kopf rausstrecke, kann ich gerade die Ecke des Carl-Schurz-Parks sehen. Ich werde mit dem Baby dorthin spazierengehen. Kannst Du uns besuchen kommen? Michael meint...

Michael. Ich habe nie sehr viel von ihm gehalten. Keinen Hinterkopf. Immer hat mich das beunruhigt – sein Kopf geht geradewegs in den Hals über. Dumm, dachte ich, obwohl Liz behauptet, daß er, ganz im Gegenteil, sehr intelligent ist. Schau dir dieses Hochzeitsfoto an, das sie mir geschickt hat. Was für ein hübsches Ding sie war. Trotzdem eine seltsame Hochzeit, nach dem zu schließen, was sie mir erzählt hat. Ein Glas zertreten. Komische Leute.

1950.
Liebe Josie!
Immer wenn ich von Katastrophen in Amerika höre, stelle ich mir weiß Gott was für Dinge vor! Kannst Du nachts schlafen? Die ganze Welt ist in einem entsetzlichen Durcheinander. Ich wünschte, wir könnten sie verlassen. Wir könnten dieser amerikanischen Sekte beitreten, die sich weigert, das zwanzigste Jahrhundert zu akzeptieren! Alles, was wir brauchen, wäre eine Mütze und ein Mantel und eine Höhle, in die wir uns verkriechen könnten. Und keine Ehemänner, nein danke! Ich weiß nicht, warum ich jemals diesen Mann geheiratet habe. Schluß jetzt mit der Romantik – und ich bleibe allen Leos fern. Sie sind Gift für mich. Alle Männer, die ich in meinem Leben kennengelernt habe, sind in der ersten Augustwoche geboren! Mein lieber Schwan! Wenn ich jemals einen reichen Viehzüchter aus dem Westen kennenlernen

sollte, frage ich ihn zuerst nach seinem Geburtsdatum. Die Neuigkeit mit dem Baby ist wunderbar. Aber ich kann mir mich nicht als Großmutter vorstellen. Vielleicht ist das alles, was mir bleibt, wenn ich *ihn* erst losgeworden bin. Ich habe eine Wohnung gemietet, aber die Treppe ist eng und gewunden, und ich glaube nicht, daß mein neuer Kühlschrank da hinauf kann. Er wird ihn auf keinen Fall bekommen, das ist sicher. Wenn ich das erledigt habe, *dann* werde ich mich von ihm scheiden lassen...

Ich möchte wissen, warum ich diesen Brief noch habe? Er ist nach New York und wieder zurück gegangen. *Retourniert wegen ungenügenden Portos.* BB sog an ihrer Orange. Welche Zeitverschwendung es gewesen war, diesen Brief zu schreiben. Und das hier? Wie ist das in meine Schachtel gekommen?

Künstliche Befruchtung in der Viehhaltung ist ein leicht durchführbares Verfahren, da der Samen eingefroren und nötigenfalls Monate später verwendet werden kann. Der Samen von Schafen läßt sich nicht so gut einfrieren. Aus diesem Grund wird ein lebender Widder eingesetzt. Wenn das von einem Zuchtwidder besamte Mutterschaf...

BB drehte das Blatt um. Es war eine von Harrys Informationsschriften. Alles schien in BBs Kartons zu landen. BB hielt vornehm die Hand unter das Kinn und spuckte einen Orangenkern aus. Ein dumpfer Aufschlag auf ihrem Dach sagte ihr, daß die Opossums wieder da waren. BB deponierte den Kern auf dem Nachtkästchen, wo die winzigen Insekten eine so dichte Schicht bildeten, daß sie mit dem Finger durchfahren konnte, als ob es Staub wäre. Als sie wieder in der Schachtel kramte, stieß sie auf ein Blatt liniertes Schulpapier, mit einer großen Kinderhandschrift bedeckt – von Josie oder von Liz?

Warum bist Du fortgegangen? Bitte komm zurück. Wir vermissen Dich. Dad sagt, daß Du nie mehr zurückkommen wirst. Stimmt das? Ich verspreche Dir, daß wir brav sein werden. Es tut mir leid, daß ich gelogen und Dich traurig gemacht habe. Ich habe es nicht so gemeint. Ma, wirklich.

Wirst Du an meinem Geburtstag zu Hause sein? Ich hasse diesen Ort. Wenn Du nicht nach Hause kommst, hasse ich Dich. Ich hasse Dich. Ich hasse Dich...

Das war Liz.

1953.
LIEBE MRS. BEAUCHAMP!
ICH HABE GERADE IHRE ANZEIGE IN DER *TIMES* GELESEN UND GLAUBE, DASS WIR COUSINEN ERSTEN GRADES SEIN KÖNNTEN. MEINE TANTE DAPHNE HATTE EINE TOCHTER – DAMALS NOCH EIN BABY –, DIE SIE 1911 ZUR ADOPTION FREIGAB. KÖNNTEN SIE DIESES BABY SEIN? KÖNNTEN SIE MICH ANRUFEN? ICH WERDE NÄCHSTE WOCHE IN LONDON SEIN, UM DIE KRÖNUNG ZU SEHEN. WIR KÖNNTEN UNS DANN TREFFEN...

Ein gelbes Telegramm.

1953.
MRS. BETTY BEAUCHAMP DRINGEND ANRUFEN ODER SCHREIBEN STOP JOSIE SCHWER KRANK IN KLINIK IN NEW YORK STOP KOMMEN WENN MÖGLICH STOP MICHAEL ROSENBLOOM.

Und noch eines.

1953.
BITTE MRS. BETTY BEAUCHAMP BENACHRICHTIGEN DRINGEND MIT JOSIE KLINIK NEW YORK KONTAKT AUFNEHMEN STOP BEI UNFALL SCHWER VERLETZT STOP ERBITTE DRINGENDE ANTWORT STOP MICHAEL ROSENBLOOM.

War das ein bewegtes Jahr, als ich nach London fuhr und meine Mutter kennenlernte! BB warf die Telegramme hoch in die Luft und sah zu, wie sie auf das Bett herunterflatterten. Ich konnte es nur wegen der Scheidung machen, und weil ich das Haus zugesprochen bekam. Liz nannte diesen Ehemann immer einen Leichenbestatter. Das machte ihn wütend. Er war Präsident der «Australischen Vereinigung für die Kremation». Ich bin nur einmal in seinem Büro in der Rowe Street gewesen, und da waren all diese Kartons, wie

Schuhkartons in den Regalen gestapelt, nur daß sie Asche enthielten. Die Sekretärin brachte uns Tee. Auf dem Boden lag etwas zerbröckelter Verputz, und sie schrie auf und ließ das Tablett fallen und rannte aus dem Zimmer. Ich mußte lachen. Aber dieser Mensch hatte keinen Sinn für Humor. Nicht Mr. Hoity-Toity. Deshalb habe ich auch immer den Namen meines ersten Mannes behalten. Betty Beauchamp genügte mir. Nicht Mrs. Sin-Jin. Er sprach es immer so aus, und es war doch nur das gute alte «Saint John». Wenn ich so darüber nachdenke, verkaufte ich dieses Haus mit ziemlichem Gewinn. Ich bin mit dem Schiff gefahren. Oh, ich liebe die See. Sie ist es, die ich hier auf Tiddalik am meisten vermisse. Ob Daphne gerne das Meer sehen würde? Mit all diesem Geld. Ein paar Tage in Sydney oder so wären nicht teuer.

1962.
Liebe BB!
Der Kricketclub veranstaltet am Donnerstag einen Tanzabend. Möchten Sie als meine Partnerin mitkommen? Es wird Cha-Cha-Cha und Twist getanzt und alle diese Sachen, die Sie so gerne mögen und so gut können. Ich kann mir nie alle Schritte merken, oder in welche Richtung ich mich drehen soll. Mit Ihnen fühle ich mich wieder jung, BB, und wenn es möglich wäre, wäre es eine große Ehre und Freude für mich, wenn Sie öfter mit mir tanzen gehen könnten. Gleichgültig, wie Ihre Antwort ausfällt – und bitte denken Sie ernsthaft darüber nach –, hoffe ich, Sie am Donnerstag zu sehen...

Armer Mr. Doughty, immer ein Gentleman und immer langweilig.

1944.
Du bist eine Hure, BB. Komm mir oder den Mädchen nie mehr in die Nähe. Wir kommen gut zurecht – auch ohne Dich. Wenn Dich Dein Liebhaber rauswirft, komm ja nicht hierher zurückgelaufen. Wir brauchen Dich nicht...

Aha. Mr. B. Schreiben war nie seine Stärke gewesen. BB zerknüllte den Brief und strich ihn dann wieder glatt. Es war spät geworden, und morgen wollten sie Daphne abholen. Sie stöberte in ihrer

Schachtel, konnte aber kein Bild von Daphne finden. Dafür eines von ihr selbst, aufgenommen im Krieg. Sie war der Meinung, damals habe sie am besten ausgesehen. Sie starrte auf das Bild. 1942. Sie mußte damals dreißig, einunddreißig gewesen sein. Nicht so übel. Sie hielt das Foto nahe an die Augen – es könnte eine Fremde gewesen sein. Die glatte hohe Stirn, die großen braunen Augen in dem ovalen Gesicht. Liz hatte es einmal mit einem Vermeer-Porträt verglichen, das sie in einem Kunstbuch gesehen hatte. BB war beleidigt gewesen. Aber, dachte sie jetzt und strich sich über den Hals, fuhr mit der Hand über das nun vorstehende Brustbein und hob die Finger, als sie die Brustwarzen berührte – sie *hatte* gut ausgesehen, und zumindest das hatte sie an ihre Töchter weitergegeben. Hoffentlich wußten sie es zu schätzen.

BB machte das Licht aus. Auf der Farm war es nie richtig ruhig, und die Opossums sprangen über ihrem Kopf herum. «Haut ab», sagte sie schläfrig, aber es waren ja Freunde, Freunde der Nacht.

Das Geräusch störte sie nicht wirklich, weil sie wußte, woher es kam. Das einzige Unangenehme war, daß sie ihr auf das Dach pinkelten und die Flecken an der Decke sichtbar wurden. Und was die abgefressenen Geranien betraf... Liz würde nie mehr etwas gegen ihre Katze hören. BB klopfte das Kissen zurecht, schloß die Augen und schlief ein.

5

Josie kam gerade die Stufen hinunter und traf im Vorraum des Großen Hauses auf Harry und Liz. Die drei standen einander im harten Licht des hölzernen Lüsters lächelnd gegenüber. Harry rührte sich als erster.

«Josie! Du hast dich überhaupt nicht verändert!» Er umarmte seine Schwägerin und hielt sie dann ein wenig von sich weg. «Kein bißchen, stimmt's?»

«Ja, wirklich», stimmte Liz zu und betrachtete ihre Schwester im Licht. Augenlider und Nase warfen tiefe Schatten auf ihr Gesicht, so daß ihre Nase länger aussah. Harry ließ Josie los, die nervös ihre Schwester begrüßte. An ihrem rechten Handgelenk schimmerte ein Silberarmband.

«O doch, ich habe mich verändert», sagte sie und sah zuerst Liz und dann Harry lachend an. Sie hatte sich nach ihrem Ausflug zum Fluß geduscht und umgezogen und trug nun eine sandfarbene Hose und eine leicht ausgeschnittene Seidenbluse. In dem Grübchen am Halsansatz befand sich ein kleines Muttermal, das sie gedankenverloren berührte, während sie Harry ansah. Sie wandte sich an Liz.

«Alex ist aufgewacht. Er wird gleich herunterkommen.»

«Du siehst so frisch aus», sagte Liz und strich sich mit den Händen über den Rock. «Ich werde schnell raufgehen und mich zum Abendessen umziehen. Setzt euch doch einstweilen zu einem Drink auf die Veranda und gießt auch mir einen ein. Einen Brandy, pur!» rief sie über die Schulter zurück, während sie die Treppe hinaufging.

«Du siehst auch gut aus, Harry», bemerkte Josie, als sie, die Gläser in der Hand, draußen saßen; auf dem Tisch zwischen ihnen stand ein Tablett mit Eis und Gläsern.

«Cheers», sagte er, hob das Whiskyglas und sah sie über dessen Rand hinweg an.

Sie nahm ihr Glas und schaute in den langsam dunkel werdenden Garten hinaus, durch die dichten Zweige der Glyzinien hinüber zum Fluß und zu den Hügeln. Sie spürte Harrys Nähe, wie er da in einem alten Stuhl saß – seinem Lieblingsplatz zweifellos; er sieht, dachte sie, ein wenig wie die Hügel um ihn herum aus, abgewetzt und ausgebleicht. Wieder schaute sie Harry an, solange es noch hell genug war. Sein Gesicht mit den eckigen Zügen war fast genauso, wie sie es in Erinnerung hatte. Die zwei senkrechten Linien zwischen seinen Augenbrauen waren tiefer; der Mund fester; die Farbe der Augen war hellbraun wie die Flüssigkeit in seinem Glas. Etwas *war* anders, obwohl Josie es nicht genau definieren konnte. Vielleicht waren es auch nur die immer dunkler werdenden blauen Schatten des Abends, die mit dem Licht spielten. Oder vielleicht einfach das Alter. Es war so lange her. Er erriet ihre Gedanken.

«Es ist so lange her, Josie. Schön, daß du wieder da bist.»

Er lächelte ihr zu, und sie sah die Grübchen in seinen Wangen. Er hob wieder das Glas und hielt mit der anderen Hand einen Aschenbecher auf der Armlehne fest. Ruby kam und ließ sich neben ihm zu Boden plumpsen.

Josie seufzte und gab sich der Schönheit und Ruhe des Sommerabends hin, ein Sich-gehen-Lassen, das sich in der weicheren Bewegung ihres Armes, dem leichten Senken der Unterlippe widerspiegelte.

«Ich kann es immer noch nicht glauben, daß ich hier bin. Ich hab mich einfach entschlossen zu kommen, hab die Tickets besorgt und Alex früher aus der Schule genommen...»

«Michael konnte nicht mitkommen?»

«Nein.» Sie machte eine Pause und tauchte den Filter ihrer Zigarette in das Glas mit Gin. «Nein, er hat zuviel zu tun.» Sie führte den feuchten, kühlen Filter an die Lippen und inhalierte den Rauch.

«Ich hab vergessen, in welcher Branche Michael jetzt tätig ist.»

«Steuerrecht.» Sie blies den Rauch aus. «Er ist Steuerfachmann.»

Harry schaute auf sein Land hinaus.

«Ein bißchen was anderes als Schafhintern.»

«Nicht viel», erwiderte sie.

Sie lachten beide, und die Spannung wich. Josie lehnte sich weiter zurück und strich über eine Blüte der üppig blühenden Glyzinien. Eine kleine malvenfarbene Blüte brach von ihrem Stiel ab und fiel in Josies Glas. Sie fischte sie mit einem Finger heraus und betrachtete sie aufmerksam, als offenbarten die winzigen Blumenblätter ihr etwas. «Weißt du, als wir geheiratet haben, dachte ich, Michael würde das Geschäft seines Vaters übernehmen. Hast du jemals Michaels Vater kennengelernt? Nein. Also, er ist ein netter kleiner Mann, viel umgänglicher als die gestrenge Mrs. Rosenbloom. Er war im Export tätig. Ich stellte mir vor, mein Leben mit Michael würde darin bestehen, daß wir in exotische Hafenstädte reisen und schöne Dinge einkaufen würden. Michael arbeitete ungefähr ein Jahr mit, und die meiste Zeit verbrachte er in den schäbigeren Vierteln von Manhattan und pendelte zwischen dem Lager seines Vaters und den Büros der Kunden hin und her. Der Haken an der Sache war der, daß er nicht sehr erfolgreich war. Einmal importierte Michael Tausende Meter Metallicstoff aus Indien. Das gab dem alten Mann den Rest. Zuerst mußten sie das ganze Lager wegen der Wanzen ausräuchern, und dann mußte der Hersteller der Autositze, der, wie Michael dachte, das Zeug hätte verwenden sollen, feststellen, daß das Material jedesmal, wenn sich jemand in einem Pelzmantel daraufsetzte, reagierte, als ob es Zähne hätte.» Josie mußte kichern. «Bald danach hat Michael mit dem Jurastudium begonnen. Sein Vater hat uns unterstützt, und ohne ihn hätten wir es nicht geschafft. Am Anfang war er von mir nicht sehr begeistert. Eine

Schickse für seinen einzigen Sohn.» Sie lächelte kläglich. «Ich habe auch gearbeitet, damit wir über die Runden kamen, und dann hatte ich den Unfall. Mein Becken wurde bei dem Autounfall zertrümmert, und ich konnte nicht mehr tanzen.»

«Michael hat mir damals geschrieben. Er gab sich die Schuld an dem Unfall.»

«Niemand ist schuld. Wir fuhren den Taconic Parkway hinunter. Es war Mai, und wir hatten das Wochenende im Landhaus von Freunden in Dutches Country verbracht. Es wurde gerade dunkel, es war Sonntag abend, und ein Reh lief uns direkt vor den Wagen. Wir haben es überfahren und sind ins Schleudern gekommen. Gott sei Dank war Alex auf dem Rücksitz in seinem Kindersitz festgeschnallt.»

Sie schwiegen. Sie dachte an diese endlose Schleuderbewegung, an das unerträgliche Krachen von Metall und das Gewicht auf ihr, die weichen Tannennadeln unter ihrem Haar am Straßenrand, die dunkelgrünen Tannen, die sie wahrgenommen hatte, bevor sie das Bewußtsein verlor. Sie schaute zu den Gummibäumen mit ihrer hellen Rinde, die hier den Horizont säumten, und blinzelte.

«Hast du auch manchmal das Gefühl, Teil eines Bildes zu sein, und das Licht ist völlig falsch, als ob es aus einer falschen Quelle käme?»

«Das ist die Art von Dingen, die Liz sagen würde. Ich kann nicht behaupten, daß mir so etwas schon passiert ist.»

«Nun, es ist schwer zu erklären.» Josie strich sich mit den Fingern über den Arm. «Manchmal kommt es mir vor, als hätte ich eine andere Wellenlänge als die Menschen um mich herum.»

«Na ja, schließlich ist BB deine Mutter.»

Sie lächelte nicht. «Also, *das* ist die Art von Dingen, die Liz sagen würde.» Sie stand auf, lehnte sich über die geschwungene Steinbrüstung der Veranda und schaute in die klare, dunkle Nacht hinaus.

«Mutters Haus dort oben. Sie ist ein seltsamer alter Kauz, nicht wahr? Ich meine, sie ist anders als die Mütter, die ich sonst kenne. Manchmal frage ich mich, ob ich nur diejenige bin, zu der sie mich gemacht hat. Was nichts mit mir selbst zu tun hat.» Sie drehte sich um, setzte sich auf die Brüstung und sah ihn an. «Es tut mir leid, daß ich so heftig geworden bin. Das ist BBs Einfluß. Ich dachte, ich wäre darüber hinweg. Erwachsen. Aber vielleicht werden wir nie damit fertig und schleppen diesen mütterlichen Einfluß ein Leben lang mit uns herum. Du bist nie so von deiner Mutter vereinnahmt worden, nicht?»

«Ach, Josie, du hast dich wirklich kein bißchen verändert. Du stellst immer noch alles in Frage und bist nie mit dem zufrieden, was du hast.» Er lachte.

Das Blut schoß ihr ins Gesicht, und sie war froh, daß es dunkel war. Die einzige Lichtquelle, außer dem Mond, war der Lüster im Wohnzimmer. Durch das Fenster zeichnete er ein helles Rechteck auf den Steinboden.

Josie hob die Stimme und versuchte, schnippisch zu sein. Sie zog eine weitere Zigarette aus der Packung.

«Bin ich wirklich so leicht zu durchschauen?»

«Ich habe dich verletzt», sagte er. «Es tut mir leid. Das wollte ich nicht.»

«Nein. Nein, das hast du nicht», log sie. «Du hast es leicht. Männer dürfen ihre Väter überwinden. Es gehört zum Erwachsenwerden.»

Die Tür zur Veranda fiel zu.

«Mama, bist du da draußen?» Alex' Stimme kam vom anderen Ende der Veranda. Josie stand auf und ging ihm entgegen.

«Alex, komm und sag Onkel Harry guten Tag.» Sie führte ihn zu Harry, so stolz, sie konnte nicht anders, und machte die beiden miteinander bekannt.

«Alexander Rosenbloom. Harold Barton.» Sie reichten einander die Hand, und der Junge trat unruhig von einem Fuß auf den anderen. Er war groß für sein Alter, und die braunen Haare fielen ihm in die Stirn, genau wie Josies Haar. Er strich sie mit der Hand zurück.

«Du bist ja schon ein junger Mann», sagte Harry, der sich zu voller Größe reckte und den Jungen aufmerksam musterte.

«Nächstes Jahr habe ich meine *Barmizwah*», erwiderte Alex. Der kleine Junge in ihm hatte die Schlacht, ob er freundlich oder kühl sein sollte, gewonnen.

«Ich bin bloß ein Farmer», meinte Harry, während er sich wieder setzte und den Jungen aufforderte, dasselbe zu tun, «und du mußt mir erklären, was das bedeutet.»

«Es bedeutet», sagte Josie, die zu ihrem Sohn hinüberging und ihm einen Orangensaft reichte, «daß er sein Hebräisch fleißig üben muß, weil er sonst niemals imstande sein wird, an diesem Tag seinen *Maftir* korrekt aufzusagen.» Sie fuhr ihm liebevoll durchs Haar.

Seine Verlegenheit machte ihr wieder bewußt, wie sehr er diese Geste haßte, nun, da er beinahe erwachsen war.

Wieder fiel die Verandatür zu. Liz kam um die Ecke. Sie sah nun viel frischer und jünger aus mit ihrem lose fallenden Haar und dem weißen Kaftan, der ihre Figur bei jedem Schritt umschmeichelte. Sie trug ein Tablett mit Käsehäppchen, geräucherten Austern und Crakkers.

«Fühlst du dich jetzt ausgeruht, Alex?» fragte sie, während sie ihr Glas Brandy vom Tablett nahm.

Sie nippte daran und gab dann Eis dazu.

«Ja, danke, Tante Liz.»

Sie hielt ihm das Tablett hin.

«Himmel, ich sterbe vor Hunger. Du nicht? Iß diese grauen Dinger nicht, keiner unter dreißig mag sie.»

Alex kostete vorsichtig ein Stückchen Käse.

Mit einem dankbaren Seufzer setzte sich Liz und lehnte sich mit dem Rücken gegen die Hauswand. Es gab Augenblicke, in denen sich die Schwestern ähnlich sahen – wenn Liz entspannter war und die dunklen Schatten, die sich manchmal um ihre Augen legten, verschwanden.

Josies Gesicht bestand aus wohlgeformten Rundungen; Backenknochen, große Augen, volle, weiche Lippen, die sogar dann noch üppig wirkten, wenn sie zusammengepreßt waren. Bei Liz war alles länglicher. Sie biß mit ihren langen weißen Zähnen in eine Auster.

«Worüber habt ihr euch unterhalten?»

«Wir haben uns über die Rolle der Frau und die Rolle der Jungen unterhalten», erwiderte Harry mit einem Lächeln in Alex' Richtung.

«Wie steht es mit der Rolle der Frau?»

«Josie ist der Meinung, daß es Männer leichter haben, weil sie imstande sind, ihre Väter aus dem Weg zu räumen, Frauen aber nicht imstande sind, ihre Mütter aus dem Weg zu räumen. Bildlich gesprochen natürlich. Das hat nichts mit BB zu tun.» Alle lachten, und er stand auf und schenkte sich und Josie noch ein Glas ein. Alex schaute gelangweilt drein. Harry bemerkte es. Er setzte sich wieder, beugte sich vor und fragte den Jungen: «Was mich interessieren würde, Alex, was heißt *Maftir*?»

Alex warf ihm einen dankbaren Blick zu. Endlich ein Thema, bei dem er mitreden konnte.

«Es bedeutet, aus der Thora vorzulesen. Dad und ich haben geübt.

Ich muß es in der Synagoge lesen, und alle unsere Freunde kommen, und danach gibt es eine große Party mit Geschenken und allem Drum und Dran. Kommst du auch? Können sie kommen, Mam?»

«Vielleicht», lächelte sie.

Josie beobachtete ihren Sohn, während er sprach. Er machte die gleichen Handbewegungen wie sie. Manchmal kam es ihr vor, als hätte sie ihn ganz allein gezeugt. Er hatte nichts von seinem Vater. Er war tatsächlich schon fast ein Mann. Sie hörte den anderen zu und dachte über das alles nach, während die Dunkelheit des australischen Busches näher an das Haus herankroch. Alex als Mann. Seine *Barmizwah* würde es beweisen: daß er in allem bereit war, von nun an als erwachsener Jude zu leben. Er hatte sich nicht dagegen gesträubt, nach Unterrichtsschluß in die Hebräische Schule zu gehen, und das mühsame Entziffern der verschnörkelten schwarzen Buchstaben, die von rechts nach links gelesen wurden, schien ihm sogar Spaß zu machen. Liz hatte intellektuelle Herausforderungen immer mehr genossen als sie selbst.

In ihrer kleinen Wohnung in Manhattan hörte Josie durch die geschlossene Tür, wenn Alex und Michael im Nebenzimmer übten. Sie unterbrach dann ihre Arbeit und lauschte dem altertümlichen Singsang der Stimme, ein undeutliches Murmeln, das sie nicht verstand. Da war Michaels tiefe Stimme und Alex' hohe, zögernde, die ihn begleitete. Wenn sie so dastand vor der lackierten Tür, das Tischtuch in der Hand, fühlte sie sich als Außenseiterin – sowohl weil sie eine Frau als auch weil sie Nichtjüdin war.

Während ihrer Schwangerschaft hatte sie in der Wohnung eines Freundes von Michael an einer Beschneidung teilgenommen. Sie hatte die ganze Zeremonie fremdartig und barbarisch gefunden. Josies Vater, der aus Großbritannien stammte, war nicht beschnitten gewesen. Bei den australischen Männern war dies allerdings keineswegs ungewöhnlich; es war eine Sache der Hygiene. Josie hatte die Beschneidung schon aus dem Grund barbarisch gefunden, weil sie im Schlafzimmer stattfand, auf dem Bett, in dem das junge Ehepaar schlief, und weil alle ihre Freunde und Verwandten sich in der winzigen Wohnung zusammendrängten. Und als der *Mohel*, der Beschneider, das Baby wie ein Huhn auf dem Schlachttisch flach hingelegt hatte und der Großvater des Jungen die kleinen Beine festhielt, war ihr übel geworden und sie hatte die Hände schützend vor ihren geschwollenen Leib gehalten. Sie hatte dem Gebet gelauscht: «Gepriesen seist du, unser Herr, Herr des Weltalls, der du uns geheiligt hast mit deinen Geboten und der du uns befohlen hast, diesen Knaben in Abrahams Bund zu führen.» Josie, der die Nonnen beigebracht hatten, an den dreieinigen Gott zu glauben, hatte ein stilles Gebet zu Jesus gesandt.

Als Alex einige Wochen später im Mount-Sinai-Hospital zur Welt kam, trat der *Mohel* nicht in Erscheinung, weil sie keine Jüdin war. Die Beschneidung war dann von einem Arzt vorgenommen worden. Aber die bevorstehende *Barmizwah* und die Hebräische Schule, das war etwas anderes. Jetzt, da Alex in die Hebräische Schule ging, drängte Michael sie zu konvertieren. «Hör zu», sagte er, «der Rabbi überlegt es sich sehr, die *Barmizwah* vorzunehmen, wenn du es nicht tust – du mußt es für Alex und mich tun. Ich möchte nicht noch einmal so eine Pseudozeremonie erleben wie bei unserer Hochzeit.» – «Was hat dir daran nicht gepaßt?» – «Bei einem reformierten Rabbiner fühle ich mich wie – wie ein Protestant!» – «Aber warum sollte ich übertreten? Welchen Unterschied macht das? Ich war nicht jüdisch, als Alex geboren wurde.» – «Und der Rabbi sagt, daß er darüber hinwegsehen wird, wenn du bei Alex' *Barmizwah* konvertierst. Es ist eine einfache Sache, nur ein paar Stunden Unterricht.» Eine einfache Sache, dachte sie jetzt, als sie langsam an dem Gin nippte und ihren Sohn ansah, der sich mit Harry unterhielt.

Sie sprachen über die Farm, und Harry begann über seine Schafe und sein Zuchtprogramm zu reden. Auf ziemlich wissenschaftliche Weise, aber nicht von oben herab, erklärte er, daß er die Auswirkungen der Hormone auf die Fruchtbarkeit der Schafe besser beurteilen könne, wenn er eine Gruppe von hundert Schafen zur Kontrolle behielt und eine weitere Gruppe von hundert Schafen mit Hormonpräparaten behandelte. Aus den Tiefen des Hauses tönte der metallische Klang einer Kuhglocke, und Liz sprang auf und sagte: «Gott sei Dank. Gerettet.» Harry seufzte tief, und sie standen alle auf.

Liz nahm das Tablett mit den Getränken und bat Alex, ihr die Tür zu öffnen. Josie und Harry standen einen Augenblick nebeneinander und machten ihre Zigaretten im Aschenbecher aus. Josie lauschte in die australische Landschaft hinaus, auf das schmerzliche Gebrüll der Rinder, das Geblök der Schafe, das Hundegebell, das unablässige Zirpen der Zikaden in der undurchdringlichen Dunkelheit. Kein Licht war zu sehen, nur das aus dem Fenster hinter ihnen und die große Scheibe des Mondes über den gespenstischen Gummibäumen auf dem Rasen. Es war ein sehr langer Tag gewesen. Er hatte für Josie und Alex in Hawaii begonnen, und Josie fühlte sich plötzlich ganz benommen vor Müdigkeit, verloren und sehr einsam. Plötzlich sehr einsam. Sie spürte, wie Harry mit seiner Hand die ihre berührte, als sie den Aschenbecher auf der Sessellehne benutzten. Sie war nicht sicher, ob die Berührung zufällig war. Sie hielt den Atem an.

«Müde?» fragte er.

«Ja.»

Er hob die Hand, berührte ihr Gesicht und drehte ihr Kinn zu sich. In der Dunkelheit konnte sie seine Augen nur sehr undeutlich wahrnehmen, als er sich zu ihr hinunterbeugte und sie zart auf den Mund küßte. So sanft, als streiche er mit dem Finger über ihre Lippen. Er bog den Kopf zurück, und sie sah ihn an. Und im Licht aus dem Fenster erkannte sie in seinen Augen, was sie schon vorhin bemerkt und nicht hatte deuten können. Es war Mitleid.

«Wir müssen ins Haus», sagte er.

«Ja.»

Sie traten in das Rechteck, das das Licht auf den Boden warf, bogen um die Ecke der Veranda und gingen ins Haus. Ruby trottete hinter ihnen her.

Kaum war die Tür zugefallen, als Jim aus den Rhododendronbüschen neben der Veranda auftauchte. Er war mit einer vollen Blase aus seinem Rausch erwacht und in den Garten hinausmarschiert, um sich zu erleichtern. Gedankenverloren knöpfte er die Hose zu und starrte minutenlang auf die hellerleuchtete Einfahrt. Dann drehte er sich um, kratzte sich den Nacken und ging zur Hinterseite des Hauses, um auf Cynthia zu warten und sie nach Hause zu bringen.

6

Am nächsten Morgen stand Harry wie gewöhnlich um sechs Uhr auf, ging hinunter, öffnete die Tür, um Ruby hinauszulassen, urinierte auf das Zitronenbäumchen und wusch sich an der Wasserleitung im Garten Gesicht und Hände. Dann begab er sich in die Küche, nahm den Chromdeckel von der Kochplatte des Herdes und stellte einen Topf mit Wasser darauf. Danach ging er wieder hinauf, duschte, rasierte sich und zog sich an. Zehn Minuten später war er wieder in der Küche und bereitete sein gewohntes Frühstück zu: Grapefruit, Knäckebrot, starken Tee und Toast.

Als er sich an den Tisch setzte, kam Alex fix und fertig angezogen herein.

«Hallo, alter Knabe. Du bist aber früh dran. Willst du auch frühstücken?»

«Ich konnte nicht schlafen», sagte Alex, der die Zeitumstellung noch nicht verkraftet hatte.

«Möchtest du nachher mit mir rauskommen?» fragte Harry und schüttete drei Löffel Zucker in den Tee.

Alex' Augen begannen zu leuchten.

«Natürlich. Wahnsinnig gern.»

Der Junge biß in eine Scheibe Knäckebrot. Harry legte noch einige Scheiben Brot in den Toaster.

«Dann mußt du auch ordentlich essen», meinte er mit vollem Mund. «Kannst du reiten?»

«Ein wenig.» Alex biß sich in die Lippen, weil er spürte, wie schüchtern diese Antwort war.

Harry lächelte und schien nichts zu merken. Sie setzten ihr Frühstück in schweigendem Einverständnis fort, und nachdem Alex seiner Mutter auf einem Zettel eine Nachricht hinterlassen hatte, wo er zu finden sei, nahmen sie ein paar Sandwiches aus dem Kühlschrank – «Es sind genug für uns beide da» – und traten hinaus auf die Veranda. Harry holte einen Filzhut für Alex.

«Er ist schon ein bißchen schäbig, aber vor der Sonne wird er trotzdem schützen.»

Sie gingen durch den hinteren Teil des Gartens, vorbei an den riesigen Gummibäumen und den Kaskaden von Glyzinien und wilden Rosen. Ruby trottete hinter ihnen her. Sie kamen zu einer niedrigen Gartenmauer mit zwei Stufen, und Harry überprüfte den

Regenanzeiger, obwohl er, wie er zu Alex meinte, wußte, daß er nichts anzeigen würde. So war es auch. Er stellte den weißen Blechapparat wieder auf die Steinmauer zurück.

«Ich bin immer ein Optimist», meinte Harry, «aber dieser Sommer ist schon mehr als trocken.»

«Kommt denn überhaupt kein Regen?» fragte Alex und lief schneller, um mit seinem Onkel Schritt halten zu können.

«Nein. Und selbst wenn es regnen sollte – der Boden ist jetzt so ausgedörrt, daß es wahrscheinlich das bißchen, was es zu pflücken gibt, wegschwemmen würde.» Harry drückte sich den Hut ins Gesicht, als wolle er in eine Schlacht ziehen.

Auf dem staubigen Platz vor den Stallungen kuppelten Jim, dessen Augen noch immer trüb waren, der sich aber ansonsten von seinem Trinkexzeß erholt hatte, und Reilley, der einzige Mann, der sonst noch auf Tiddalik arbeitete, einen Anhänger an den Traktor. Auf dem Anhänger befanden sich zwei große schwarze Ölfässer. Jim zog vor Harry den Hut, und Reilley tat desgleichen. Es war eine Geste der Höflichkeit, die nicht untertänig wirkte. Beide nickten Alex zu.

«Wohin fahrt ihr?»

Harry hatte die Hände in die Hüften gestemmt. Er war genauso sehnig wie die beiden anderen, aber einen guten Kopf größer. Alex versuchte, seine Haltung nachzuahmen.

Jim schob seinen Hut weiter zurück, so daß oberhalb des sonnenverbrannten Gesichts, auf der Stirn, ein Streifen blasser Haut sichtbar wurde. Sein Gesicht war ebenso zerfurcht und faltig wie seine alten Lederstiefel.

«Ich geh zum Fluß runter, zur Siedlung, Boss. Bring ein bißchen Vertilgungsmittel hin.»

Harry entfernte den Deckel von einem der Fässer, und Alex schaute hinein. Es war voller Mohrrüben.

«Wieviel hast du genommen?»

«Ungefähr einen halben Liter pro Kilo», antwortete Jim.

«Das müßte, verdammt noch mal, ausreichen! Reilley, paß auf, daß du diesmal keine Löcher übersiehst. Vorige Woche hab ich dort unten sieben Kaninchenbaue gesehen. Es muß Hunderte verdammter Kaninchen dort geben. Fressen wie die Verrückten.»

«Okay, Boss.» Reilley schwang sich auf den Traktor und pfiff nach seinen Hunden. Er deutete mit dem Kopf auf Alex. «Will der Dreikäsehoch mitkommen?»

«Nein danke, Reilley. Er reitet mit mir.»

Reilley winkte ihnen zu und startete den Traktor.

Harry rief ihm nach: «Und laß die Hunde nicht an die Kadaver ran!» Er drehte sich zu Alex um.

«Sie erwischen immer wieder was von dem Gift.»

«Es ist gefährlich, nicht wahr?»

«Nicht, wenn sie achtgeben.»

Alex streichelte Ruby den Kopf. Der Hund leckte ihm die Hand.

Harry besprach mit Jim die Pläne für die nächsten Tage.

«Du wirst heute schlachten, stimmt's?»

«Vermutlich.»

«Und morgen werden wir die Hammel zusammentrommeln, nicht wahr?»

«Vermutlich.»

«Und am Freitag ist der Verkauf.»

«Hmm...»

«Und Jim – Finger weg von der Flasche, okay?»

Jim preßte die Lippen zusammen. Mit einem Finger kratzte er sich den Kopf unter der Hutkrempe.

Harry wartete.

«Jim?»

«Ganz wie Sie meinen, Boss.»

Harry stieß einen Seufzer aus, der Vergebung und Ungläubigkeit ausdrückte.

«Also okay. Alex und ich reiten jetzt zum Kurrajong, um die Pumpe zu überprüfen. Der Damm dort ist verdammt niedrig. Wenn die Kanäle zuwenig Wasser führen, müßte ich die trächtigen Mutterschafe anderswo hintreiben.» Zu Alex gewandt meinte er: «Komm. Du kannst auf Trumps, meinem alten Pferd, reiten. Er ist gutmütig und ruhig und wird dir keine Schwierigkeiten machen. Ein bißchen Bewegung wird ihm guttun.»

Dann drehte Harry sich zu seinem Hund um.

«Nein, Ruby, heute kannst du nicht mitkommen. Wir reiten zu weit fort. Geh nach Hause.»

Ruby schlich weg von dem staubigen Platz und ließ sich traurig und gehorsam unter den Gummibäumen nieder, die Augen vorwurfsvoll auf seinen Herrn gerichtet.

Harry und Alex betraten den Stall, wo ihnen der Geruch nach

Pferden, Dünger, Stroh und altem Schweiß entgegenschlug. Sie gingen durch den Stall in den Vorraum. Hier hingen auf hölzernen, in die Steinmauer geschlagenen Haken fein säuberlich Sättel und Zaumzeug. Harry gab Alex eine Satteldecke und zeigte ihm, welchen Sattel und welches Zaumzeug er nehmen sollte.

Er holte sein eigenes herunter, als hätte es überhaupt kein Gewicht, und Alex stapfte hinter ihm her zu den Boxen. Drei Schafe in einem kleinen Verschlag blökten kläglich.

«Warum sind sie hier abgesondert, Onkel Harry?»

«Das sind Schlachttiere», antwortete Harry, «ein paar von der Herde, die wir schlachten, damit wir auf der Farm Fleisch haben. Jede Familie bekommt pro Woche ein halbes Schaf. Jim wird sie heute schlachten.»

Harry warf seinen Sattel über die oberste Stange des Zauns, und Alex tat es ihm nach. Harry ging zu seinem Pferd, das in der Box stand, und legte ihm das Zaumzeug an. Das schwarze samtige Maul berührte seine Schulter.

«Das ist Polo», sagte er und tätschelte das Pferd. «Komm her und halt ihn, während ich ihm den Sattel auflege.»

Alex tat wie befohlen und wich ein wenig zurück, als sein Onkel Satteldecke und Sattel auf den Rücken des Pferdes warf und mit dem Knie am Bauch des Pferdes den Sattelgurt festzog.

«Alex, ich möchte, daß du hier wartest, während ich Trumps hole. Er ist in der nächsten Koppel.»

Er nahm das Zaumzeug und schwang sich in den Sattel. Alex wünschte, er könnte mit der gleichen Leichtigkeit aufsteigen. Er öffnete das knarrende Tor des Stallhofs und ließ seinen Onkel durch.

«Ich bin in einer Minute zurück», rief Harry, während er Polo die Sporen gab und in einer kleinen Staubwolke über die Koppel davongaloppierte.

Alex kletterte auf den Zaun, um ihm nachzusehen. Er sah, wie Harry auf eine Gruppe von drei oder vier Pferden zuritt, die am anderen Ende der Koppel grasten. Mir gefällt es hier, sagte er sich, ich mag die endlose Weite des blauen Himmels und die frische Morgenluft und die Laute der Schafe und der Vögel. Einen flüchtigen Moment lang dachte er an seinen Vater, der im düsteren Morgen des New Yorker Winters aufstehen und die Wohnung verlassen mußte, um mit der Subway zur Wall Street zu fahren. Das hier war besser. Er hob einen Stein auf und warf ihn gedankenverloren in den

Verschlag, wo die drei Schafe sich aneinanderschmiegten. Sie blökten und stoben in Panik auseinander.

«He, reg sie mir nicht auf.» Jims Stimme war dicht an seinem Ohr und Alex fuhr auf. Jims Hand ruhte auf dem hölzernen Zaun neben Alex' Bein. Alex blickte in die wäßrigen Augen. Er war sich nicht sicher, ob er Jim mochte oder nicht. Er spürte, daß er zu Dingen fähig war, von denen er nichts wissen wollte.

«Tut mir leid», sagte er.

«Okay», erwiderte Jim kurz, schlüpfte in den Verschlag und schloß das Gatter hinter sich. «Schau, wenn du sie aufregst, wird das Fleisch zäh. Ich brauch sie ruhig, ganz ruhig.»

Alex hatte Jim bis jetzt noch nicht soviel sprechen gehört. Er redete langsam und schleppend. Alex lauschte noch immer den Worten und dem ungewohnten Rhythmus von Jims Sprechweise, als dieser rasch nach dem Schaf griff, das gerade an ihm vorüberlief. Mit derselben Bewegung drehte er es auf den Rücken und hielt es zwischen den Knien fest. Das Schaf zitterte vor Furcht, die vier Läufe zuckten in der Luft und es blökte aus Leibeskräften. Mit unterdrücktem Fluchen preßte Jim es noch fester zwischen die Beine, bog mit einer Hand den Kopf des Schafes zurück, so daß die Kehle ungeschützt war, und nahm mit der anderen Hand ein langes, scharfes Messer aus dem Schaft an seinem Gürtel. Mit einem sauberen Stoß in den Hals traf er die Halsschlagader. Es ging alles so schnell, daß Alex kaum die Bewegung von Jims Hand wahrnahm. Eine Fontäne von Blut schoß hervor, und das Tier zuckte und bebte, während seine Muskeln sich verkrampften. Mit der linken Hand griff Jim nach der Schnauze des Schafes und packte mit der rechten die Wolle oberhalb der Augen. Ein Ruck mit der linken Hand und ein Schlag mit der flachen Rechten, und Alex hörte ein deutliches Krachen, als der oberste Halswirbel brach.

Mit schaudernder Faszination sah er, wie das Blut in die staubige Erde sickerte, die so trocken und durstig war, daß sich nicht einmal eine Lache bildete. Etwas Grünes kam aus der Kehle des Schafes. Alex konnte nicht länger hinsehen und drehte sich um. Er hörte das Geräusch von Hufen und sah seinen Onkel über die Koppel zurückkommen. Neben ihm trottete ein plumpes graues Pferd. Er öffnete das Gatter, wobei er es vermied, zu Jim hinzusehen, und versuchte, nicht an seinen revoltierenden Magen zu denken.

Als Trumps gesattelt war, Harry Alex auf das Pferd geholfen und die Steigbügel passend für ihn gerichtet hatte, erlaubte sich Alex einen letzten Seitenblick auf den Schlachthof. Die drei Schafe hingen nun mit dem Kopf nach unten an S-förmigen, rostfreien Stahlhaken, die oberhalb der Hufe durch ihre Hinterläufe gezogen waren. Sie schwangen wie Pendel hin und her, und man konnte deutlich hören, wie das Blut auf die trockene Erde tropfte. Alex begann zu würgen. «Nun, Alex, Nerven bewahren», sagte Harry kurz, zeigte ihm, wie er die Zügel halten sollte, und ritt ihm voraus aus dem Hof hinaus und die Straße hinunter, bevor Alex sich übergeben konnte und sich schämen mußte.

Es war ein schöner Tag. Der Himmel leuchtete im klarsten Blau, und die Luft, noch nicht aufgeheizt von der Sonne, war frisch und durchsichtig. Bald wich die Spannung von Alex. Er hielt die Zügel lockerer, und auf den Ratschalg seines Onkels hin wurde sein Sitz ruhiger, und er gewöhnte sich an Trumps schaukelnden Gang.

«Soll ich dir etwas von meinem Dad erzählen?» fragte Harry im Plauderton, der Alex signalisierte, daß er gleich eine Geschichte hören würde.

«Mein Dad. Ich hatte fürchterliche Angst vor ihm.»

«Du? Angst?»

«Ja. Mein Bruder Billy hatte keine Angst. Aber ich.»

«Ich hab nicht gewußt, daß du einen Bruder hattest.»

«Billy ist im Krieg gefallen. Er war zwei Jahre älter als ich. Und mein Dad liebte ihn.» Er machte eine Pause und war dann so still, daß Alex sich umdrehte, um ihn anzusehen. Harry aber blickte nur auf den Weg, den sie ritten, entspannt, die Zügel in einer Hand, die freie Hand lässig auf dem Schenkel.

Alex sagte nichts, und Harry fuhr fort.

«Billy hat mir das Reiten beigebracht. Siehst du den Briefkasten dort oben? Am Eingangstor?» Er wies auf ein großes grüngestrichenes Ölfaß, das in einiger Entfernung auf einem Zementblock neben dem Haupttor von Tiddalik stand. «Billy ist mit mir immer dorthin um die Wette geritten. Er kannte keine Furcht. Er hatte ein schwarzes Pony, das Midnight hieß und schnell war wie der Wind. Dieses Pony flog über die Koppeln, und es gab keinen Zaun, über den es nicht gesprungen wäre. Billy rief immer: ‹Wer als erster beim Briefkasten und wieder zurück ist!› Ich seh ihn noch vor mir, wie er rief und lachte und auf diesem schwarzen Pony davonstürmte, den Hut im Nacken und die Arme und Beine wie Kolben auf und abbewegend. Ich auf meinem Shetland bin immer etwas vorsichtiger hinter ihm hergeritten. Einmal haben wir in der Gully-Koppel, wo unser Dad einen neuen Damm aufgeschüttet hatte, mit verdorbenen Fleischresten an einer Schnur nach Yabbies gefischt.»

«Was sind Yabbies?»

«Flußkrebse. Nun, sehr erfolgreich waren wir nicht, und Billy hatte bald genug davon. Deshalb dachte er sich ein Spiel mit einem Seil aus. Wir schlangen ein Seil um einen überhängenden Ast, er hielt sich daran fest, und ich mußte ihn immer weiter über das Wasser schwingen, bis Billy schließlich mit einem Schlachtruf losließ und ins Wasser fiel. Manchmal gelang es ihm, manchmal nicht. Er war immer voller blauer Flecken. Er wollte, daß ich es auch tue, aber ich habe mich nicht getraut.»

«Welche Spiele habt ihr sonst noch gespielt?»

«Also, einmal fanden wir einen alten, ausrangierten Wasserbehälter. Man hatte ihn in den Abzugskanal geworfen, als der neue Damm fertig war. Es war ein altes Wellblechfaß, eines wie die bei den Ställen hinten, nur daß es schon völlig verrostet war und Dekkel und Boden fehlten. Wenn wir mit gespreizten Beinen und ausgebreiteten Armen drinnenstanden, konnten wir das Faß vorwärts und rückwärts bewegen. Es war ein Heidenspaß, und dann schoben wir es den Hang hinauf und kletterten abwechselnd hinein und stießen uns den Abhang runter. Aber Billy war ein Draufgänger. Ihm war das zu zahm, und er wollte es von ganz oben ausprobieren. Wir banden das Faß also am Sattel unserer Ponies fest und ließen es hinaufziehen. Die Pferde waren bockig und verängstigt und sprangen irritiert den Weg hinauf. Oben angekommen, banden wir das Faß los, rollten es in Position, und Billy zwängte sich hinein und spreizte Beine und Arme gegen die Wände.

‹Also, wenn ich los sage, gibst du mir Schwung›, sagte er zu mir. Und dann rief er aus Leibeskräften ‹los›, und ich gab dem Faß einen mächtigen Stoß, und es begann den Hügel hinunterzukollern. Zuerst kollerte es langsam und zögernd, aber dann gewann es an Geschwindigkeit und rollte immer schneller, bis ich draufkam, daß es zu schnell rollte und ich es anhalten mußte. Ich rannte zu meinem Pony und warf mich in den Sattel. Ich sah, wie das Faß an den Bäumen unten am Hügel abprallte, und ich sah, wie Billy herausflog wie eine der Stoffpuppen meiner Schwestern und völlig reglos dort liegenblieb, wo er herausgefallen war. Das Faß rumpelte in wildem Tempo weiter und – und zerschmetterte an einem roten Gummibaum, der es schließlich stoppte.»

«Was geschah dann?»

Harry setzte sich bequemer.

«Ich dachte, Billy sei tot. Sein Kopf war voller Blut, und seine Augen waren geschlossen. Billy. Dauernd rief ich seinen Namen. Er antwortete nicht. Ich lief zu meinem Pony zurück und sprengte Richtung Hof. Es war so heiß. Ich weiß noch, daß ich die Felsen und Bäume nicht sehen konnte vor Tränen und Schweiß. Noch nie in meinem ganzen Leben war ich so schnell geritten. Ich lief heulend zu meinem Vater. Mein Vater beugte sich gerade mit Jim über den Huf eines Pferdes. Jim war damals ein bißchen jünger, aber sonst nicht viel anders. Sie schauten auf und bemerkten mich. Ich sprudelte heraus, was geschehen war, daß ich Billy den Hügel hinuntergestoßen hätte und daß ich dachte, er sei tot. ‹Ich glaube, ich hab ihn getötet›, sagte ich, ‹er ist voller Blut, und alles ist gebrochen.›»

Während Harry sprach, konnte Alex sich ihn als Kind vorstellen, konnte sich vorstellen, daß er selbst dort in dem staubigen Hof stand und ihm die Tränen und der Schweiß über das Gesicht rannen.

«Was hat dein Dad gesagt?»

«Er sprach nie viel. Sein Gesicht wurde weiß, und ich konnte nicht herausfinden, was in seinem Kopf vorging. Und dann hob er den Arm, und ich dachte, er würde mich umarmen. Aber statt dessen schwang er den Arm zurück und schlug mich mitten ins Gesicht.» Harry hob die Hand ans Kinn, als könne er den Schmerz noch immer fühlen.

«Aber warum?» fragte Alex, als sie zu einem Gatter kamen. Harry ließ Polo dicht herantraben, beugte sich hinunter und öffnete das Gatter.

«Weil er meinen Bruder mehr geliebt hat als mich.»

«Mein Dad schlägt mich nie», meinte Alex und schnalzte mit der Zunge, um Trumps dazu zu bewegen, durch das Gatter zu gehen.

Harry schwang sein Pferd herum und schloß das Gatter hinter sich.

«Das sollte er auch nicht. Wenn ich einen Sohn hätte, würde ich ihn auch nicht schlagen.»

«Aber er war nicht tot, oder?»

«Nein, nein. Er hatte eine Gehirnerschütterung und Schürfwunden am Kopf. Für ihn war es ein großer Spaß. Als er in den Krieg zog, konnte man die Narbe noch sehen. Seine Haare sind dort niemals nachgewachsen.»

Sie ritten eine Zeitlang schweigend weiter und hingen ihren eigenen Gedanken nach. Die Sonne stieg höher und fraß selbst die kleinsten Schatten, die die häßlichen Eukalyptusbäume warfen.

«Jim war es, der mich getröstet hat», sagte Harry in die Stille.

Sie waren zügig bergauf geritten und ließen nun die Zügel locker, so daß die Pferde den Kopf leichter heben konnten. Nach kurzer Zeit erreichten sie eine wundervolle Hochebene, die mit großen und seltsam geformten Felsen übersät war; es sah hier aus, als habe die Erde einst gebebt und Schichten aus ihrem Inneren ausgespien. Gespenstische Gummibäume standen da, stumme Zeugen ihres langsamen Todes. Harry machte Alex auf ein Rudel Känguruhs aufmerksam, das dieser zuerst gar nicht erkannte, da ihre Farbe so gut mit den Steinen und Büschen harmonierte. Aber dann bewegten sie sich, und er beobachtete voller Entzücken, wie sie davonsprangen. Harry zeigte auf einen Baum am Horizont, und sie ritten auf ihn zu. Die Pferde suchten sorgfältig ihren Weg durch das Fels- und Schottergeröll, das gegen ihre Hufe schlug.

Der Baum, zu dem sie kamen, war eine riesige Kuradschongmalve, die aus einem großen Hügel aufeinandergeschütteter Steine wuchs und deren Wurzeln tief in den Spalten nach Humus und Wasser suchten.

«Das ist einer meiner Lieblingsplätze auf Tiddalik», sagte Harry, während er vom Pferd stieg. Sie banden die Pferde an einem Busch fest, und Harry nahm eine Feldflasche voll Wasser aus der Satteltasche. Ein paar Schafe, die durch die Felsen streunten, huschten mit klappernden Hufen davon. Der Fliegenschwarm, der den ganzen Weg die Pferde eingehüllt hatte, stieb verstört auseinander und ließ sich dann auf den beiden Menschen nieder. Harry ignorierte die Fliegen. Er kletterte mit Alex den Felsen hinauf, und da standen sie nun unter den weitausladenden Armen der riesenhaften Kuradschongmalve. Von hier aus konnten sie kilometerweit in alle Richtungen sehen.

«Ist das alles dein Land?» fragte Alex, als Harry seine Zigaretten herausnahm und sich setzte. Harry zündete sich eine Zigarette an, tötete sorgfältig das Streichholz ab und steckte es wieder in die Tasche.

«Wegen der Buschfeuer», sagte er, zog dann an der Zigarette und genoß, die Ellbogen auf den Knien, die Aussicht, und der blaue Rauch kräuselte sich über seinem Kopf träge zu kleinen Wölkchen.

«Ja, das ist alles Tiddalik, so weit das Auge reicht. Als mein Vater noch lebte, hatten wir zehn Männer, die ständig hier arbeiteten. Nun haben wir zwei. Es ist wunderschön, nicht? Ich liebe diesen Flecken. Man kann hier gut nachdenken. Siehst du dieses Schimmern dort drüben? Nein, dort. Das ist das Haus. Schaut von hier nicht alles klein und unbedeutend aus?»

«Und dort ist der Fluß», sagte Alex, der die Sonne in dem schmalen Wasserband zwischen der Reihe brauner Hügel glitzern sah. Er nippte an dem Wasser aus der Feldflasche. Es war warm, aber dennoch erfrischend.

«Ist es hier jemals grün?» fragte er, wischte sich mit dem Handrücken über den Mund und gab seinem Onkel die Feldflasche zurück.

«Nur im Winter, wenn es regnet. *Falls* es regnet.»

«Die Schafe und Kühe hier haben nicht viel zu fressen, nicht wahr?» fragte Alex und betrachtete das spärliche braune Gras, das sich meilenweit erstreckte.

«Nein. Nicht während einer Dürre. Manchmal, wenn wir wirklich nicht weiterwissen, können wir ihnen das hier geben.» Harry zog einen überhängenden Zweig der Kuradschongmalve zu sich herunter und zeigte Alex die Blätter. «Sie mögen es. Aber sie werden nicht fett davon. Dieses Land könnte so reich sein, so reich, wenn wir nur Wasser hätten. Aber man kann nicht von Träumen leben. Es ist besser, vernünftig mit dem umzugehen, was wir haben.»

Er paffte seine Zigarette, schaute Alex an, der wie er mit angezogenen Knien dasaß, die Beine umfaßte und seine Freude hatte an der Weite ringsum.

«Kennst du dich in den Naturwissenschaften ein bißchen aus?»

«Wir haben es in der Schule. Dieses Jahr machen wir Biologie.»

«Das ist eine der Antworten: Biologie. Siehst du diese Schafe dort drüben? Die kleine Herde? Wir halten sie nun seit zwei Monaten von den Hammeln fern. So können wir jetzt ihren Eisprung kontrollieren. Weißt du, was das ist?»

Alex nickte, als wüßte er es tatsächlich, und beschloß, seine Mutter später danach zu fragen.

«Es gibt da einen Kerl in Sydney, der ganz außergewöhnliche

Forschungsarbeiten über die Fruchtbarkeit von Schafen anstellt. Er ist Professor an der Universität. Er hat den richtigen Weg gefunden.» Harry dämpfte seine Zigarette aus, rieb sie sorgfältig gegen den Felsen, zerdrückte den Stummel und riß ihn zwischen den Fingern in kleine Stücke, die er in seine Tasche gleiten ließ.

«Wenn dieser Kerl recht hat – und die Experimente scheinen das zu bestätigen –, können wir es so einrichten, daß alle Lämmer in der Zeit auf die Welt kommen, in der wir das meiste Futter und das meiste Wasser haben. Sie haben dadurch eine größere Überlebenschance, verstehst du? Und was für die Schafe besser ist, ist auch für den Farmer besser.»

Irgendwie erinnerte sich Alex an die Zeile eines Psalms, den er gelesen hatte, und er sprudelte heraus, ohne zu bemerken, daß er laut sprach: «Die Erde ist des Herrn, und sie ist fruchtbar.»

Harry lachte, stand auf und streckte dem Jungen die Hand entgegen, um ihm beim Aufstehen zu helfen.

«Du bist ein seltsamer Kauz. Hat dir deine Mutter das beigebracht?»

«Nein. Mein Vater.»

Sie kletterten zu den Pferden hinunter, und Alex' Beine fühlten sich wacklig und steif zugleich an.

Harry half ihm aufs Pferd, und Alex zuckte zusammen, als er den Sattel unter sich spürte. Sein Onkel brach in Lachen aus und warf den Kopf zurück, so daß das Pferd die Ohren aufrichtete.

«Wir werden noch einen Cowboy aus dir machen, Alex», sagte er fröhlich. «So, und jetzt schauen wir zu meinen Mutterschafen, und dann überprüfen wir die Pumpe, und im Nu ist es Zeit zum Mittagessen.»

7

Liz fuhr mit Josie und BB nach Canberra, um Daphne vom Flughafen abzuholen und – in letzter Minute – noch ein paar Weihnachtseinkäufe zu erledigen. Liz hatte den weißen Holden-Kombiwagen genommen, ein Auto, das sie nicht mochte, weil sie ihm nicht traute. Wenn es nicht der Vergaser war, waren es die Zündkerzen, wenn es nicht die Kurbelwelle war, dann die Bremse. Der Wagen,

Man kann nicht von Träumen leben . . .

schwor Liz, hatte seinen eigenen Willen, aber heute brauchte sie ihn, weil sie einen Christbaum kaufen wollte und den Schinken und den Truthahn, und weil sie annahm, daß Daphne, da sie für immer kam, ziemlich viel Gepäck haben würde.

Das Autoradio, eines der wenigen Dinge, die funktionierten, war angedreht, und sie hörten ‹Adeste Fideles› und ‹Jingle Bells› und Bing Crosby, der von weißen Weihnachten träumte, und es hatte vierzig Grad im Schatten. Der Plastikbezug der Sitze klebte an ihren Beinen.

Liz hatte sich entschlossen, auf der Landstraße nach Canberra zu fahren. Das war nicht viel mehr als eine schmutzige Piste, die durch die benachbarten Grundstücke führte, wo man fünf Gatter öffnen und schließen und doppelt so viele Viehkoppeln durchqueren mußte. Aber es war immer noch bedeutend kürzer, diesen Weg zu fahren, als den langen Weg über die Asphaltstraße. Es war auch die direkte Route zum Norden der Stadt, wo sie als erstes beim Fleischer haltmachen würden.

Cynthia hatte Liz auch eine lange Liste von Dingen, die sie für den Haushalt brauchte, mitgegeben. Josie wollte in einem Kaufhaus einige Geschenke und Weihnachtspapier besorgen. Und BB beabsichtigte, eine Schachtel Parmesan und Grieß zu kaufen.

Liz wußte, daß sie nicht hätte fragen sollen, aber sie hatte «Warum?» gefragt, bevor sie noch anders hätte können.

«Für meine Gnocchi natürlich», hatte BB heute morgen am Telefon geantwortet. Liz und Josie hatten gerade in der Küche beim Frühstück gesessen, als das Telefon klingelte.

«Na, dem Himmel sei Dank, daß du schließlich doch noch abhebst», hatte BB gereizt gesagt.

«Es hat gerade zum erstenmal geklingelt, Ma.»

«Also, dann müssen die Kühe wieder einmal auf den Leitungen liegen, weil ich jetzt schon seit einer halben Stunde versuche, durchzukommen. Hast du Grieß zu Hause, Liz? Hallo?»

Liz hielt den Hörer vom Ohr weg, damit Josie die Stimme ihrer Mutter hören konnte, die blechern aus dem Hörer drang.

«Ich bin hier. Du brauchst nicht zu schreien. Wir haben keinen Grieß, aber wir können welchen kaufen. Ich schreib ihn auf die Liste. Ich hol dich um zehn ab.»

Liz legte den Hörer mit einem Knall auf. «Ich hoffe, Daphne mag italienische Küche.»

Liz war an diesem Morgen sehr gereizt. Sie war mit dumpfen Kopfschmerzen aufgewacht, die immer noch hinter ihren Schläfen pochten. Sie hatte nicht gut geschlafen und war aus einem Traum hochgeschreckt, einem Traum, den sie lange Zeit nicht mehr gehabt hatte. Als Kind hatte sie geglaubt, die Nacht sei ein dunkler Tunnel, ein Teleskop, und der Mond sei das Tageslicht am anderen Ende. Als Kind hatte sie eingerollt bequem in dem Teleskop Platz gefunden, aber jetzt, als Erwachsene, versetzte der Traum sie in Panik: sie konnte sich nicht aus der beengenden Hülle befreien. Sie drohte zu ersticken. In der vergangenen Nacht hatte sie mit den Armen und Beinen um sich geschlagen, und Harry hatte sich beklagt, daß sie ihn aufgeweckt habe. «Verzeih mir», hatte sie geflüstert und war bis zum Morgen wachgelegen, hatte gespürt, wie der Schweiß auf ihrem Körper langsam trocknete, und beobachtet, wie der Morgen allmählich dämmerte, heller wurde, so, als öffnete sich die große Linse einer Kamera.

Die Eier waren weich gekocht, und Liz servierte sie, jedes mit einem gehäkelten Käppchen versehen. Josie hob die Augenbrauen, und Liz seufzte: «Ich weiß, daß sie scheußlich sind, aber Ma hat sie gehäkelt, und wenn ich sie nicht verwende, wird sie es bemerken.»

«Du willst sie nicht verletzen?»

«Keineswegs. Wenn ich die Eierwärmer nicht verwende, wird sie wahrscheinlich eine ganze Menge mehr davon machen – und die könnten noch scheußlicher sein.»

Josie köpfte ihr Ei. «Lustig, daß sie uns niemals Kochen beigebracht hat. Sie konnte es immer so gut. Irgendwie assoziiere ich sie immer mit Essen. Geflügelleber in Baisers – sie konnte das alles machen. Alex und Michael sind schon glücklich, wenn ich als Nachtisch eine Packung Kekse öffnen kann.»

«Sie hat uns niemals irgend etwas beigebracht!» sagte Liz und zerkaute mit einer Scheibe Toast zwei Aspirin. «Nein. Ich nehm das zurück. Das einzige, was sie mir beigebracht hat, war, Schlaufen in die Schultern meiner Kleider zu nähen. Damit die Träger des Büstenhalters nicht vorschauten. BB glaubte, daß Sinnlichkeit nur für sie selbst geschaffen war – bei ihren Töchtern war es etwas, das man ablehnen mußte.» Sie verdrehte die Augen und machte einen großen Bissen von ihrem Toast.

«O Liz, du bist ein wenig hart.»

Liz nahm die kleine Hülle von ihrem Ei, und ihre Stimme wurde ernst, als sie es mit dem Löffel aufschlug.

«Glaubst du? Dann sag mir, *was* sie uns beigebracht hat? War sie uns ein Vorbild? Nein, Josie, ich bin nicht hart. Sie hat uns nie auch nur etwas annähernd Wissenswertes beigebracht. Wir haben uns selber großgezogen, du und ich.» Sie hielt inne, den Löffel in der Luft, und sagte, als käme ihr das zum erstenmal in den Sinn: «Weißt du was? Ich kann mich nicht erinnern, daß sie uns einmal, ein einziges Mal, zu irgend etwas Erfreulichem mitgenommen hätte, ins Kino, in eine Ausstellung, in den Zirkus. Du vielleicht? Oder uns etwas geschenkt hätte. Kannst du dich erinnern, jemals irgend etwas Besonderes von ihr bekommen zu haben? Etwas, das du dir wirklich gewünscht hast, über das sie sich Gedanken gemacht hat? Was hätte ich darum gegeben, einmal ein Buch von ihr zu bekommen? Aber niemals, niemals. Welche Verschwendung meine Kindheit war! Verschwendet von BB. Ich kann das niemals zurückhaben. Alles, was ich jemals bekommen habe, waren – Eierwärmer, zum Teufel. Es war, als wäre man von jemandem großgezogen worden, der Gummihandschuhe mit Sandpapier an den Fingerspitzen trug, so daß einem bei jeder Berührung die Nervenenden schmerzten. Sie gab mir immer das Gefühl, ihr im Weg zu sein, sie von dem abzuhalten, was *sie* tun wollte. Ihre Karriere. Eine saxophonspielende Bardame, die beste auf der Welt, hätte sie sein können, wenn wir nicht gewesen wären. Aber sie mußte bei uns sein, manchmal wenigstens, und sie brachte es fertig, daß ich mich schuldig fühlte. Kannst du dir das vorstellen? Sie machte mich für *ihre* Schwierigkeiten verantwortlich, als ich selbst noch ein Kind war.»

Josie tauchte den Löffel in ihr Ei. Das Eiklar tropfte an den Seiten herab, sie fing es mit einem Finger auf und leckte es ab. «Und trotzdem ist etwas einigermaßen Anständiges aus uns geworden, oder?» Sie wünschte, ihre Schwester würde das Thema wechseln. Es war ihr unangenehm, an ihre Schuld Liz gegenüber erinnert zu werden. «Sie muß uns etwas beigebracht haben, das die Mühe lohnt», sagte sie kläglich.

«Was immer es war, sie hat es wahrscheinlich nicht beabsichtigt. Es ist höchstens passiert, nur so, ein Nebenprodukt von etwas anderem. Zufällig, wie wir.»

«Aber sie war nie physisch grausam, Liz.»

«Natürlich nicht, dazu war sie viel zu apathisch. Das hätte bedeutet, daß sie sich näher mit uns hätte befassen müssen. Sie hatte absolut keinen Mutterinstinkt.»

«Ich erinnere mich daran, wie sie an unserem Bett gesessen ist und uns unser Abendgebet sprechen ließ.»

«Nur, wenn sie daran dachte und sich schuldig fühlte.»

«Und wir haben nie die Sonntagsmesse versäumt.»

«*Wir* nicht. Sie schon. Erinnerst du dich, wie wir immer am Morgen zu Fuß zur Kirche marschierten, weil wir den Bus versäumt hatten und uns davor fürchteten, in der Hölle zu schmoren! Wie grausam, einem Kind so etwas anzutun! Ich hab mir geschworen, meine Kinder so etwas niemals durchmachen zu lassen. Aber dann konnte ich es nie ausprobieren.»

Josie fuhr sich mit der Serviette über den Mund. «Eines hat sie uns aber doch eingebleut, nämlich, daß Sünden bestraft werden.»

«Ha!» rief Liz, während sie vom Tisch aufstand. «Bei ihr selber hab ich das nicht bemerkt.» Sie ging mit den Tellern zum Ausguß und sah durch das Fenster, wie Cynthia langsam auf das Haus zukam. Cynthia wirkte derart niedergeschlagen, daß es aus Liz hervorbrach: «Ach du liebe Zeit. Cynthia sieht heute nicht besonders gut aus. Ich hoffe, sie hält bis zur Hochzeit durch.»

«Wann ist es soweit?» fragte Josie, die sich mit den neuesten Neuigkeiten auf der Farm erst vertraut machen mußte.

«Irgendwann im Januar. Ich war so wütend auf Jim, als er ihr das angetan hat.» Mit einem ärgerlichen Handgriff riß Liz ein Geschirrtuch vom Regal. «Am liebsten hätt ich ihm die Eier abgeschnitten. Ich mag dieses Mädchen», meinte sie, während sie Cynthia beobachtete und mit heftiger Bewegung den Teller abtrocknete. «Sie ist wie eine gutmütige, sanfte Kuh, die von jedermann gemolken werden kann. Sie hat keinen Menschen. Die Nonnen haben sie großgezogen. Ihr Vater ist ein Vollblut, wo immer er jetzt sein mag, und die Leute hier auf dem Land benehmen sich den Aborigines gegenüber manchmal wie Schweine. Sie haben sie nicht einmal ins öffentliche Schwimmbad gelassen.»

Cynthia kam langsam von der Veranda in die Küche. Sie sah schrecklich müde aus. Die Hitze und das Baby schwächten ihre Widerstandskraft.

«Ich fühl mich ziemlich mies, Mrs. Barton», sagte sie. «Ich habe versucht anzurufen, aber das Telefon war wieder einmal außer Betrieb.»

Liz legte Cynthia den Arm um die Schultern. Zum erstenmal an diesem Morgen wurde ihre Stimme weicher. «Mach dir keine Sorgen, Cynthia. Wenn du jetzt nur schnell die Küche aufräumst, kommen wir am Abend selbst zurecht. Komm schon. Heute ist den ganzen Tag über niemand da, also die beste Gelegenheit für dich, dich einmal auszuruhen.»

Das Mädchen nickte unglücklich. Liz und Josie gingen hinauf, um die Sachen zu holen, die sie heute brauchen würden, und Liz versuchte, nicht mehr an Cynthia zu denken. Das Mädchen war wie eine große, runde, purpurfarbene Pflaume ohne Haut – und sie brauchte eine Haut, so eine, wie Liz sie entwickelt hatte, eine dicke Haut. So stachlig und hart wie die einer Litschifrucht, damit das süße Fleisch darunter geschützt würde.

Nachdem Liz und Josie sich für die Fahrt in die Stadt umgezogen hatten, gingen sie zur Garage im hinteren Garten. Das war ein häßlicher Zweckbau – ein graugestrichener Blechschuppen, der von einer Geißblatthecke nur unvollkommen verdeckt wurde. Im Inneren befanden sich außer dem Kombi noch ein Ruderboot mit Anhänger sowie etliche mit Planen zugedeckte Gegenstände, wie Gartenstühle und Tische, Fliegenfenster, Türen und ein Rasenmäher. Liz ließ die Schwingtür einrasten, während Josie sich umsah.

«Was ist das?» fragte sie und wies auf eines der in Planen gehüllten und zugeschnürten Pakete, die gegen die Wand gelehnt waren.

«Das? Ach, nichts. Nur ein paar von meinen alten Ölbildern. Nicht besonders gut, leider. Da, steig ein.» Sie beugte sich hinüber und öffnete Josie die Wagentür.

«Malst du nicht mehr?» fragte Josie, während sie sich neben Liz setzte und ihren geblümten Rock zurechtschob.

«Nein. Hab den ganzen Unsinn aufgegeben.» Liz schlug die Fahrertür zu und steckte den Schlüssel ins Zündschloß.

«Es war aber ziemlich gut, was du gemacht hast.»

«Ziemlich gut ist nicht genug.»

Der Wagen sprang nicht an. Liz zog den Zündschlüssel heraus, dann wieder hinein und wiederholte den Startvorgang. Der Motor hustete widerwillig und starb ab. Das Wageninnere füllte sich mit Benzindämpfen. Josie kam es vor, als vermischten sich ihre Gedanken mit ihnen. «Abgesoffen», sagte sie. Sie saßen eine Minute lang in dem heißen Wagen, und in der erzwungenen Vertraulichkeit platzte Josie heraus: «Liz, ich muß mit dir sprechen.»

«Worüber?» fragte ihre Schwester, als wüßte sie es nicht.

«Über dich. Mich. Uns.»

«Harry?»

«Ja, Harry auch.»

«Da gibt es nichts zu bereden», erwiderte Liz, die den Zündschlüssel heftig drehte und mit einem Dröhnen belohnt wurde.

Ach du liebe Zeit, dachte Josie, die zusah, wie Liz auf das Gaspedal trat, sie will nichts hören. Genauso wie damals, als wir Kinder waren und ein Doppelbett teilten und uns erzählen konnten, was jeder von uns dachte – sogar damals hat Liz Barrikaden um sich aufgerichtet, wenn ich ihr zu nahe kam. Ich konnte spüren, wie sie sich neben mir im Bett steif machte, ihre kalten Füße von mir wegzog – die Wirbel ihres Rückgrats waren wie eine Reihe von Zähnen, die sagten, laß mich, laß mich. Und ich traute mich nicht, sie zu berühren. So wie jetzt, wenn ich ihre Fingerknöchel auf dem Lenkrad ansehe, Reihen weißer Gebirgsketten, die ich niemals überqueren kann. Und die Knöchel ihrer Schwester sprachen zu ihr und sagten, du hast verdammt recht, und ich werde dir nicht zuhören. Denn was würde passieren, wenn ich es täte? Warum soll ich zulassen, daß du mich in diese Position bringst? Um deine Schuld zu erleichtern? Um dich zu bestrafen? Bürde mir diese Last nicht auf, Josie. Du bist jetzt erwachsen, bist auch eine Frau. Bestimm über dein Schicksal.

Das Kind in Josie schrie, ich will dich nicht verletzen, ich will nicht. Ich liebe dich.

Und Liz' Knöchel antworteten ihr, was für eine seltsame Art du doch hast, mir das zu zeigen.

Liz hatte sich mit dem Absatz unter dem Gaspedal verheddert und beugte sich hinunter, um ihn frei zu bekommen. Als sie sich wieder aufrichtete, sah sie ihre Schwester an.

«Es gibt nichts mehr zu diskutieren», und, sprachen ihre Augen weiter, es wird Zeit, daß du es akzeptierst: Das mit dir und Harry ist ein alter Hut. Wie meine Zeichnungen. Was auch immer vor unserer Hochzeit zwischen euch war, es ist jetzt vorbei. Es ist schon lange vorbei. Er gehört jetzt mir. Du bist keine Bedrohung für mich oder ihn.

«Ach, ich wünschte, das Leben wäre einfacher.» Josie war sich nicht sicher, ob sie laut sprach oder nicht. Ich wünschte, die Liebe wäre einfacher. Sie kramte in ihrer Handtasche und suchte nach ihrer Sonnenbrille.

Der Motor dröhnte im Leerlauf.

«Es ist einfach, wenn man es will. Werde nicht so wie BB.»

«Das hat nichts mit BB zu tun.»

«Alles hat mit BB zu tun.» Liz legte den Rückwärtsgang ein und drehte sich um, um über die Schulter nach hinten zu sehen. «Und in diesem Fall wird sie nicht gewinnen.»

Josie setzte die Sonnenbrille auf und versteckte sich hinter den dunklen Gläsern.

Liz fuhr los, und die Gedanken stürzten auf sie ein. Ihre Kopfschmerzen waren wieder da. Sie hatte wochenlang, seit Josies Telefonanruf, versucht, sich vorzumachen, daß das ein ganz normaler Familienbesuch sein würde – eine nette Schwester besucht die andere. Sie war so schwach gewesen, ja zu sagen. Schwach. Sie schlug mit dem Handrücken auf das Lenkrad, als sie daran dachte. Aber sie hatte den Kopf in den Sand gesteckt, sich Ausflüchte ausgedacht und ignoriert, was so offensichtlich war. Josie liebte Harry immer noch. Was die Sache jedoch schwierig machte: Liz liebte ihn auch.

Sie wollte Josie nicht auf Tiddalik haben. In ihrem Inneren war Liz sich nicht so sicher, wie sie es gerne gewesen wäre. Josie *war* eine Bedrohung, eine Bedrohung für sie alle. Ihr Magen krampfte sich zusammen vor Eifersucht und Angst, während sie zu BBs Haus hinauffuhr, den Fluß zur Linken. Sie konnte ihn hinter dem Profil ihrer Schwester gerade noch erkennen. Ihr Leben, so schien ihr, war wie ein Fluß. An der Oberfläche floß der Murrumbidgee sanft dahin, und das Wasser bewegte sich manchmal nur so unmerklich gegen Westen, daß man hätte schwören können, es stehe still. Unter der Oberfläche jedoch erfaßte die Strömung Steine, Bäume und Wurzeln und warf sie durcheinander. An manchen Morgen konnte man von den Fenstern an der Vorderfront des Großen Hauses sehen, wie Landfetzen vom Ufer fortgerissen wurden und nur die aus dem Wasser ragenden Teile der Rinde oder eines roten Gummibaumes einen weiteren Sieg des Wassers über den Fels, der Geduld über die Kraft anzeigten.

Ihre Ehe war so ähnlich, dachte Liz, Geduld gegen Kraft, die Oberfläche nur leicht gekräuselt, darunter aber Wirbel. In jeder Ehe, glaubte Liz, waren Liebe und Haß vereinbar. Sie konnte innerhalb von Tagen, ja sogar Stunden, von einem Extrem auf das andere schalten. Sie hatte Jahre gebraucht, um diese reife Einstellung zur Liebe zu gewinnen. Es gab Zeiten, da hatte Harry sie verletzt. Er hatte sie betrogen, zweimal, das wußte sie sicher, und wahrscheinlich öfter. Und es gab Zeiten, in denen sie sich fragte, warum sie immer noch beisammen waren. Aber der Haß war nie so groß, um zu rechtfertigen, daß sie ausbrach. Sie hatte mitangesehen, wie BB ihr Leben vermasselt hatte, selbst darunter so sehr gelitten, daß es Liz' einziges Bestreben war, ihre Ehe aufrechtzuerhalten – um jeden Preis. Sie fühlte sich dadurch nicht bloßgestellt, und sie war nicht immer unglücklich, weil sie Harry aufrichtig liebte. Aber sie wußte, daß ein Teil dieser Liebe in ihrem Festhalten daran bestand.

Sie waren schweigend vor dem Haus auf dem Hügel angekommen, und BB stieg in den Fond des Wagens. Sie trug ein Marmeladeglas voller Rosen aus dem Garten – «für Daphne» – und hatte ein selbstgeschneidertes Baumwollkleid mit jugendlichen Puffärmeln an.

«Sind sie nicht herrlich?» fragte sie, als der schwere Duft der Rosen das Auto erfüllte. Sorgfältig plazierte sie das Glas zwischen ihren Beinen. «Ach, ich bin so aufgeregt. Weißt du noch, wie ich nach England zur Krönung gefahren bin und sie gefunden habe?»

«Du hast deine Alimente dafür ausgegeben.»

«Ich weiß, daß du nie damit einverstanden warst, Liz, aber es war die Sache wert. Man kann nicht immer vernünftig sein. Als ich sie schließlich gefunden habe, hab ich in ihren Mantel geweint. Es war ein roter Mantel, und er roch nach Katzenurin. Sie liebt Katzen – das hast du mit ihr gemeinsam, Liz. Wir haben den ganzen Tag in meinem Hotelzimmer verbracht und an Ingwerkeksen gelutscht, die wir in den Tee getaucht hatten.

Es gab so viele Gemeinsamkeiten, auf die wir stießen und die mich für all die Jahre entschädigten, in denen ich mich so scheußlich gefühlt habe, so anders als meine Eltern. Sie waren Italiener. Sie waren überschwenglich. Ich nicht. Wie ich unter ihnen gelitten habe! Dabei hatten sie mich gern, glaub ich, bis ihr eigener Sohn zur Welt kam. Marco. Mein jüngerer Bruder. Alles veränderte sich, als er da war. Man hätte meinen können, er sei das einzige Baby weit und breit. Ich mußte immer so brav sein, wenn sie Gäste hatten. Sie kamen alle, um in die Wiege zu spähen und kindische Sprüche auf das kleine dunkle Baby loszulassen. Er hatte eine Menge Haare.

Meine Mutter hatte das Kinderzimmer für ihn eingerichtet. Alles war frisch und neu. Wie ich diese Tapete mit den kleinen Blumen und Engelchen haßte! Eines Tages lehnte ich mich an die Wand, und als die Gäste kamen und ihre ganze Aufmerksamkeit auf das Baby gerichtet war, pißte ich gegen die Tapete, über meine weißen Sokken und schwarzen Lackschuhe. Es hinterließ einen Fleck an der Wand. Meine Mutter hat ihn noch Monate danach den Besuchern gezeigt, bis er verschwunden war, der Fleck an der Wand, mit dem ich Schande über Marco gebracht hatte.»

Sie waren von der Hauptstraße abgebogen und fuhren nun durch eine dichtbewaldete Schlucht, die manchmal, nach heftigen Regenfällen, unpassierbar war. Unter den Gummibäumen und Eichen, zwischen den gesprenkelten Flecken der Baumstämme, kreisten Vögel. Die wenigen noch vorhandenen Wassertümpel befanden sich in diesem Gebiet. Kleine, lebhafte Papageien – grün, türkis und rot – schossen quer vor dem Wagen über die Straße.

Liz bewunderte ihre tropische Farbenpracht in dieser grauschwarz gefärbten Landschaft. Ihre Gedanken wurden gewaltsam wieder auf den Wagen gelenkt, als der Volant unter ihren Händen heftig zu vibrieren begann.

«O nein», seufzte sie, während sie den rüttelnden Wagen zum Stillstand brachte. «Wir haben eine Reifenpanne. Verdammt!»

«Was sollen wir tun?» fragte Josie, als Liz die Handbremse anzog und die Wagentür aufstieß.

«Tun?» fragte Liz und fluchte unterdrückt. «Das Rad wechseln, natürlich.»

Liz ging zur Rückseite des Wagens, um Wagenheber und Reserverad zu holen.

«Du mußt aussteigen, BB. Ich kann den Wagen nicht hochheben, wenn ihr beide, du und Josie, noch drin seid», meinte sie trocken. BB seufzte und kletterte mit Josie aus dem Auto. Hilflos standen sie am Straßenrand im Staub und verscheuchten die Fliegen mit den Händen.

«Warte», sagte BB und öffnete den Wagenschlag, um das Glas mit den Blumen herauszuholen. Liz wurde von einem Gefühl überwältigt, schon oft zuvor in dieser Situation gewesen zu sein: Sie mußte mit etwas fertig werden, während Josie und BB warteten. Kein Wunder, daß Harrys Mutter sie ausgewählt hatte, die Farmersfrau zu werden. Sie legte eine Decke auf die Straße, befestigte den Griff am Wagenheber und kniete nieder, um den Wagenheber anzusetzen.

«Ist es schwierig?» fragte Josie.

Den Kopf unter dem Wagen murmelte Liz: «Nein, schwierig nicht. Nur schmutzig.» Als sie den Wagenheber an der richtigen Stelle plaziert und das Fahrgestell gehoben hatte, bis das Gewicht nur mehr auf einem Rad ruhte, setzte Liz den Schraubenschlüssel an der Radschraube an. Da sie nicht genug Kraft in den Armen hatte, um die Schrauben mit der Hand zu drehen, sprang sie mit ihrem ganzen Gewicht auf den Schraubenschlüssel und war innerhalb kürzester Zeit schweißgebadet. Sie wußte, daß sie nun den ganzen Tag lang Schweißflecken unter den Armen haben würde. Sie war sich der kritischen Blicke bewußt, mit denen BB sie musterte, und in dem Moment, als die Schraube unter Liz' Gewicht nachgab und sie sich erleichtert der nächsten zuwandte, sagte BB: «Gibt es eigentlich etwas, das unsere Liz nicht fertigbringt?»

Den Schraubenschlüssel in der erhobenen Hand drehte Liz sich zu ihrer Mutter um. Dann ließ sie die Hand langsam sinken. Es war schrecklich heiß, sie schwitzte fürchterlich, und der Kopfschmerz hämmerte trotz des Aspirins hinter ihren Schläfen. Ihr Ärger und ihr Kummer über Josies erneuten Eintritt in ihr Leben machten sich in einem Wutausbruch Luft. Und die Wut richtete sich gegen diese aufreizende dumme Frau, die ungestraft auf ihr herumhacken konnte. Als hätte sie von Gott das Recht erhalten, sie zu verletzen und zu kritisieren. Aber es war nicht das Aufflackern von Furcht in den Augen ihrer Mutter, das Liz Einhalt gebot. Sie selbst war es. Sie trat mit dem Fuß gegen den Reifen und sagte mit zitternder, um Beherrschung bemühter Stimme: «Ach, um Gottes willen, halt doch den Mund!»

Liz lockerte die übrigen Schrauben, und bald hatte sie den defekten Reifen abmontiert und das Reserverad aufgezogen. Ihr keuchendes, angestrengtes Atmen wetteiferte mit dem Gezwitscher der Vögel und dem Rascheln der schwachen, heißen Brise in den Bäumen. Schließlich hatte sie es geschafft, der Reifen war gewechselt, die Schrauben waren wieder an ihrem Platz, der Wagen, den sie so haßte, startbereit.

BB stieg ohne ein Wort ein und setzte sich schmollend, die Arme wie die Flügel eines Kükens vor dem Körper verschränkt und die Füße fest an das Glas mit den Rosen gepreßt. Josie kramte in ihrer

Handtasche und reichte Liz ein sauberes Taschentuch, das sie großzügig mit Kölnischwasser besprengt hatte. Liz fuhr sich über das Gesicht und wischte sich, so gut es ging, die Hände ab.

Sie drehte den Schlüssel im Zündschloß, und das runde Geräusch des Motors erfüllte sie mit Erleichterung. Wie leicht man sie glücklich machen konnte! Sie löste die Handbremse, und sie fuhren weiter, hinaus aus dem Schatten der Bäume, in das harte, starke Sonnenlicht, das alles um sie herum einebnete und blendete und die Entfernungen flirren und verschwimmen ließ. Mit halbem Ohr hörten sie die Mittagsnachrichten. Nichts von Bedeutung. Während sie über die Landstraße nach Canberra, Daphne entgegen, rumpelten, schwiegen die drei Frauen, jede mit ihrer eigenen kleinen Welt beschäftigt. Nach den Nachrichten wurde das Programm mit weihnachtlicher Musik fortgesetzt, und die Klänge von Händels «Messias» erfüllten den Wagen.

Liz sog die Musik in sich auf, und langsam begann die Spannung aus ihrem Gesicht und von ihren Schultern zu weichen. Wenn sie nicht Malerei studiert hätte, wäre sie gerne Musikerin geworden. Da hätte sie nichts erklären müssen, hätte ihre innersten Gefühle bloß durch Noten ausdrücken können. Hätte sie ein Instrument sein können, wäre sie wahrscheinlich am liebsten ein Cello gewesen, mit tiefen Noten, Resonanz.

Es tat gut, der Musik zu lauschen, und sie hatte beinahe das gleiche Gefühl wie damals, als sie gemalt hatte; wenn sie die Farbe auf die Leinwand übertragen hatte – in einer Weise, die schwer zu beschreiben war, aber so, daß man sagen konnte, ja, das ist gut. Dieser Pinselstrich ist richtig. Und Liz sah hinaus auf die grauschwarzen Farben der Landstraße und sah Braun, Ocker und Rot, wo sie zuvor nur Monotonie gesehen hatte. Ruhiger geworden, atmete sie tief durch und begann vor sich hin zu summen. Und so fuhren sie auf Canberra zu, das in der Ebene unter ihnen in der Mittagshitze flimmerte.

8

Am Freitag vor Weihnachten war es auf der Farm ungewöhnlich ruhig. Harry war mit den Männern in die Stadt gefahren, um die Schafe zu verkaufen. Alex hatte gebettelt, mitfahren zu dürfen, und Josie hatte zögernd nachgegeben und zugestimmt, obwohl sie ein wenig verletzt war und sich ausgeschlossen fühlte, weil Alex so erpicht darauf war, ständig mit Harry beisammen zu sein. Drei große Lastwagen, vollbeladen mit Schafen, hatten früh am Morgen den staubigen Hof verlassen, und selbst den Hunden, die ihnen nachsahen, schien es zu heiß zum Bellen gewesen zu sein. Josie war hinter ihnen her traurig wieder ins Haus gegangen.

Cynthia fühlte sich besser als an dem Tag, an dem sie Daphne vom Flughafen abgeholt hatten, und sie und Liz kochten und brachten das Haus für das Wochenende auf Hochglanz. Da der Christtag erst am Dienstag war, mußte Liz den Truthahn einfrieren. Sie fürchtete, er würde in der Hitze verderben. Sie hatte Mr. Doughty, den Verehrer ihrer Mutter, für Samstag zu einem Picknick eingeladen. «Nicht», wie sie sich Josie zu versichern beeilte, «um BB einen Gefallen zu tun, sondern damit der arme alte Kauz endlich wieder einmal an die frische Luft kommt.»

Harry hatte vorgeschlagen, auch seine Schwester Julie samt Mann und Kindern einzuladen. Morgen würde also ein vorweggenommenes Weihnachtsfest stattfinden, und der heutige Tag galt den Vorbereitungen.

Alle schienen so beschäftigt, daß Josie das Gefühl hatte, im Kreis zu gehen und Selbstgespräche zu führen. Sogar BB, deren neue Rolle «Verlorene Tochter findet Mutter, holt sie in den Schoß der matriarchalischen Familie zurück» ihre Egozentrik zu neuen Blüten geführt hatte, war beschäftigt. In einem Anflug von Aktivität hatte sie Josie eingeladen, mit ihr und ihrer Mutter gemeinsam zu Mittag zu essen. Josie hatte sie fröhlich pfeifen gehört, als sie den Hörer auflegte.

«Gibt es denn gar nichts, das ich tun kann?» fragte Josie kläglich hinter dem Rücken ihrer Schwester. In den letzten Tagen hatten sie es vermieden, miteinander allein zu sein. Und da sie in Gegenwart anderer ausgesucht höflich zueinander waren, verstrichen die Tage, ohne eine Lösung zu bringen. Liz führte dies darauf zurück, daß sie zuviel zu tun hatte und daß sie immer noch hoffte, das Problem würde sich von selbst lösen, wenn sie es ignorierte. Josie wiederum, die sich diese Suppe selbst eingebrockt hatte – den Boden unter den Füßen zu verlieren und nicht nur eine, sondern zwei Ehen in Gefahr zu bringen –, konnte nicht darüber sprechen, weil sie nicht wußte, was sie sagen sollte. Sie hatte den ersten Schritt getan, aber die Umstände und die Beschaffenheit ihres Charakters hatten ihre Initiative gelähmt.

Liz hatte sich mit einem tiefen Seufzer die mit Mehl bestaubten Hände an der Schürze abgewischt und Josie zu einem großen Karton geführt, der in der Abstellkammer im Treppenhaus verstaut war. Sie mußten erst ein paar Dinge beiseite räumen, etliche Kisten mit Wein, eine Angelrute, Harrys Gewehr, mit dem er auf Kaninchenjagd ging, Gummistiefel in verschiedensten Größen.

«Hier», sagte Liz und zog den Karton hervor, «du kannst den Kamin im Salon schmücken, wenn du willst. Zu Weihnachten sieht er immer wie ein klaffendes Loch aus.»

Josie hatte sich wie ein Kind gefühlt, das man zum Spielen fortschickte. Aber sie setzte sich pflichtschuldigst mit gekreuzten Beinen auf den Axminsterteppich vor den Kamin und begann die Schachtel auszupacken. Liz' Katze, dick, mit flauschigem rotem Fell, machte es sich neben ihr bequem. Ruby kam herein, aber die Katze und der Hund wollten spielen, und so stand Josie auf und bugsierte den Hund durch die Flügeltür auf die Veranda hinaus.

In der Schachtel waren zwischen Stroh und Zeitungspapier die alten italienischen Krippenfiguren aus Josies Kindheit verpackt. Sie hatten BBs italienischer Mutter gehört, und BB, die keinen Platz hatte, um sie aufzustellen, hatte sie Liz gegeben. Josie legte das Stroh auf der Kaminplatte aus und stellte die Figuren darauf: das Jesuskind in der Krippe, die Jungfrau Maria, die Heiligen Drei Könige, Ochs und Esel, die andächtigen Hirten. Zuletzt gesellte sie Josef, dessen Augen ins Leere starrten, auf ein Mysterium, das nur er sehen konnte, zu der Jungfrau Maria. Mehr kann ich nicht daraus machen, sagte sie sich, während sie die Figuren kritisch betrachtete und mit den Zehen die Katze kraulte.

Ich mag dieses Zimmer, dachte sie, als sie aufstand und die Strohreste einsammelte. Mag diese verblüffende Kombination von Möbeln und Stilen. Es war ein langer schmaler Raum, mit Flügeltüren an beiden Enden. Eine Tür führte auf die Veranda hinaus, die andere in ein kleines Arbeitszimmer, das im Sommer kaum benutzt wurde, weil es auf der heißen Seite des Hauses lag. Auf dem eher häßlich gemusterten Axminsterteppich (Harry weigerte sich, Liz zu erlauben, ihn auszutauschen, und Liz jammerte, daß er sich niemals abnützen würde) standen einige der alten Möbel aus Eichen- und Eibenholz, die Liz im Laufe der Jahre zusammengetragen hatte: ein ovaler Klapptisch, einige Stühle, eine geschnitzte Truhe, auf der schlichte silberne Kerzenleuchter und eine Keramikvase mit einem Tannenzweig standen. Am anderen Ende, neben der Tür zum Arbeitszimmer, befanden sich zwei hübsche georgianische Bücherregale, die Harrys Vater gehört hatten. Insgesamt wirkte der Raum mit seinen Möbeln der unterschiedlichsten Stilrichtungen, den matt silbrig schimmernden Vorhängen auf massiven Gardinenstangen aus Eichenholz, dem Kontrast zwischen Hell und Dunkel, überraschend harmonisch. An der Wand, zwischen den von Harrys Eltern geliebten viktorianischen Bildern, in denen die moralische Aussage über die künstlerische die Oberhand behielt, hing ein kleines Gemälde von Russel Drysdale: es zeigte eine einsame männliche Gestalt in einer roten Landschaft. Liz hatte Harry, als der Wollpreis einmal hoch stand, gedrängt, es zu kaufen, und es war ihr ganzer Stolz. Es gab auch eine Federzeichnung von Liz, Harry darstellend, die wahrscheinlich vor einigen Jahren entstanden war. Harry, der Harry, den Josie von früher kannte, war gut getroffen. Das lange Kinn, die Kontur der Backenknochen, der massive Hals waren mit kräftigem Strich, die Lippen und Ohren hingegen, wo die Rundungen weicher waren, fein gezeichnet. So als hätte die Künstlerin diese weiche Seite – ihre oder die des Porträtierten, Josie konnte es nicht entscheiden – nicht offenbaren wollen.

Es hing noch ein anderes Bild von Liz im Zimmer, ein kleines Ölgemälde neben dem Kamin. Es war nicht gerahmt, und nur das kleine schwarze EB am unteren Rand wies Josie darauf hin, daß es von ihrer Schwester stammte. In seiner Einfachheit ähnelte es beinahe einem japanischen Holzschnitt. Dem Datum nach zu schließen, konnte es nicht viel später entstanden sein als das Porträt, aber es schien von einer anderen Person gemalt worden zu sein. Es war eine Landschaft. Der Strich war kräftiger, drängender als in den früheren Arbeiten, so als hätte die Künstlerin wütend mit der Farbe gekämpft. Es zeigte eine Schlucht, wahrscheinlich irgendwo hier auf Tiddalik, mit einem Wasserfall und Felsen. Aber die Felsen schienen ein Eigenleben zu haben: man hatte den Eindruck, daß sie mehr Platz beanspruchten, als die Leinwand ihnen bot, daß sie sich vom dichtbewaldeten Ufer mit den wilden Dornbüschen und Teesträuchern losrissen. Und dabei gaben sie den Blick auf eine kleine, zerklüftete, von den Wänden der Schlucht verborgene Höhle frei, die Quelle des weißen Wasserfalls.

Es war ein aufwühlendes Bild, seine Energie und Vitalität bildeten einen Gegensatz zur Stille des Zimmers. Und wenn man es betrachtete, schien es auch unfertig, so als hätte Liz sich beim Malen dabei ertappt, wieviel sie preisgab, und «genug» gesagt und den Pinsel weggelegt.

Josie nahm das Bild von der Wand und betrachtete die Rückseite. Liz hatte den Titel «Geburt» daraufgeschrieben, in derselben eleganten, schwungvollen schwarzen Schrift, mit der sie es signiert hatte.

Das Bild machte Josie nervös, und die Rastlosigkeit übermannte sie wieder. Sie hängte es an seinen Platz zurück und dachte, daß sie nach draußen müsse, weg aus dieser dicken Steinmauer, die mehr in sich einzuschließen schien als nur die Hitze. In ihrer Eile, das Zimmer zu verlassen, wäre sie beinahe über die Katze gestolpert, als sie in die düstere Diele lief und einen Sonnenschirm aus dem gußeisernen Schirmständer nahm.

Sie lief durch den Obstgarten mit seinen Orangen- und Zitronenbäumen, deren kleine glänzende Blätter im Sonnenlicht schimmerten, deren Stämme und Früchte aber verkümmert waren, weil sie zuwenig Wasser hatten. Sie ging an der dichten hohen Linde neben den alten Wellblechställen vorbei, die jetzt, geschwärzt vom Feuer, schäbiger aussahen als je zuvor. Unter ihrem braunen Schirm fragte sie sich, warum einige Bäume in der unerbittlichen Sonne so gut gediehen und andere nicht. Sie kletterte über den Zaun und marschierte den Hügel hinauf, aufgewühlt, während um sie herum das Land friedvoll und ehrwürdig war wie immer. Irgendwo hatte sie gelesen, daß dies das Land sei, das warte. Dieser Gedanke machte sie frösteln, obwohl Bäche von Schweiß über ihre Stirn rannen. Als sie die Stufen von BBs Veranda erreichte, zischte ein Goanna, das sich neben BBs heiligen Geranien gesonnt hatte, in den Schatten davon.

«Mutter, Mutter!» rief sie. «Bist du da?» Mit einem Anflug von Erleichterung hörte sie BBs Stimme durch die dünnen Wände. BB und Daphne saßen in der Küche. Aus dem Radio neben dem Ausguß drang die Stimme eines Tenors. Die Küche war ein kleiner Raum mit einem Elektroherd und einem Kühlschrank (hinter dem sich noch immer die Mausefalle befand) sowie einem Tisch, auf dem ein Vogelkäfig stand. Auf einem der Stühle aus Chrom und Plastik saß Daphne, BBs Mutter.

Sie war, wie Liz bei ihrem ersten Zusammentreffen auf dem Flughafen festgestellt hatte, keine besonders bemerkenswerte Frau. Das einzig Bemerkenswerte an ihr, hatte Liz hinzugefügt, sei ihre offensichtliche, zunehmende Senilität.

Sie war klein wie BB, aber viel dicker. Ihr formloser Körper steckte in einem buntbedruckten, vorne geknöpften Kleid mit kurzen Ärmeln, die die Fleischberge ihrer Oberarme sehen ließen, und einem Gürtel mit zwei Knöpfen an der Stelle, wo die Taille hätte sein sollen. Früher war ihr Gesicht wahrscheinlich einmal oval wie das BBs gewesen, aber wer konnte das schon wissen? Und die Augen waren trüb, aber fröhlich, so als sei das, was man Leben nannte, ein großartiges Spiel. Liz hatte gesagt, sie wisse nun, wo BB herkomme und wo sie alle hingingen und daß es die Zukunft war, was sie sahen, *ihre*, Josies und Liz' Zukunft.

«Komm herein, Josie. Komm herein!» schrie BB. «Du bist zu früh dran, aber das macht nichts.» Sie schob den Vogelkäfig auf die Seite und wischte mit einem Geschirrtuch flüchtig über den Stuhl. Reste von Vogelfutter fielen zu Boden. Josie setzte sich. In der Küche war es so heiß, daß sie ihren Rock über die Knie hinaufschob und ihre Beine so stellte, daß sie einander nicht berühren konnten. Sie spürte, wie ihr der Schweiß die Kniekehlen hinunterrann. Ihrer Mutter und ihrer Großmutter schien die Hitze nichts auszumachen.

«Ma und ich sind gerade dabei, uns kennenzulernen, nicht wahr, Liebste? Und rate mal! Wunderbare Neuigkeiten: John Doughty wird ihr dabei helfen, ihr Geld hier zu investieren. Ist das nicht toll! Siebzehnhundert Pfund! Oh, das nimmt uns eine Last von den Schultern, das kann ich dir sagen, und es ist viel gescheiter, es zu investieren, als auf der Bank liegen zu lassen. In die Baugesellschaft einbringen wird er es, sagt er.»

Wenn BB aufgeregt war, schleuderte und überschlug sich ihre Stimme, als könne sie ihre Zunge nicht unter Kontrolle halten. Worte rannen ineinander, in falschen Modulationen, so daß es noch schwieriger war als sonst zu verstehen, was sie meinte. Josie ertappte sich dabei, daß sie dem Klang der Stimme ihrer Mutter lauschte und nicht der Bedeutung ihrer Worte.

BB sah bemerkenswert glücklich und selbstzufrieden aus und hatte, wie um diese Tatsache zu verkünden, heute morgen ein Kleid mit einem erstaunlichen orangeroten Blumenmuster angezogen. Josie wurde noch heißer, wenn sie nur hinsah. «Gefällt es dir?» fragte BB, die Josies Blick bemerkte. «Nach Weihnachten kann ich dir auch eines zuschneiden, wenn ich nicht zuviel zu tun habe. Obwohl ich Liz versprochen habe, ihr zuerst ein paar Deckchen zu häkeln. Ich muß sie in Zucker tauchen, und die Feuchtigkeit – nun, sie greift die Volants hier an. Wenn es nicht die Feuchtigkeit ist, dann kommen die Ameisen. Sind ganz verrückt nach diesem Zeug.»

Josie hatte keine Ahnung, wovon ihre Mutter sprach. Aber in ihrer gegenwärtigen Stimmung und angesichts BBs Redseligkeit zog sie es vor zu lächeln und sich den Schweiß vom Nacken zu wischen.

Über dem bunten Kleid trug BB eine Schürze, auf der in Riesenlettern geschrieben stand: Willkommen in der Schafmetropole Mindahra! Sie hatte sie, wie sie erklärte, bei einem Besuch in dieser Stadt gekauft, als sie mit dem Bowlingverein dort gewesen war und ihren lokalen Club vertreten hatte. Um den Kopf hatte sie sich ein gemustertes Halstuch gebunden. Mit dem fettigen Zeigefinger schob sie ihre Brille mit der weiß-gold gesprenkelten Fassung fester auf ihre kleine Nase und lächelte Josie zu. Josie lächelte zurück.

«Daphne hat mir gerade erzählt, wie ich zustande gekommen bin. Ein Buch könnte man darüber schreiben. Oder einen Film drehen. Ich seh es schon vor mir, mit Judy Garland und Montgomery Clift... Aber *du* mußt es uns erzählen, Daphne, nun mach schon», sagte sie und rüttelte Daphne an dem fleischigen Oberarm. «Erzähl es noch einmal, Josie hat es ja noch gar nicht gehört. Ich mach unterdessen die Gnocchi.» Sie war wie ein Kind, das auf seine Lieblingsgeschichte wartet.

«Nun, da gibt es nicht viel zu erzählen.» Daphne hatte nur einen leichten Essex-Akzent, der ihrer Stimme rhythmischen Schwung verlieh. Und ab und zu brach mitten im Satz ein kurzes Kichern aus ihr hervor wie ein unerwartetes Atemholen. Josie stellte ihr Gehör von Schongang auf Rückwärtsgang ein.

«Oh, wart einen Moment», meinte BB, «wir genehmigen uns

zuerst alle einen Sherry. Josie, die Gläser sind im Wohnzimmer, im Geschirrschrank in der Ecke, und der Sherry ist hier irgendwo.» Sie steckte den Kopf unter den Tisch und begann zwischen den Schachteln zu suchen. Josie ging ins Wohnzimmer, wo die Vorhänge zum Schutz gegen die Sonne zugezogen waren, und fand den Schrank. Hinter den Glasscheiben sah sie undeutlich BBs bestes Porzellan, Tassen, Teller und Teeservice, Nippesfiguren, Jahrmarktplunder, eine Silberstatuette – wahrscheinlich eine Kegeltrophäe –, einige Glastiere und sechs geätzte Sherrygläser mit Stiel. Sie sperrte den Schrank auf, nahm drei der Gläser heraus und trug sie in die Küche, BB schenkte ein und fuhr fort:

«Nun, Daphne, Josie hört die Geschichte zum erstenmal, also erzähl langsam. Es ist auch ein Teil ihrer Geschichte. Es wird wie ein Band zwischen uns sein, weißt du? Familien erinnern mich immer an ein Band oder ein Seil. Wir sind nicht aneinander gebunden oder verknüpft oder so etwas, sondern kleine Faserstückchen, die durch Kontinuität zusammengehalten werden. Du und ich. Und ich und Josie.»

Daphnes Augen waren glasig geworden, als hätte sie das Seil, von dem BB sprach, gesehen, dem Tau eines Schiffes vergleichbar, das hinter ihr vor Anker lag.

«Daphne, Daphne?» BB schnalzte mit den Fingern. «Manchmal schaltet sie ab. Aber sie ist nicht dumm. Sie hat mich ein paarmal zurechtgewiesen. Bist du hier?»

Daphnes Augen und Gedanken kehrten wieder in die Gegenwart zurück. Sie kicherte.

«Also, nun mach schon. Erzähl uns, wie du dich im Dowager House in den Gärtner verliebt und festgestellt hast, daß du schwanger bist!» Während sie sprach, ging BB zum Herd zurück, um ein Backblech einzufetten.

«Es ist mein Leben, BB. Ich hab's dir in kurzen Zügen erzählt. Hab mich in eine Ecke gedrückt 1911, und peng, damit waren die nächsten fünfzig Jahre gelaufen.»

BB stand am Herd und schlug Eier in eine schaumige Käsemischung, die in einer Pfanne schwamm.

«Du verschweigst jetzt mein tatsächliches Alter, Daphne», sagte sie. «Oh, sie ist eine ganz Böse», meinte sie zu Josie gewandt, so als wäre sie, BB, für diese Unterhaltung verantwortlich. Was sie ja auch war, rief sich Josie in Erinnerung, denn wenn BB sich nicht entschlossen hätte, sich öffentlich zu ihrer Mutter zu bekennen, hätte Josie Daphne niemals kennengelernt. Diese dicke kleine Frau, deren unbesonnenes, aber fruchtbares Rendezvous vor fünfzig Jahren schließlich sie selbst hervorgebracht hatte.

Aber Daphne hatte nun endlich begriffen, war gewissermaßen an Bord gegangen und hielt auf eine Insel zu, die sie wiedererkannte.

«Ein Kind vergißt man nie. Ein Kind, das man weggeben muß. Ich war arm, aber ich hatte einen Job. Mein Dad hat ihn für mich durch unseren Pfarrer bekommen, und ich wurde Küchenhilfe im Dowager House. Sie gehörten der High Church an, und deshalb hatte mein Vater nichts dagegen. Im Haus war ein Priesterversteck, und mein Vater sagte, daß sie wahrscheinlich früher selbst Katholiken gewesen waren und es nur nicht wußten. In der Jagdsaison fuhren wir immer alle auf ihren Besitz nach Schottland. Ich hatte die ganze Dreckarbeit über. Ich mußte die Vögel ausnehmen. Die Vögel wurden aufgehängt, bis sie verwest waren. Bis ich ran durfte, stanken sie. Gib mir nur kein Wild zu essen, BB, ich kann das Zeug nicht ausstehen. Aber italienische Küche ist in Ordnung.»

Sie lachte, ihre kleinen falschen Zähne blitzten, Kinn und Arme wackelten.

«Ich war ja damals selbst noch ein Kind. Wir spielten in der Küche immer Spiele. Da gab es eine große fette Köchin, Mrs. Walter, die auch nicht lange geblieben ist. Sie legte einmal den Kopf auf den Küchentisch und bat den jungen Sohn der Herrschaft, er möge ihn abschneiden. Gab ihm sogar ein großes Küchenmesser dazu. Der kleine Lump biß sich auf die Lippen und machte mit dem Messer einen tiefen Schnitt. Ich konnte das gelbe Fett in Mrs. Walters Nakken sehen. Kurz danach ist sie gegangen. Hat ein Gasthaus in Bornemouth aufgemacht, soviel ich weiß. Sie konnte gesponnenen Zucker machen, als ob sie das Rezept von Rumpelstilzchen persönlich gehabt hätte. In der ganzen Umgebung sprach man davon. Nur daß ich diejenige war, die die verdammte hölzerne Spindel halten mußte, während sie den Sirup auf mich tropfen ließ. Trotzdem haben wir Spaß gehabt.» Daphne bekam wieder ihre Zuckungen, kicherte und bleckte die Zähne.

«Aber ich hab niemanden sehr gut gekannt. Ich war schrecklich einsam, so von zu Hause fort. Und dann – schwanger. Der Skandal hätte meine Eltern umgebracht. Damals gab es keine Abtreibungen. Und für jemanden wie mich schon gar nicht. Man brachte das

Baby heimlich zur Welt. Man versteckte sich vor der Familie und den Freunden.»

«Was geschah mit dem Gärtner?» fragte Josie, während sie sich eine Zigarette anzündete und sich Daphne als dünnes, verschrecktes Mädchen vorzustellen versuchte. Daphnes Augen blitzten.

«Ich weiß nicht, was aus ihm geworden ist. Hab nie mehr etwas von ihm gehört oder gesehen. Es war nur so ein Unfall. BB war ein Unfall.» Sie kicherte. «So wie wir alle.» Sie nahm ihr Glas.

«Also, man hat mich ja schon vieles geheißen im Lauf der Zeit, und manches war nicht sehr schmeichelhaft, aber einen Unfall hat man mich noch nie genannt.»

«Du wirst gleich noch einen haben», rief Josie, während sie aufsprang und eine Flamme löschte, die aus einem Öltropfen auf der Herdplatte emporgeschossen war.

«Reg dich nicht auf», sagte BB, die den Zwischenfall ignorierte. Sie goß ein Gemisch aus Milch, Ei, Grieß und Käse, das sie mit Muskatnuß gewürzt hatte, aus der heißen Pfanne auf das Backblech. Sie begann es mit einem Teigspachtel zu verstreichen, aber es blieb andauernd daran hängen, so daß sie es aufgab und den Rest einfach mit den Fingern glattstrich.

«Wir müssen es ein bißchen abkühlen lassen», meinte sie und stellte das Backblech in den Kühlschrank. Dann setzte sie sich zu den anderen, öffnete die Sherryflasche, so daß der Kork quietschte, und füllte die Gläser. «Prost!» sagte sie, während sie die Flasche auf den Boden stellte. Sie tauchte den Zeigefinger in den Sherry und steckte ihn dann in den Käfig. Der Kanarienvogel pickte mit dem Schnabel nach dem Finger.

«Hübsches Kerlchen. Tststst», machte BB. «Den besten Mann, den ich jemals gehabt habe, hatte ich während des Krieges, und der war erst ein hübsches Kerlchen. Er hatte einen kleinen Schnurrbart. Es war die Nacht, in der die Japaner in ihren Unterseebooten in den Hafen von Sydney kamen. Ich werde es niemals vergessen. Die Gefahr machte die Situation irgendwie pikant. War das bei dir auch so, Daphne? Explodierende Bomben und Leuchtraketen am Himmel?»

Josie blickte ihre Mutter überrascht an. Nie zuvor hatte sie BB so offen reden gehört und fragte sich, ob der Sherry und die Hitze schuld daran wären. Vielleicht hatte sich BB verändert, hatte angefangen, vernünftig darüber nachzudenken, was ihr Leben bestimmt hatte. Vielleicht, überlegte sie, habe auch ich meine Haltung ihr gegenüber geändert, weil ich sie zum erstenmal als Frau, nicht als meine Mutter sehe. Josie dachte nach und spürte, wie ihr der Schweiß an der Innenseite des Unterkleides herunterrann.

Daphne stieß ein gequetschtes, nervöses Kichern aus.

«Oooch, du bist entsetzlich, BB. Als ich dich zur Adoption freigegeben habe, hätte ich nie gedacht, daß diese netten Leute – die Agentur hat gesagt, es seien sehr nette Leute – dich so – so – sinnlich werden ließen.»

«Wie die Mutter, so die Tochter», erwiderte BB.

Josie hatte das Gefühl, in einem Mädcheninternat, einem Hühnerstall, einer Sauna, an einem Ort zu sein, wo Mädchen und Frauen einander ihre intimsten Gedanken anvertrauten. Es war heimelig in der Küche ihrer Mutter, mit dem warmen Geruch von Milch und Käse, dem Zwitschern des Vogels in seinem Käfig, dem Hintergrundgeräusch eines Puccini-Duettes, das sie einlullte. Und da war der Geschmack des guten Sherrys auf der Zunge. Die heiße Sonne, die durch das Fenster schien, erzeugte eine Schwüle, in der die weiblichen Gerüche, Josies Eau de Cologne, BBs Moschusduft, Daphnes Geruch nach Seife sich zu einer Atmosphäre verdichteten, die Vertraulichkeiten geradezu heraufbeschwor.

«Ich weiß nicht, wie man es nennen kann, außer Sünde», sagte Daphne. Sie senkte die Stimme und stützte die Ellbogen auf dem Tisch auf. Sie hat feine Hände, stellte Josie fest. «Als ich zu ihm in sein kleines Zimmer oberhalb der Stallungen ging, hätte mich nichts aufhalten können. Er war nicht nur ein einfacher Gärtner, er wußte so viele Dinge über Gartenbau und so was. Er brachte aus dem Treibhaus die phantastischsten Blumen, die ich jemals gesehen hatte. Ich weiß nicht, wie er sie alle nannte, seltsame Namen hatten sie, aber ich hab ihn von der Küchentür her beobachtet. Er zog sich immer beim Eingang die Schuhe aus, meine Lady war ziemlich pingelig, kam in Socken herein, Löcher hatte er in den Socken, und ich hätte mich gern um ihn gekümmert. Ständig ist er ums Haus herumgestrichen, hat die Blumen und Pflanzen an der richtigen Stelle gesetzt und die anderen gegossen. Einmal hat er mir einen Pfirsich gebracht. Das hätte er nicht tun dürfen. Wenn Mrs. Walter ihn erwischt hätte, hätte sie ihn umgebracht. Ich werde diesen Pfirsich nie vergessen, er war ganz saftig und warm. Ich hatte nie zuvor einen gegessen. Ich mußte ihn aufessen, während er mich beobachtete.

Hat geglaubt, sagte er, ich würde ihn sonst verschenken. Der Saft ist mir übers Kinn runtergetropft und hat Flecken auf meinem gestärkten Kragen gemacht.»

Und das alles von einem Pfirsich, dachte Josie.

«Und er tischlerte auch gerne. Meine Herrschaft sagte, er hätte die besten Schubladen zu ihrem Toilettentisch gemacht, die sie jemals gesehen hätte. Er konnte aus einem Stück Holz wunderbare Sachen schnitzen. Man hätte weinen können, wenn man sah, was er mit seinen Händen alles machte.» Josie war einem hysterischen Anfall nahe, aber Daphne fuhr fort:

«Sogar der Gedanke, daß es Sünde war, konnte mich nicht aufhalten. Ich war neugierig. Das ist alles. Und es ist immer noch so wirklich, dieses Gefühl, das ich hatte, nämlich, daß ich wissen wollte, wie es ist, geliebt zu werden; ich wäre über einen glühenden Rost gelaufen, wenn die Herrschaft mir einen auf den Weg gelegt hätte.»

«Ach Gott, Sünde», sagte BB wegwerfend und brachte das Gespräch wieder dorthin, wo es ihrer Meinung nach hingehörte, nämlich zu ihr selbst. «Eines Tages wird es keine Sünde mehr geben. Was wird Pater Murphy dann tun? Er nimmt mir so gerne die Beichte ab. Es dreht sich doch alles nur um Sex, oder? Und Lügen sind viel schlimmer. Als ich deinen Vater geheiratet habe, Josie, dachte ich, ich könnte lügen und es würde funktionieren. Aber es funktionierte nicht. Ich war nie in ihn verliebt und konnte es auch nicht erzwingen.»

Sie stand auf, nahm das Backblech aus dem Kühlschrank und begann, mit dem umgedrehten Sherryglas kreisrunde Stücke aus dem Teig auszustechen.

«Weißt du, warum ich deinen Vater nicht geliebt habe? Ich war vorher mit jemand anderem verlobt.» Sie hielt mit dem Glas in der Luft inne. «Eine Woche vor der Hochzeit teilte meine italienische Mutter mir und meinem Verlobten mit, daß ich ein Adoptivkind sei. Da hab ich's zum erstenmal gehört. Sie hatte ein wunderbares Gespür für den richtigen Zeitpunkt. Seine Eltern sagten die Hochzeit ab. Sie erklärten, sie wüßten nicht, wer ich sei.»

«Wahrscheinlich war dein Vater Ire», sinnierte Daphne und nickte. «Er hatte rotes Haar und kam aus Liverpool. Du hast seine Augen, BB. Ich kann mich nicht mehr an viel erinnern, außer an das rote Haar und den Schnitt seiner Augen.»

«Ich war eine unbekannte Größe. Das waren die genauen Worte der Eltern. ‹Eine unbekannte Größe.› Sie wußten nicht, aus welchen Zutaten ich bestand.» BB stach die letzten Kreise aus, als wolle sie das Herz ihrer italienischen Mutter in Stücke schneiden.

«Wahrscheinlich ist er jetzt schon kahl», grübelte Daphne.

«Oh, BB, wie schrecklich.»

«Nun gut, dein Vater kam gerade recht. Er hatte mich immer gemocht. Und ich hab ihn sehr schnell geheiratet. Genauso wie du kurz nach Liz' Hochzeit Michael geheiratet hast.»

Ihr Blick fiel auf Josie, und Josie errötete. BB zerkrümelte Butter und Parmesan über den Gnocchi und schob die Speise in den Ofen. Sie nahm die Schürze ab und setzte sich, und sie tranken alle noch ein Glas Sherry.

«Männer», meinte BB und fuhr mit der Zunge über den Rand ihres Glases. «Erinnerst du dich, als sie verlobt waren, Harry und Liz, und ich mit Liz nach Melbourne fuhr, um ihre Aussteuer zu kaufen? Also, eigentlich bin ich hingefahren, um mich mit jemandem zu treffen.»

«Ich hab mich gewundert, warum du plötzlich nach Melbourne einkaufen fahren mußtest. Du konntest es dir doch kaum leisten.» Josie hob den Rock und beutelte ihn. Ihr war sehr heiß.

«Ich erinnere mich an diese Woche», fuhr sie fort. «Harry kam nach Sydney, um Liz zu besuchen.» Josie griff nach ihren Zigaretten und stieß dabei ihr Glas um.

«Macht nichts, Liebes», meinte BB und holte die Flasche unter dem Tisch hervor. «Es ist noch genug da.» Sie legte die Hand vor den Mund und sagte mit gespieltem Flüstern. «Ich klau sie aus Harrys Keller, wenn keiner hinschaut.»

«Du weißt, was passiert ist?»

«Als Harry kam?»

«Ja.»

«Ich hab es vermutet.»

«Harry kam nach Sydney. Er wollte Liz treffen, irgend etwas wegen der Hochzeit besprechen. Aber ihr beiden seid plötzlich mit dem Zug nach Melbourne gefahren. Es war Mai. Es regnete. Er kam in die Wohnung am McMahon's Point. Er trug ein Tweedjakkett mit Lederflicken an den Ärmeln. Ich hatte an diesem Abend eine Verabredung mit Michael, aber ich hab ihn angerufen und gesagt, ich wäre erkältet. Eine arge Lüge, hmm?»

BB lümmelte mit den Ellbogen auf dem Tisch, mit den Händen zupfte sie an ihrem Halstuch.

«Ich hab dir beigebracht, daß Lügen das schlimmste sind. Abgesehen davon, einen Mann ohne Geld zu heiraten, ist Lügen das schlimmste, was eine Frau tun kann.»

«Ich hab ihn wirklich geliebt. Es hat mir einfach das Herz gebrochen, daß er Liz heiratete.»

BB legte einen Arm um Josie, deren Augen sich mit Tränen füllten. «Du warst auch viel hübscher. Wie ich», stammelte sie.

«Jedenfalls, er ist in die Wohnung gekommen. Ich hab ein blaues Kleid angezogen. Es war viel zu dünn, daher hab ich mir deinen Regenmantel ausgeliehen. Wir nahmen die Fähre zum Circular Quay und gingen in ein griechisches Restaurant.» Sie lachte. «Weißt du, er hat damals viel älter als ich ausgesehen. Ich fragte mich, ob die Leute, die uns zusammen sahen, denken würden, ich ginge mit einem älteren Mann aus.»

Josie erinnerte sich an alles: an den Tisch mit der flackernden roten Kerze, an das hübsche Mädchen in dem zu dünnen Kleid; und an den jungen Mann – ja, er war auch jung gewesen, Mitte zwanzig –, und ihre Köpfe trafen sich in dem Licht, das die regennasse Fensterscheibe widerspiegelte. Sie hatte ihn begehrt. Sie war damals neunzehn, aber sie hatte entdeckt, daß sie unaufrichtiger sein konnte, als sie je geahnt hatte. Es schien ihr nichts auszumachen, daß Harry der Mann ihrer Schwester war. Sie konnte von seinen Augen ablesen, daß auch er sie anziehend fand, geschmeichelt war von ihrem jugendlichen Überschwang, ihrer Begierde, mit der sie jedes seiner Worte aufnahm.

«Und was ist passiert?» BB beugte sich vor. Auf ihrem Kinn klebte ein kleines Teigstückchen, das aussah wie eine Warze. Daphne hatte sich zurückgelehnt, den Kopf gegen die Wand; sie war eingeschlafen.

«Wir aßen zu Abend, und wir unterhielten uns.»

Wir redeten und redeten. Ich konnte meine Augen nicht von seinen Lippen abwenden. Es war, als hätte ich nie zuvor Lippen gesehen. Niemals richtig darauf geachtet. Weißt du, daß seine Oberlippe voller ist als seine Unterlippe? Ich wollte sie zwischen meine Zähne nehmen und daran saugen.

«Und danach sind wir in die Wohnung gegangen. Wir waren schrecklich albern.»

Er war so schön, und er war sich dessen so wenig bewußt. Und das hat mich wirklich verrückt gemacht. Er war so erfrischend nach all diesen Bürschchen in der Tanzschule, die sich die ganze Zeit nur selbst in den Spiegeln bewunderten. Er hatte mich im Restaurant geküßt. Er hatte gesagt, wir sollten es nicht tun. Ich berührte mit den Fingerspitzen sein Knie. Ich bin schuld. Ich bin die Verführerin. Wir stolperten zur Fähre. Es war kalt, es nieselte. Ich weiß noch, daß wir auf der Fähre draußen saßen, weil wir allein sein wollten, nicht wollten, daß uns jemand zusah. Der Regen tröpfelte in meinen Kragen. Er zitterte. Ich konnte es kaum erwarten, nach Hause zu kommen. Ihn mit meinen Beinen, meinen Armen, meinem Körper zu wärmen.

«Und was geschah dann?»

«Er küßte mich.»

Abrupt stand Josie auf. Ihre Augen glänzten, ihre Wangen glühten.

«Das ist alles.»

«Ach, verdammt», rief BB und sprang ebenfalls auf. Aus dem Backofen drang Qualm. Sie zog die blubbernden Gnocchi heraus. Die Ränder waren verkohlt. BB blies mit aller Kraft und tupfte sie mit der Schürze ab. Josie begann zu weinen. Es war ein sanftes, leises Weinen, von dem niemand Notiz nehmen mußte. Der köstliche Geruch von heißem Käse weckte Daphne. Sie und BB banden sich Servietten um, Josie legte sich die ihre auf den Schoß, nachdem sie sich die Nase geputzt hatte. Sie aßen schweigend, während der Vogel zwitscherte. Bloß Daphne widerholte mehrmals, wie eine zerkratzte und hängengebliebene Schallplatte, daß «Unfälle passieren». Und BB und Josie wußten beide nicht, ob sie damit ihr aller Leben meinte oder die verbrannten runden Teigstücke, die BB so sorgfältig zusammengesetzt hatte.

9

Josie hatte zuviel getrunken. Sie wollte sich ausschlafen und tastete sich in das heiße Wohnzimmer im Haus ihrer Mutter, wo sie sich auf das Sofa legte. Irgendwo im Zimmer tickte laut eine Uhr. Wenn sie bloß für einen Moment die Augen schließen und schlafen konnte, bevor sie wieder in die Hitze hinaus mußte! Sie spürte, wie die Sonne durch die Ritzen des Vorhangs stieß, und wartete darauf, daß die Scheiben zerbarsten. Sie drückte das Gesicht in ein dunkles, rauhes Jacquard-Kissen und zwang den Schlaf herbei.

Josie träumte, daß sie sich wie damals mit Harry in der dunklen Regennacht auf der Fähre befand. Das Boot schlingerte unter ihnen. Sie hielten sich gegenseitig an den nassen Ärmeln fest. Sie spürte das feuchte Haar auf ihrer Stirn und den rauhen Stoff von Harrys Jacke am Kinn.

Sie träumte, daß sie die Stufen zur Wohnung am McMahon's Point hinaufkletterten und in BBs Zimmer gingen, weil ihnen so kalt war und sich in diesem Zimmer ein Gasofen befand. Sie zündeten den Ofen an und zogen sich die nassen Kleider aus. Sie träumte, wie Harry dastand und die kleinen weißen Feuertürmchen langsam rot zu werden begannen und sich auf ihren Körpern widerspiegelten. Sie rieben sich gegenseitig trocken wie die Überlebenden einer Sintflut, und sie konnte ihren Mund nicht mehr von dem seinen lösen. Sie hatten sich auf der Tagesdecke, die auf BBs Bett lag, geliebt, der Decke, die jetzt die Nähmaschine verhüllte. Oh, verzeih mir, sagte er. Es gibt nichts zu verzeihen, antwortete sie. Aber er wußte es besser. Sie waren eng umschlungen eingeschlafen, und sie träumte, wie sie aufgewacht war und er angekleidet dasaß und sie beobachtete. Er hatte das durchnäßte Jackett angezogen, es war total zerknittert. Er kam zu ihr und küßte ihre Lider. Eines, dann das andere. Sein Gesicht war weiß. Es ist nie geschehen, flüsterte er. Josie träumte, daß sie in Harrys Augen sah, und während sie es tat, verwandelten sich seine Augen in die Michaels. Er hatte nicht gewollt, daß sie hierherkam, Michael mit den dichten Augenbrauen und den dichten Locken, die sich über den Kragen legten. Er liebte sie; aber er hatte gesagt: Geh, wenn du mußt. Es wird uns Raum zum Atmen geben. Raum zum Atmen! Es gab Zeiten, träumte sie, da wollte sie sterben. Heilige Jungfrau voll der Gnade... Gebenedeit sei die Frucht Deines Leibes Jesu. Würde die Kirche sie niemals loslassen?

Irgendwo schlug leise eine Uhr. Josies Gedanken tauchten wieder an die Oberfläche. Aber sie wollte nicht aufwachen und ließ sich neuerlich fallen und fand sich in einer Kirche. Eine Kirche in der Lexington Avenue. Sie kniete in der Bank, neben ihr ein schmiedeeisernes Gitter vor dem Altar des Heiligen Josephi; sie sah die Symbole von Josephs Handwerk, Hammer, Meißel und Drehbank.

Eine alte Schürze. Keine Maria. Kein Jesuskind. Und das Gitter machte sie traurig, weil es sie an Michael erinnerte und daran, daß sie ihn verlassen würde. Und sie träumte, daß sie bei der Beichte an die Reihe kam, sie ging an der Frau vorbei, die neben ihr kniete, fragte sich, welche Sünden sie wohl begangen haben mochte, trat in den Beichtstuhl. Die Stimme des Priesters, eine wunderschöne Stimme, sagte: «Der Herr sei in deinem Herzen und auf deiner Zunge», aber als sie ihre Lippen bewegen wollte, konnte sie es nicht, und ihre Zunge war geschwollen, und sie war stumm.

Sie stand draußen, in der Lexington Avenue. Es war Abend, die Autos mit ihren roten Lichtern fuhren Richtung Zentrum, um sie herum wimmelten die Fußgänger. Sie sah einen Mann, einen Fremden, und sie dachte, der wäre gerade der richtige, und sie ging zu ihm hin, und ihre Stimme sprach von selbst. Sie bot sich ihm an, mit rotgeränderten Augen und wildem Blick, und er fragte, wieviel? Zwölf Dollar, antwortete sie, einen für jedes von Alex' Lebensjahren. Sie folgte ihm in ein Stundenhotel in der First Avenue. Später, in ihrem Badezimmer, hatte sie sich mit der Nagelbürste abgerieben, und sie hatte Alex nicht geküßt, als er von der Hebräischen Schule nach Hause kam. Damit sie ihn nicht besudelte.

Josie drehte den Kopf auf dem harten Kissen, aber die Sonne, die ins Zimmer drang, schleuderte ein rotes Feuerwerk in ihre Augen, so daß sie tief seufzte und sich wieder abwandte.

In einem anderen Zimmer des Hauses, dessen Wände sehr dünn waren, hörte Daphne den Seufzer. Aber sie dachte, er käme von ihr selbst, als sie so dalag in ihrem schmalen Bett, wie ein großer, gestrandeter Wal.

Sie dachte, sie sei am Meer, und ihr längst verstorbener Ehemann Porry sei bei ihr. Es waren jedoch nur die Wände, die ihre Tochter blau gestrichen hatte. Ihre Tochter. Nach all dieser Zeit. Porry sagte, sei vorsichtig, die gibt dir warm und kalt. Das hat Mrs. Walter immer gesagt, Porry, das ist die beste Art, eine Ente zu rupfen. Zuerst tauchst du sie in geschmolzenes Wachs und dann in kaltes Wasser. So kriegst du die Stoppelfedern raus, ruinierst dir aber die Hände. Daphne träumte, daß Porry ihre Hände küßte, die rot und schwielig und rauh waren. Du hast recht gehabt, sagte sie zu seinem herabgebeugten Kopf, sie hat mich geholt und abgeschoben. Ach, was macht das schon, wenn wir bloß einander hätten, du und ich.

Daphne träumte von ihrer fetten Perserkatze, die immer Haarbüschel verschluckte. Sie hatte sie zurücklassen müssen, als sie nach Australien reiste, wegen der Quarantänebestimmungen. Aber Liz besaß eine Katze, hatte Josie ihr erzählt. Allerdings keine mit Stammbaum. Seltsam, daß Liz Katzen mag und BB nicht. Eine Generation liegt dazwischen. Stammbäume. Daphnes Brust hob und senkte sich. Sie wünschte, ihre Katze wäre hier. Selbst im Schlaf war sie sich bewußt, daß sie Heimweh hatte. Aber sie war hergekommen, weil es in England nichts mehr für sie gab. Nicht, nachdem Porry gestorben war. BBs Brief war ein Geschenk des Himmels gewesen.

Daphne träumte, sie sei unter ihrer Körperfülle wieder ein junges Mädchen. Sie fühlte sich wie eine kleine Ladung in einem großen Schiffsrumpf. Oh, Porry, seufzte sie mit ihrem nächsten Atemzug, ich hab dir gesagt, daß ich ein Mädchen mit Vergangenheit bin. Worum ich mir Sorgen mache, das ist die Zukunft, hörte sie ihn antworten. Ein Lächeln huschte über Daphnes Gesicht, als sie träumte, was aus dieser Zukunft geworden war.

Und im dritten Zimmer des Hauses auf dem Hügel lag, absolut traumlos, das Ergebnis von Daphnes Vergangenheit, Josies Mutter. BB schlief tief und fest, das Gesicht nach unten – ein Ast quer über dem Bett, und die Briefe und Fotografien waren die Blätter. Sie schnarchte. Ein Telegramm flatterte zu Boden. Das Schnarchen erfüllte den Raum, und die Gespenster, die sich drängten, um unter ihre Lider zu schlüpfen, wichen zurück.

10

Es war später Nachmittag, die schönste Zeit des Tages. Josie spazierte über die Koppeln hinunter zum Großen Haus, und die Schatten vor ihr glichen Papierschlangen. Schon spürte sie den Rhythmus der Tage auf der Farm: Sie wußte, daß die Männer und die Lastwagen noch nicht zurückgekommen waren. Ihr Kleid war zerdrückt, ihr Gesicht zerknittert, nachdem sie auf dem Sofa ihrer Mutter geschlafen hatte; das Samtmuster des Kissens hatte sich leicht auf ihrer Wange abgedrückt. Etwas bewegte sich unter einem Strauch neben ihr, einem um seine Existenz kämpfenden Rhododendron. Liz hatte ihn gepflanzt und mit Stroh bedeckt, aber schon jetzt sah man, daß er absterben würde; die gelben Blätter rollten sich ein und welkten. Wieder eine Bewegung, und Josie blieb zögernd stehen. Sie hörte ein Tier wimmern. Es war Ruby. Ruby, krank und zitternd, unfähig aufzustehen. Der Kadaver eines Kaninchens lag verräterisch neben ihm. Josie rannte zum Haus. Liz saß im Schatten auf der Veranda und las ein Buch. Liz, komm schnell, rief sie im Laufen vom Garten her, mit Ruby ist etwas Schreckliches passiert. Liz legte das Buch hin, als Josie herankeuchte. Liz sah das aschfahle Gesicht ihrer Schwester und stellte nur wenige Fragen. Sie fuhr sich mit den Händen auf ihre charakteristische Art über das Kleid, lief ins Haus, schlug das Fliegengitter hinter sich zu und ging zum Schrank unter der Treppe. Sie holte Harrys Gewehr heraus, schüttete aus einer blauen Schachtel auf dem Regal einige Kugeln in ihre Hand und steckte sie in die Tasche.

«Das kannst du nicht tun», rief Josie, «du kannst den Hund nicht erschießen!»

«Irgend jemand muß es tun. Glaubst du, daß ich es gerne tue?»

Josie folgte ihr, zusammengekrümmt wie eine Kranke. «Kannst du denn nicht den Tierarzt rufen?»

«Ach, Josie. Sei doch vernünftig. Er kann nichts tun. Selbst wenn er rechtzeitig hier wäre.»

Sie kamen zu Ruby, die in Krämpfen zuckend unter dem Rhododendronstrauch lag. Ihre Augen waren verdreht, so daß man nur das Weiße sah.

«Es ist Gift. Wir vertilgen die Kaninchen, damit wir sie loswerden.»

Ruby wimmerte.

Liz lud das Gewehr.

«Es ist meine Schuld», sagte Josie, die Hand an den Mund gepreßt. «Ich habe Ruby rausgelassen.»

«Niemand ist schuld. Wenn, dann sind es die Männer. Sie haben den Kadaver nicht tief genug vergraben. Hier, Ruby. Armer Ruby.» Sie streichelte den Hund ihres Mannes an den weichen roten Haaren über der Nase. Sie legte den kalten Gewehrlauf zwischen den Augen an. «Schau nicht hin», sagte Liz zu ihrer Schwester. Sie drückte ab. Der Schuß traf genau. Sie rieb sich die Schulter und drehte sich um. Josie sah, daß das Gesicht ihrer Schwester ebenso bleich war wie das ihre. Ihre Augen waren rotgerändert, aber sie weinte nicht. Aber das tat sie ja selten, dachte Josie, während sie schluchzte und sich mit der Hand über die Nase fuhr. Josie konnte sich nicht einmal daran erinnern, Liz weinen gesehen zu haben, als sie noch Kinder gewesen waren.

«Ich versteh nicht, wie du so etwas tun kannst», meinte Josie.

«Es gibt Dinge, die getan werden müssen», antwortete Liz, während sie zum Haus zurückgingen.

11

Cynthia hatte das Wochenende über frei, und das Große Haus lag am Samstag morgen wie eine Insel der Stille da, während die Welt ringsum erwachte.

Die Bewohner des Großen Hauses schliefen noch, als die Vögel, die an den Ufern des Murrumbidgee lebten, Hunderte und Aberhunderte, lange vor Sonnenaufgang ihren Chor anstimmten. Mit ihren Schreien zerrissen sie die Stille der Morgenluft: Buntsittiche und Kakadus, Honigfresser und Loris, Enten und Rote Milane, Reiher und Falken. Ihre Rufe drangen als vielstimmiges Echo durch das Tal, schwollen an, als die Sonne aufging – heiß und flammend, als wäre es schon Mittag –, bis die ganze Landschaft von ihrem Gesang vibrierte. In die melodischen Laute der Würger und Elstern mischten sich das manische Lachen eines Rieseneisvogels und ab und zu der tiefe Schrei der Rohrdommel. Das Brüllen einer Kuh oder das laute Schnaufen eines Ochsen in den Koppeln wurde vom Gesang der Vögel beinahe übertönt.

Im Inneren des Hauses aber lagen Schlaf und Stille wie ein dünner Dunstschleier über der Oberfläche. In Harrys und Liz' Schlafzimmer, das beinahe ausgefüllt war von einem breiten Himmelbett, zeigte nur das Ticken eines kleinen goldenen Reiseweckers auf dem Kaminsims die Zeit an. Die dunkelgrünen Vorhänge mit dem pfirsichfarbenen Blumenmuster waren nur halb zugezogen, da die Fenster offenstanden, um die kühlere Nachtluft einzulassen. Nun strömte das Sonnenlicht wie ein Scheinwerferstrahl in den Raum, fiel auf den glitzernden Rahmen eines Aquarells von Heysen, auf die gezackte Kante eines Blattes der Rose auf Liz' Toilettentisch, auf das sanft schimmernde Laken, das verknittert über den Träumenden lag.

Harry war halbwach. Er war müde von den Anstrengungen des

vorangegangenen Tages. Seelisch erschöpft vom Gedanken an Rubys Tod. Er würde den Hund vermissen. Wie immer hatte Liz recht gehabt. Er hatte Hunde gesehen, die in einem fürchterlichen Todeskampf an Gift gestorben waren. Ruby hatte erschossen werden müssen, und er war froh, daß er nicht dagewesen war, um es zu tun. Reilley konnte sich auf etwas gefaßt machen.

Er träumte. Träumte in diesem halbwachen Zustand, in dem der Verstand einem vorgaukelt, daß man schon aufgestanden und angekleidet ist und seinen Geschäften nachgeht. Harry träumte von seinen Schafen und daß er einen Weg gefunden hätte, ihre Fruchtbarkeit zu steuern. Er verdiente eine Menge Geld damit, und er sah das Lächeln im Gesicht des Bankmanagers, die Zahlen in seinem Scheckheft, die neuen Zäune, die er aufstellen würde, die Reparaturen, die er endlich durchführen konnte. Er lächelte und dachte an Professor Robinson in Sydney. Er stellte sich vor, wie er gemeinsam mit ihm an der Erzeugung von Pheromon arbeitete. Das war ein Produkt aus den Gesichtshaaren der Hammel, das irgendwie den Eisprung der Mutterschafe anregte. Genug, um sich's gutgehen zu lassen, dachte Harry lächelnd im Schlaf.

Er wünschte, seine wissenschaftliche Ausbildung wäre solider gewesen. Gerade dieser Aspekt der Landwirtschaft faszinierte ihn. Die guten alten Zeiten, die noch sein Vater erlebt hatte, waren lange vorbei. Heutzutage mußte ein landwirtschaftlicher Betrieb ein Geschäft sein. Er dachte, daß er seine Studien fortsetzen und mehr über diese Seite der Viehzucht hätte lernen können, wenn nur sein Vater und sein Bruder nicht gestorben wären, als er noch so jung gewesen war. Aber es war eben so gekommen. Beim Tod seines Vaters war er, von einem Tag auf den anderen, plötzlich vor einer verwirrenden Vielfalt von Schulden und Managementaufgaben gestanden, auf die er nicht vorbereitet gewesen war. Seine Mutter, an sich eine kluge Frau, hatte keine Ahnung von der Führung einer Farm, und für Harry war die Leitung des Betriebes eine Abfolge von Versuchen und Irrtümern, meistens Irrtümern, gewesen. Er hatte in seiner Unerfahrenheit Fehler gemacht, die er erst jetzt ausmerzen konnte. Gott sei Dank hatte er Jim gehabt. Jim. Der einzige, der ihm beigestanden war, als er die schmerzliche Entscheidung treffen mußte, die meisten Männer zu entlassen, zurückzuschalten, zu verkaufen, den ausgabefreudigen Zeiten seines Vaters ein Ende zu setzen. Sogar seine Mutter hatte sich gegen ihn gestellt, als er Land verkaufte. Aber sie war damals fast verrückt vor Trauer und Gram, und es war Jim gewesen, der geduldig zuhörte und ohne viele Worte (da hatte er sich nicht geändert) ihm half, seinen Weg zu finden.

Als Harry die Leitung auf Tiddalik übernommen hatte, war seine Mutter aus diesem Zimmer ausgezogen. «Es ist jetzt dein Zimmer, Harry», hatte sie ungeachtet seiner Proteste gesagt. Sie war in ein kleines Zimmer am Ende der Diele übergesiedelt, wo sie, wie sie meinte, mit dem Rücken zur Wand schlafen konnte und nicht vermissen würde, daß in dem großen Bett nicht ihr Mann neben ihr lag. Es war das Bett, in dem er gezeugt worden war, in dem er zur Welt gekommen war, wie ihm die Mutter erzählte.

Als er so dalag, in der tröstlichen langjährigen Vertrautheit, erkannte Harry jede Ausbuchtung der Matratze wieder, jede Kerbe in den vier dicken Eichenpfosten, die beinahe bis zur Decke reichten. Er spürte, daß Liz einen Arm quer über ihn gelegt hatte, spürte ihren leichten Atem, der rascher ging als der seine, spürte, wie die Sonnenstrahlen hereinströmten und die schweren Laken liebkosten, die Harry so liebte und über die sich Liz ständig beklagte, weil sie zu warm waren. Aber sie hatten seinen Eltern gehört, und er bestand darauf, daß sie sie benutzten, und deshalb wurden sie verwendet, obwohl Liz noch immer murrte, weil sie so schwer zu waschen waren. Harry liebte diese Verbindung mit der Vergangenheit. Er wußte, daß es seine Liebe zur Vergangenheit war, die ihm Kraft gab weiterzumachen. Seine Liebe zu Tiddalik, die manchmal einer harten Prüfung unterzogen wurde, wenn er sich vor Geldsorgen die Haare am liebsten einzeln ausgerissen hätte, wuchs mit jedem Tag, den er hier im Haus oder draußen auf den Feldern verbrachte. Er würde diesen Fleck Erde niemals verlassen. Er würde hier leben, auch wenn daraus eine Staubhölle würde und er und Liz total verarmten. Jeder einzelne Stein dieses Hauses stammte von diesem Land, war oben auf Limestone Paddock gebrochen worden, wohin immer noch manchmal Studenten aus Canberra heraufkamen, um dort zu zelten und Steine und Fossilien zu sammeln. Die Steinblöcke dieses Hauses mit ihren winzigen, intakten Fossilien waren von seinem Urgroßvater, dem ersten Harry George Barton, der nun hinter den Stallungen unter dem einfachen Marmorgrabstein der Familiengruft begraben lag, aufeinander geschichtet worden, der Familiengruft, in der Harrys Eltern lagen und in der eines Tages auch er und Liz ruhen würden.

Liz bewegte sich im Schlaf, und Harry öffnete die Augen. Sie hatte das Laken von einem Bein gestreift, und im hellen Sonnenlicht lag ihr Fuß so sanft, braun schimmernd und schutzlos da, daß er an ein Kaninchen denken mußte, das wie gebannt in das Fadenkreuz eines Zielfernrohrs starrte.

Daß er geheiratet hatte, war eigentlich die Idee seiner Mutter gewesen. Nach dem Tod ihres Mannes und ohne Billy hatte sie ihre ganze Aufmerksamkeit darauf gelenkt, Harry zu einer guten Partie zu verhelfen. Sie hatte ihm so viele Mädchen, Farmerstöchter, alle aus guten, angesehenen presbyterianischen Familien präsentiert, und er hatte kein Interesse gezeigt. Sie hatte die Töchter von Freunden aus Melbourne und Sydney ausgesucht und nach peinlich genauen Nachforschungen über ihren Lebenswandel nach Tiddalik eingeladen. Welche Schule hatten sie besucht? Konnten sie kochen? Waren sie überspannt? Wochenende war gleichbedeutend gewesen mit fremden jungen Frauen im Gästezimmer und gequälter Konversation im Wohnzimmer. Aber Harry interessierte sich für keine von ihnen. Und dann hatte seine Schwester Julie ihm Liz und Josie Beauchamp vorgestellt, und seine einzige Schwierigkeit hatte darin bestanden, für welche er sich entscheiden sollte. Seine Mutter hatte versucht, ihn davon abzubringen. Sie hatten keinen nennenswerten Background, sie waren keine Einheimischen, sie hatten überhaupt keine Verbindungen, und, das schlimmste, sie waren katholisch. Niemand konnte ungeeigneter sein. Aber er fand die beiden amüsant und intelligent; und, wie er seiner Mutter sagte, sie sahen nicht wie Pferde aus wie einige der Mädchen, die sie aufgetrieben hatte. So hatte sie also Liz und Josie zögernd für ein Wochenende eingeladen, um sie zu begutachten. Und als es Montag war, hatte sie Harry mit pragmatischer Logik geraten, Liz zu heiraten. Sie sei praktisch veranlagt und kein solcher Hitzkopf wie Josie. Er fragte sich immer noch, wie sie das alles an einem einzigen Wochenende hatte herausfinden können, aber weibliche Intuition hatte ihn immer schon verblüfft.

Seine Mutter hatte ebenso wie Liz und – bis zu einem gewissen Grad – seine Schwester Julie, recht, was zwischenmenschliche Beziehungen betraf. Anscheinend hatten sie Antennen, die es ihnen ermöglichten vorauszuahnen, was als nächstes passieren würde. Er hatte so etwas nie besessen, würde es nie besitzen. Und trotzdem war Liz eine vernünftige Frau. Das hatte ihn immer angezogen. Er liebte ihren Humor, obwohl er oft verletzend und nicht selten gegen ihn selbst gerichtet war. Sie konnte in ihren Worten hart, unerbittlich, grausam sein. Doch er sah darin so etwas wie die Stacheln eines Stachelschweins, die sich nur aufstellten, wenn Liz wütend war oder Angst hatte. Nachts, wenn es niemanden gab außer ihnen beiden, konnte sie sanft und nachgiebig sein wie der Kehlriemen eines Pferdes. Samt. Er liebte seine Frau, aber er hatte auch Josie geliebt. Das war der springende Punkt.

Harry wälzte sich herum in dem riesigen Bett und schob die Hand zwischen die Schenkel seiner Frau. Nicht, daß sich die beiden Schwestern ähnlich waren, spann er seine Gedanken fort. Tatsächlich waren sie so verschieden wie Tiddalik und New York. Wenn ihm jemand gesagt hätte, daß er sich in zwei Frauen, zwei Schwestern verlieben würde, hätte er es nicht geglaubt. Aber es war geschehen. Er war den Damen immer zugeneigt gewesen (nicht denen, die seine Mutter nach Hause gebracht hatte), aber auf seine Art. Es hatte stets genügend Frauen in seinem Leben gegeben. Er war ein sinnlicher Mensch. Er war, und der Gedanke beschämte ihn, Liz manchmal untreu gewesen in den letzten Jahren, bei Besuchen in Sydney und Melbourne. Aber das waren Begegnungen, die für ihn, obwohl er wußte, daß Liz sich dadurch verletzt fühlen würde, von keinerlei Bedeutung waren. Liz würde sagen, das hieße, daß er sie nicht liebe. Aber er liebte sie. Er konnte es nicht erklären. Und er führte es auf einen fundamentalen Unterschied zwischen Mann und Frau zurück.

Aber sein wirklicher Betrug war die Sache mit Josie. Er hatte sie als erste kennengelernt, hatte sich sofort zu ihr hingezogen gefühlt. Sie war sich ihres Körpers sehr bewußt, während Liz dazu neigte, den ihren zu ignorieren. Josie hatte eine Art, sich zu bewegen – infolge des Ballettunterrichts, wie er vermutete. Sie trug den Kopf anmutig auf dem Nacken, ihr dichtes Haar geriet in Bewegung, wenn sie ging, die Hüften schwangen unmerklich. Sie war eine ausgezeichnete Tanzpartnerin, preßte den üppigen Busen an ihn, paßte ihren Schritt dem seinen an. Liz hatte das eifersüchtig gemacht, erinnerte er sich jetzt, während er seine Hand an ihrem Schenkel weiter nach oben schob und den Daumen gegen ihre Schamlippen rieb.

Ach, Josie. Er war untreu gewesen. Sogar jetzt setzte er den Betrug fort, weil er an Josie dachte, während er seine Frau streichelte.

Die Katholiken hatten recht: Man konnte in Gedanken, Worten *und* Werken sündigen. Liz hatte ihm das beigebracht. Es war der intimste Verrat, den man begehen konnte, und er wurde auch durch die Tatsache nicht geringer, daß nur er davon wußte. Er streichelte die weiche Haut an der Innenseite von Liz' Oberschenkeln und verglich sie mit der Erinnerung an Josies Haut. Die gleiche Seidigkeit, das gleiche Nachgeben auf seine fordernden Bewegungen, so daß das Fleisch vor Verlangen bebte. Es hatte alles so unschuldig begonnen. Aber irgendwie waren ihm die Mädchen durcheinandergeraten. Anfangs, als sie sich getroffen hatten, waren sie immer zu mehreren ausgegangen, mit Julie und Michael und mit seinem Freund Bob, den Julie später heiratete. Damals war es nie klargewesen, für welche Schwester Harry sich interessierte, aber in diesen frühen Zeiten hatte das keine Rolle gespielt. Es waren die Tage der Unschuld gewesen. Freundlich und unbeschwert. Eine Gruppe junger Menschen, die Spaß hatten. Und dann veränderten sich die Dinge, er wußte nicht wie, ein Blick vielleicht, ein Rock der sein Bein streifte, und als er sich entschloß, Liz zu heiraten, vermengten sich in seinen Tagträumen die Wunschphantasien, mit ihr und mit Josie zu schlafen. Die Schwestern wurden zu einer Person, und es waren Liz' Augen und Josies Haare, die Brüste der einen, die Gliedmaßen der anderen, eine aus beiden zusammengesetzte Frau, die er begehrte.

Jetzt, als Liz auf seine Berührung zu reagieren begann, schloß Harry die andere Hand um ihre Brust, reizte die Brustwarze mit den Fingern, bis sie sich aufstellte, und dachte an das erste Mal, das einzige Mal, als er ihre Schwester besessen hatte. Wie kalt und naß und einsam hatte er sich gefühlt. Sie waren in dieser Nacht zusammengetrieben worden, sich selbst überlassen in dieser Stadt, und der Regen prasselte herab, so daß sie glaubten, in einer grünen Höhle unter Wasser zu sein. Er erinnerte sich an den schwachen Gasgeruch in der schäbigen Wohnung, in der die Mädchen lebten. «Komm rauf», hatte sie gesagt, als sie einander auf der Treppe küßten. Es hätte zu Ende sein können, dort und dann. Aber es war nicht zu Ende. Er war mit ihr die Treppe hinaufgegangen, hypnotisiert von ihren Beinen, den schlanken Knöcheln in den hochhackigen Schuhen. Als sie in der Wohnung waren, bückte sie sich und zündete den Gasofen an. Es gab kein anderes Licht im Zimmer. Er fand ihren Nacken, das nasse Haar angeklatscht, so verletzlich, daß ihm ein Stöhnen aus der Kehle fuhr und er sie zu sich hochzog, sie so wild an sich drückte, ihren Kopf so fest zwischen den Händen hielt, daß er dachte, ihr Nacken müsse brechen. Sie wehrte sich nicht und umschlang ihn so ungestüm, daß sie beinahe zu Boden fielen. Er schob seine nasse Hand unter ihr Kleid, packte sie an den schmalen Hüften. Sie machte sich einen Augenblick von ihm los und hielt seine Hände fest. «Harry?» Aber er verschloß ihr mit seinen Küssen den Mund. Sie hatten keine Zeit für Vorgeplänkel. Sie rissen sich die Kleider herunter, sogen zum erstenmal den Anblick ihrer Körper in sich auf. Seine Hände liebkosten ihren Bauch, strichen über die Wölbung ihrer Brüste, zärtlich und heftig zugleich, während sie ihn mit dem gleichen Staunen berührte, den Rücken, das flache Dreieck dort, wo das Gesäß vorsprang, mit sanften, samtigen, drängenden Fingern. Und dann hob er sie aufs Bett. Einen Moment lang dachte er daran, seinen Gummi aus der Tasche des Jacketts zu holen, das auf dem Boden lag, aber sie verbiß sich in seine Lippen, öffnete ihre Beine so weit für ihn, daß er plötzlich in ihr war, zum erstenmal voller Wonne spürte, wie eng sie ihn umschloß. Und er war so erfüllt von Liebe und Dankbarkeit, von dem Gefühl, nach Hause zu kommen, daß sein Verstand aussetzte, und er tiefer in sie tauchte und drängte. Sie klammerte sich an ihm fest, als trieben sie im heftigen Sturm auf einem Floß dahin. Und damals und dort, als er über Josie gebeugt lag, und selbst jetzt, als er seine Finger gekonnt über die Schamlippen seiner Frau gleiten ließ und die Klitoris mit raschen, erregten Bewegungen rieb, fühlte er, ein Recht auf Josie zu haben, weil er ihr erster Mann gewesen war. Es war so, als sei er damit eine lebenslange Verpflichtung eingegangen, als habe er eine Verantwortung für sie übernommen. Etwas, das über Sexualität hinausging. Über jedes Tabu, das er gebrochen hatte. Sie hatte sich ihm genauso willig hingegeben, wie er sie genommen hatte. Sie waren vor denselben Karren gespannt, er würde nie von ihr loskommen, das wußte er jetzt. In seinen phantastischen Träumen stellte Harry sich den gleichzeitigen Besitz beider Frauen als den Inbegriff der vollkommenen Liebe vor – aber das konnte niemals sein. Und dennoch waren sie in seiner Erinnerung und in seinem Herzen für immer und ewig aneinandergekettet.

Unter seinen streichelnden, spielenden Fingern erwachte Liz und erwiderte seine Zärtlichkeiten, preßte sich gegen die forschenden Fingerspitzen, deren Begierde sich ihr über ihre empfindlichsten Nervenenden mitteilte, und Harry, der das Laken zurückwarf, um seine und ihre Erregung genießen zu können, fühlte sich wunderbar groß und steif. Schließlich ließ sie ihre Hand hinuntergleiten, berührte ihn, führte ihn voller Drängen zu sich, obwohl das kaum nötig gewesen wäre, so sehr waren sie miteinander im Einklang. Sie legte ihre Beine um seine Hüften und öffnete die Augen, und Harry sah die schönen grünen und goldenen Sprenkel. In ihrem Blick lag solche Liebe für ihn, daß er seine Augen zusammenpreßte und sie festhielt und wieder und immer wieder flüsterte: «Oh, Liebste. Liebste. Liebste.» Bis es schließlich aus ihm hervorbrach und er auf die Seite rollte und in einen tiefen, glückseligen Schlummer fiel, in dem er von namenlosen Armen und Beinen umschlungen war, die ihn tiefer und tiefer in den Schlaf zogen.

12

Am Samstag um eins luden Liz und Josie die Klappstühle, die Dekken und den Picknickkorb und eine große Thermosflasche mit Eis in den weißen Kombi. Alex, der am Vortag einen schlimmen Sonnenbrand erwischt hatte und sich nun dementsprechend fühlte, wollte an diesem Morgen nicht stillhalten, als Josie versuchte, ihn einzucremen. Er sei, wie er ihr sagte, kein kleines Kind mehr. Das hatte sie, zu Unrecht, wie sie wußte, für den ganzen Vormittag aus der Fassung gebracht; sie hatte ihm ja nur helfen wollen. Aber er war aus seinem Zimmer gestürzt und wartete nun unten auf seinen Onkel.

Der Schlachtplan für das Picknick war in unzähligen Telefonaten zwischen Liz und Julie und BB und Mr. Doughty ausgearbeitet worden. Sie wollten sich alle auf dem Picknickplatz treffen. Harry und Alex würden hinreiten, und Mr. Doughty würde Daphne und BB mitbringen. Julie und ihre Familie sollten direkt von ihrer Farm hinkommen.

Picknickplatz war eine euphemistische Bezeichnung für ein Stück Land an der Flußbiegung, wo sich einst die ersten Siedler niedergelassen hatten. Als Harry und Julie Kinder waren, war das ihr Lieblingsplatz gewesen. Sie beide und Billy liefen hierher, kletterten auf die Bäume und erforschten alles entlang der alten zersplitterten Zaunpfosten und zwischen den Überresten eines alten

Schornsteins. Manchmal fanden sie den Henkel einer Teekanne, eine zerbrochene Gabel oder den Boden einer Glasflasche, und Julie wollte dann immer Familie spielen, während ihre Brüder ihr klarmachten, was sie davon hielten. Auch Liz und Harry liebten diesen Ort, und im Winter, wenn die Brandgefahr nicht so groß war, veranstalteten sie hier oft ein Barbecue. Es war schön, wenn das Gras feucht und frisch war und sie beobachten konnten, wie der duftende Rauch sich in den blauen Himmel emporkräuselte. Nach dem Essen säuberten sie oft noch den Platz. Liz sammelte die herabgefallenen Eukalyptusblätter und Rindenstücke und warf sie ins Feuer, während Harry die Kettensäge aus dem Wagen holte und nach Herzenslust Stämme und Äste bearbeitete. Aber auch jetzt war es schön hier, und das von der Sonne verbrannte Gras leuchtete weiß und gelb. Die großen alten Bäume, die Harrys Urgroßvater vor langer Zeit gepflanzt hatte, die Roßkastanien und die Maulbeerbäume, der Judasbaum und die Zedern gediehen am Ufer des Flusses. Wären die Vorfahren jedoch hierher zurückgekehrt, sie hätten den Ort nicht wiedererkannt.

Es stellte sich heraus, daß der Flecken Land, den sie wegen seiner Schönheit ausgesucht hatten, zu oft überflutet wurde. Kaum glaublich zu dieser Jahreszeit, wenn man sah, wie tief unter ihnen der Wasserspiegel des Flusses lag. Seit dem Bau eines Dammes, den die Regierung stromabwärts errichten hatte lassen, waren Hoch- und Niederwasser stärker ausgeprägt, und hier an der Biegung, wo das schäumende Wasser auf die massiven Kalksteinwände traf, höhlte sich der Fluß ein neues Bett aus. Jedesmal, wenn Liz und Harry zu einem Picknick hierherkamen, hatten sich die Konturen verändert, ein Baum etwa war verschwunden, und nur seine Wurzeln ragten aus dem Wasser und zeigten an, wo er einst gestanden hatte. Und die Pumpe, die Wasser aus dem tiefen Tümpel ansaugte, mußte ständig versetzt werden, dorthin, wo der Grund sicherer war.

Ganz früh am Morgen war Mr. Doughty mit seinem blauen Auto langsam den Weg zum Haus auf dem Hügel hinaufgekurvt, und jetzt näherte es sich, mit Daphne und BB an Bord, dem Picknickplatz. Harry und Alex, die gerade den weißen Kombi durch das Gitter gelassen hatten, erwarteten ihn.

«Guten Tag», schrie BB, die den Kopf aus dem hinteren Fenster streckte. Sie verzog das Gesicht zu einem breiten Grinsen, als brodelte die Erregung des vorangegangenen Tages noch in ihr.

Ihre Mutter saß neben Mr. Doughty. Daphne hatte den Mann ins Herz geschlossen. Mr. Doughty, dessen Gesicht so weiß und porös war wie Brotteig, winkte ihnen matt zu. Harry sagte immer, daß er noch keinen Tag in seinem Leben hart gearbeitet hätte.

Harry und Alex wollten gerade ihre Pferde wenden und hinter ihnen herreiten, als sie zwei kleine Gestalten auf Ponies wahrnahmen, die sich vom Eingangstor her näherten. Ein roter Volkswagen folgte ihnen wie eine verschreckte Rhode-Island-Henne.

«Willst du mitkommen und deine Cousinen kennenlernen?»

Harry gab seinem Pferd die Sporen und galoppierte davon. Alex folgte im Trab. Die Cousinen sahen sie. Unter Gelächter und lautem Geschrei trieben sie die Ponies an, warfen die Zügel ungestüm hin und her und rasten auf sie zu, daß die Mähnen der Ponies flatterten.

«Onkel Harry! Onkel Harry!»

Sie sahen beide völlig gleich aus, sommersprossenübersät und blond, auf der Nase ein Dreieck aus Zinkcreme.

«Das sind die Zwillinge, Alex. Margaret und Joy. Allgemein bekannt als Eins und Zwei.» Er wies mit dem Zeigefinger auf das betreffende Mädchen. «Oder Zwei und Eins?»

Die Zwillinge lachten.

«Das ist euer Cousin Alex Rosenbloom aus New York.»

«Hallo.»

Die Mädchen begannen wieder zu kichern. Aus blauen Augen schauten sie unter ihren Strohhüten hervor. Alex hatte noch nie solche Sommersprossen gesehen, so viele, so große – sie gingen fast nahtlos ineinander über. Alex errötete.

Julies Wagen hielt hinter ihnen.

«Hallo, hallo, hallo», rief sie fröhlich. Bob, ihr Mann, saß neben ihr, und die gesamte Rückbank wurde von einem großen Hund eingenommen. Julie zog die Handbremse und stieg aus. Sie war eine kleinere, rundlichere Ausgabe von Harry. «Du mußt Alex sein», sagte sie, während sie zu ihm hinüberging und ihm die Hand reichte. «Ich freu mich so, daß wir uns endlich kennenlernen.» Sie hatte ein sehr herzliches Lächeln und sah Alex mit neugierigem, offenem Interesse an. Dann musterte sie ihren Bruder und blickte wieder Alex an.

«Ja, ja», meinte sie.

«Hallo, kleine Schwester», sagte Harry. Er wies auf den Wagen und beugte sich hinunter, um durch die Scheibe zu spähen. «Was ist mit Bob los? Kann er nicht fahren?»

«Nein, er kann nicht», lachte sie. «Er hat sich vorige Woche die Finger in der Dreschmaschine zerquetscht.»

Bob winkte ihnen mit der bandagierten Hand zu. «Das ist überhaupt nicht lustig. Ich hätte beinahe zwei Finger verloren.»

«Und es hätte auch die ganze Hand sein können, du Dummkopf. Im Ernst, Harry, du weißt ja, wie ungeschickt er ist.»

Die Zwillinge auf ihren ungeduldig tänzelnden Ponies stießen Alex' Pferd in die Seite. Das Pferd wieherte, und der große Hund auf dem Rücksitz begann zu bellen.

«Dürfen wir weiter, Ma?»

«Aber ja. Ruhig, Brutus. Ruhig.»

Harry erzählte Julie, was mit Ruby passiert war. Sie war voll ehrlichen Mitgefühls, aber sie beobachtete ihre Töchter, die über die Koppel galoppierten.

«Ich hoffe nur, sie sind vorsichtig», sagte sie. Bob trat ungeduldig auf die Hupe. «Okay, ich komm ja schon», lachte sie hinauf zu ihrem Bruder. «Er wartet seit einer Woche darauf, die wundervolle Josie zu Gesicht zu bekommen.» Harry schloß das Gatter hinter dem Wagen und galoppierte voraus, zu den übrigen.

Das Picknick auf dem spärlichen Gras zwischen den Eukalyptusbäumen war herrlich. Sie saßen alle auf Decken, obwohl Josie es schwierig gefunden hatte, einen Platz zu finden, auf dem nicht schon trockene Kuhfladen lagen. Aber außer ihr schien das niemandem aufzufallen. Julie verbrachte die meiste Zeit damit, sich um ihre Kinder zu sorgen, sagte ihnen, daß sie ihre Finger nicht in Löcher stecken sollten (wegen der Spinnen), sich nicht auf Baumstämme setzen (wegen der Schlangen), und daß sie den Schokoladenkuchen, den sie mitgebracht hatte, erst nach dem Huhn essen sollten (weil sie sonst Bauchweh bekommen würden).

Die Kinder hörten ihr höflich zu, dann, als Julies Aufmerksamkeit abgelenkt war, taten sie all das, was sie von Haus aus tun wollten, steckten die Finger in Löcher und unter Baumrinden, setzten sich auf Baumstämme und kletterten auf Bäume. Bis Julie sie bemerkte und ihre Warnungen wiederholte. Und nach dem Schokoladenkuchen und dem Curryhuhnsalat und Weintrauben und Käse und dem Weißwein für die Erwachsenen und dem Orangensaft für die Kinder hatten beide Zwillinge Bauchschmerzen. Julie sagte, daß sie mit ihnen zum Großen Haus auf die Toilette fahren müsse. Es gab einen kleinen Wortwechsel deswegen. Bob fragte, warum sie nicht, wie alle anderen, in die verdammten Büsche gehen konnten? (Er hatte Schwierigkeiten, einen Satz zu sprechen, in dem kein Schimpfwort vorkam.) Und Julie erwiderte, daß sie nun langsam zu groß dafür würden, und die Zwillinge stimmten ihrer Mutter zu und flüsterten ihr ins Ohr, es sei vor allem deshalb, weil die Blätter sie stachen, wenn sie sich den Hintern auswischten. Mr. Doughty erklärte sich schließlich freiwillig bereit, mit ihnen zum Großen Haus zu fahren. Damit war alles arrangiert, und man konnte sich in dem fleckigen, heißen Schatten erschöpft wieder auf die Decken fallen lassen oder gegen einen Baumstumpf lehnen (den Julie noch rasch nach Insekten absuchte). Alex, der im Augenblick keine Spielgefährten hatte, wanderte zu den Pferden hinüber.

Julie lag auf der Seite, einen Ellbogen auf die Decke gestützt, bestrich noch ein Sandwich mit Käse und fragte Josie: «Wie ist das, wenn man in New York lebt? Ich kann es mir nicht vorstellen. Ist es wirklich so groß und furchteinflößend, wie alle sagen?»

Josie sah ihre Freundin an und versuchte wieder und wieder zu verstehen, wie aus dem jungen Mädchen, mit dem sie die Ballettschule besucht hatte, diese plumpe, besorgte Matrone hatte werden können. Sie war noch immer hübsch, und auf ihrer Haut lag ein gesunder Glanz. Josie betrachtete Julies dicke, braungebrannte Beine und sah dann auf ihre eigenen, die lang waren, schlank und weiß.

«Also, ja und nein», meinte sie. «Ja, es ist groß, und nein, es ist nicht wirklich furchteinflößend. Das schwierigste ist, finde ich, Raum zu finden.»

BB, die während des Essens von ihren Plänen für sich und Daphne und einem Ausflug nach Sydney, den sie unternehmen wollten, geplappert hatte, sagte:

«So viele Menschen, ich kann mir das vorstellen.»

«Das habe ich eigentlich nicht gemeint», erwiderte Josie, die zu erklären versuchte und spürte, wie die Hitze des Nachmittags sie überwältigte und ihre Gedanken verwirrte. «Es ist mehr das Gefühl, eine stille Ecke zu suchen. Einen Ort, an dem man nachdenken kann, ohne unterbrochen zu werden.» Die anderen sahen sie verblüfft an.

«Es ist, wie soll ich sagen? Man wird in New York mit so vielen

Reizen bombardiert, daß man verrückt werden kann, wenn man versucht, sie alle aufzunehmen.»

«Es gibt Zeiten, da würde ich liebend gerne mit allem bombardiert werden, außer mit diesen Fliegen», meinte Julie und vertrieb einen Schwarm. «Die Langeweile hier macht mich verrückt. Manchmal kommt sie mir so dick vor, daß man sie mit einem Messer schneiden könnte. Und im Sommer, wenn ein Tag dem anderen gleicht, staubig und heiß, bedrückt sie mich noch stärker. Und der Himmel ist immer derselbe. Keine Wolke. Nur Hitze.»

Josie dachte, daß es sinnlos war, den anderen den Unterschied zwischen dem Leben in einer Stadt mit Millionen Menschen und dem Leben auf einem leeren Kontinent mit Millionen Schafen erklären zu wollen. Ach, sei's drum, dachte sie. Die Hitze drang wie Nadelstiche durch ihr dichtes Haar auf ihre Kopfhaut. Sie warf einen Blick auf ihre Mutter, die zurückgelehnt träumte, wer weiß, wovon; sie strich sich mit den Fingernägeln über das Kinn, als hätte sie einen Bart und befühlte die Stoppeln. Josie sah zu Liz hinüber. Liz lag auf dem Rücken und streckte die Hand nach dem Teller mit Weintrauben aus. Harry, der neben ihr saß und es bemerkte, zupfte eine Weinbeere für sie ab und rollte sie um ihre Lippen, bevor er sie ihr in den Mund steckte. Das Intime dieser Geste blieb keinem der Anwesenden verborgen, außer vielleicht der Betroffenen selbst, die die Beere zwischen den Zähnen und der Zunge spielen ließ und träge fragte, während sie zu dem Baldachin aus Blättern über ihrem Kopf emporschaute: «Weißt du noch, Josie, wie wir als Kinder im Gras lagen und beobachteten, wie die Wolken ihre Form veränderten?»

Josies Stimme klang schärfer, als sie beabsichtigte.

«Du wolltest eine große Künstlerin werden.»

«Und du wolltest Tänzerin werden.»

«Ich und Julie», meinte Josie, hob eines ihrer schlanken Beine und deutete auf ihre Zehen in den unpraktischen hochhackigen Sandalen. BB hörte auf, sich über das Kinn zu streichen, und wies mit dem Finger auf Josie.

«Und du hättest eine gute Tänzerin werden können. Eine wundervolle Tänzerin. Du warst ein vielversprechendes Talent, hat Madame Beryozka gesagt. Aber du hast alles aufgegeben, als du geheiratet hast. Ich hätte niemals gedacht, daß du einen Juden heiraten würdest.»

«Ach, BB!» rief Josie wütend und fühlte, wie sich die Hitzenadeln im Dickicht ihres Haares in Schweiß verwandelten.

BB sagte: «Sie haben schließlich Jesus umgebracht.»

Liz drehte sich auf den Bauch.

«Um Himmels willen, BB, fang nicht wieder damit an.»

«Ach, mach dir nichts draus», erwiderte Josie. «Ich bin daran gewöhnt. Die Ironie daran ist nur, daß ich weder eine von euch noch eine von ihnen bin. Michaels Volk nennt mich eine *goite.*»

«Aber du bist keine Jüdin!»

«Ma, das ist ein jüdisches Wort für Nichtjuden, sonst nichts», murmelte Liz in die Decke hinein.

«Laß es gut sein», sagte Harry, der wußte, was jetzt kommen würde, aber Liz ignorierte ihn.

«Und ganz ehrlich, ich seh keinen Unterschied – ob so oder so.»

«Ach, nein? Ich dachte, du weißt alles», gab BB zurück.

«Ach, Herr Jesus», stöhnte Bob.

«Jesus. Genau», fuhr BB fort. «Man kann kein Christ sein und die Existenz Jesu verleugnen. Einer von uns ist im Recht, und der andere im Unrecht.»

«Das Blöde ist nur, daß ich dir gerne glauben möchte», sagte Josie zu niemandem im besonderen. Liz hob den Kopf.

«Wie meinst du das?»

Josie straffte sich und fuhr sich mit den Fingern durch das Haar. Ihre Haare waren heute fettig, die Augen verklebt, sie fühlte sich aufgequollen und unbehaglich in der Hitze, und da sie immer gereizter wurde, fragte sie sich, ob sich vielleicht ihre Tage ankündigten. Aber es war niemand da, der ihr zuredete, es leicht zu nehmen. Hier war kein Michael, der sie manchmal mit fragend erhobenen Augenbrauen ansah.

«Ach, zum Teufel, ich weiß nicht», sagte sie schleppend, «heutzutage über Religion zu reden ist so, wie wenn man in Gesellschaft furzt. Alle geben vor, nichts zu bemerken.»

Wie aufs Stichwort ließ Brutus, der neben seiner Herrin lag, ein lautes Verdauungsgeräusch hören. Alle außer Josie lachten.

«Ach, geh schon», rief Julie, «fort mit dir!»

Der Hund wedelte mit dem Schwanz und rückte näher an sie heran. Er war ebenso wohlerzogen wie die Kinder. Liz setzte sich auf und kraulte den Hund unter dem Kinn. «Ich bin ganz *deiner* Meinung.» Sie vermißte Ruby.

Josie fühlte sich verloren. Sie war gereizt und irritiert durch die Hitze, die Diskussion, BBs Taktlosigkeit, eifersüchtig auf die Zärtlichkeit, die Harry Liz gegenüber an den Tag legte. Sie fürchtete, es nicht länger aushalten zu können. Sie wollte gerade aufstehen und zu Alex hinüberspazieren, der sich bei den Ponies herumtrieb, als Mr. Doughty zurückkam und die Mädchen aus dem Auto stürzten und zu ihrem Cousin hinüberrannten. Alex brauchte sie also auch nicht.

Mr. Doughty hob eine Kühltasche aus dem Kofferraum.

«Ich war so frei», sagte er, «ein paar Dosen kaltes Bier mitzubringen.»

«Verdammt gute Idee», frohlockte Bob, stand auf, strich sich mit der gesunden Hand die Hose glatt und ging zu Mr. Doughty hinüber.

BB setzte sich neben Josie auf die Decke und legte den Arm um ihre Schultern.

«Ich wünsche mir, daß du am Heiligen Abend mit mir zur Christmette kommst und mit Pater Murphy sprichst. Er würde sich so darüber freuen. Dieses ganze Gerede über Veränderungen und Erleichterungen führt doch zu nichts. Wenn wir so weitermachen, wird man bald keinen Unterschied mehr zwischen Katholiken und Protestanten feststellen können. Und was wird dann der Heilige Stuhl dazu sagen?»

«BB, du erwischst immer das falsche Ende des Fadens», meinte Liz. «Davon hat Josie überhaupt nicht gesprochen.»

«Doch, hat sie. Moral. Die funktioniert nicht ohne Vorschriften.» Sie bohrte den Zeigefinger in die Decke. «Sieh dir doch nur Cynthia an, die mit diesem Riesenbauch herumläuft. Es ist nicht richtig. Ich hab es dir gesagt, Liz. Was Jim betrifft, ich hätte ihn rausgeschmissen. Aber Cynthia, in ihrem Zustand, und der kleine Alex auf Besuch, und die Zwillinge. Und alle noch dazu in einem kritischen Alter.»

«Alex weiß, wo die Babies herkommen», erwiderte Josie scharf und wunderte sich, wie das Gespräch eine solche Richtung hatte einschlagen können.

«Nun, es ist einfach nicht schicklich.»

«Ach, du bist eine solche Heuchlerin», sagte Liz mit einem Blick auf ihre Mutter und schaute dann wieder weg. BB funkelte sie böse an. Sie wollte gerade etwas erwidern, als die drei Kinder auf ihren Ponies vorbeiritten.

«Wo wollt ihr hin?» fragte Julie und erhob sich voll mütterlicher

Wachsamkeit. Eines der Mädchen – war es Eins oder Zwei? – rief ihr zu, daß sie die Ponies brauchten, um zu einem bestimmten Maulbeerbaum hinaufzureichen, dessen Früchte zu weit vom Boden entfernt seien.

«Okay, seid vorsichtig.» Das war ihre übliche Abschiedsformel. Mit einem Seufzer der Erleichterung ließ sie sich fallen.

«Über eines bin ich froh, und zwar, daß Cynthia das Baby bekommt und nicht ich. Noch ein Kind könnt ich nicht verkraften.»

«Ach, du meine Güte», sagte Bob, der neben der Kühltasche stand. «Wenn ihr jetzt mit diesem Mist von Weibergeschichten anfangt, räum ich lieber das Feld und genehmige mir ein Bier und eine Zigarette.»

«Gute Idee», pflichtete Harry bei, der ebenfalls aufstand und ein paar Dosen aus der Kühltasche nahm. Die Frauen sahen den Männern nach, wie sie davonschlenderten, und gaben sich keine Mühe, ihre Erleichterung darüber zu verbergen, daß sie sie endlich los waren. Nachdem sich die Männer am Flußufer niedergelassen hatten, drangen mit dem Rauch Fetzen von zotigem Gelächter zu ihnen herüber.

Julie wandte die Augen von ihnen und beobachtete ihre Kinder, die in einiger Entfernung auf die Ponies kletterten. Liz bemerkte es, und während sie sich aufrichtete und die Essensreste wegzuräumen begann, meinte sie: «Du ängstigst dich zu sehr.»

«Das sagt Bob auch immer. Aber ich kann nichts dagegen tun. Hast du Alex gestillt, Josie? Also, erinnerst du dich an das Gefühl, wenn du ihn nicht dabeihattest, und es war Zeit zum Stillen und die Milch begann zu fließen? Einmal, als die Zwillinge noch Säuglinge waren, wurde ich beim Einkaufen in der Stadt so sehr aufgehalten, daß beim Zurückfahren die Milch wie eine Springquelle herauszuschießen begann, durch die sinnlose Stilleinlage, die mir die Säuglingsschwestern gegeben hatten, und durch mein Kleid hindurch. Es war wie ein Springbrunnen. Bob meinte, Bier wäre ihm lieber gewesen. Aber das Gefühl ist geblieben. Es ist wie ein Band, das mich an die Kinder knüpft, ein kleiner Ruck, und ich spür's. Manchmal denke ich, daß meine Empfindung für die Kinder tiefer ist als die für Bob. Ist das nicht schrecklich? Aber sag Bob nichts davon. Es würde ihn wahrscheinlich impotent machen.» Sie legte eine Pause ein und fuhr dann fort: «Bei näherer Betrachtung allerdings...»

Alle lachten, und das Objekt ihres sanften Spottes, das die auf ihn gerichteten Blicke offenbar spürte, drehte sich um und winkte ihnen mit der bandagierten Hand zu.

«Der Vater meiner Kinder», sagte Julie lächelnd und winkte mit dem Chutneyglas zurück.

«Willst du damit sagen», fragte BB, als hätte sie noch nie darüber nachgedacht, «daß Mutterliebe stärker ist als sexuelle Liebe?»

«Mach dir keine Sorgen, Julie.» Liz nahm ihr das Glas ab und schraubte den Deckel zu. «Du wirst ihn schon noch ablegen, den Mutterinstinkt. BB hat's ja schließlich auch getan.»

«Also, einen Moment mal, Liz», protestierte BB und wollte fortfahren, als Daphne, die aus einem langen Schlummer erwacht war, jammernd etwas zu trinken verlangte. BB schnalzte ungeduldig mit der Zunge.

«Hier, ich mach schon», meinte Liz. Sie goß Orangensaft in ein Glas und brachte es der alten Dame hinüber.

Daphne saß da, ihren Stock auf dem Schoß, einen alten Gartenhut ihrer Tochter tief ins Gesicht gezogen. Sie erinnerte verblüffend an Charles Laughton.

«Danke», sagte sie. Über ihnen begann ein Rieseneisvogel aus vollem Halse zu lachen. Sie blickten beide auf, konnten ihn aber nicht sehen. «Die Vögel sind hier so anders», meinte Daphne und nippte an ihrem Orangensaft. «Porry und ich saßen immer vor dem Pub in Chigwell, wo wir lebten, und hörten den Vögeln zu. Wir beobachteten die Stare, die auf den Fernleitungen saßen. Wie Fragezeichen sehen sie aus, sagte Porry immer. So war er. Aus der Ferne konnten wir das Rattern der Lastwagen auf der Autobahn hören.» Daphne hielt inne. Der Eisvogel war verstummt. «Es ist so still hier.»

Liz berührte ihren Arm.

«Erzähl mir, wie du als junges Mädchen warst. Sag nur um Himmels willen nicht, daß du so warst wie BB.»

Daphne lachte. «Ich glaube nicht. Ich war ich. Ich war nicht hübsch wie du oder Josie. Aber es gab zwei Männer, die mich liebten. Der eine kurz, der andere lang. Ich habe Kummer und Freude erlebt. Und ich habe gelernt, daß ich ohne das auskommen kann.» Sie hob ein welkes Blatt auf, dachte, daß sie die kühlen grünen Blätter Englands vermißte. «Es ist nicht gut, mit etwas Unvollständigem zu leben, nicht wahr?» Sie sah Liz an. «Aber es ist möglich.»

«Du bist ein schlauer alter Fuchs», gab Liz zur Antwort, die sich fragte, wie viele andere Menschen sie wohl durchschauten. Sie lehnte sich an den Baumstamm. Daphne zog ein Taschentuch hervor und fuhr sich über das Gesicht.

«Wird es noch viel heißer werden? Ich glaube nicht, daß ich noch viel vertragen kann.»

Liz schaute zum Himmel hinauf. «Ich glaube, ein Westwind ist im Anmarsch. Ich fürchte, zuerst wird es noch schlimmer, bevor es besser wird.» Sie sah Daphne an, aber Daphne war wieder eingeschlafen, und so ging sie leise wieder zu den drei anderen Frauen zurück.

Josies Stimmung hatte sich nicht gebessert. Selbst Liz bemerkte das. Es überraschte sie. Es überraschte sie alle, außer BB, die nie wußte, wann sie jemanden sich selbst überlassen sollte.

Tatsächlich kam Westwind auf. Kurze, heiße Windböen wirbelten Sand und Blätter auf die Decke. BB war wie eine Mücke, die Josie irritierte. Ihr Gerede floß unaufhörlich dahin, ihre Unempfindlichkeit war unerschütterlich. Sie war sich nur undeutlich der Tatsache bewußt, daß sie nicht zu Josie vordrang. Schließlich fuhr Josie sie an – man konnte förmlich hören, wie die Zugbrücke klirrend hochgezogen wurde.

«BB, ich bin nicht deine Reinkarnation.»

«Das hab ich auch nie behauptet!»

«Du setzt es aber die ganze Zeit stillschweigend voraus. Ich bin nicht du. Ich mag kein Bier. Bitte frag mich nicht dauernd, ob ich eines möchte. Ich mag eine ganze Menge der Dinge nicht, die du magst. Nicht einmal mein Wunsch, Tänzerin zu werden, war so stark wie der deine. Ich hab nicht den Mann geheiratet, den ich deinem Wunsch gemäß hätte heiraten sollen. Liz hat ihn geheiratet.»

«Ach, Josie», sagte Julie; es sollte wie «Halt!» klingen. Sie befanden sich auf sehr gefährlichem Grund. Vor ihnen gähnte der Abgrund. Josies Stimme war immer lauter geworden. Sie stand auf und zog ihren Rock zurecht. «Ich vertrag die Hitze nicht. Es tut mir leid. Ich muß ein paar Schritte gehen.» Sie stolperte in ihren blödsinnigen Sandalen davon. Die Absätze waren viel zu hoch für ein Picknick im Busch. Alles an ihr, fühlte sie, war heute falsch. Sie ging zum Ufer hinunter, sah die Männer dort sitzen, plaudernd, ahnungslos, daß sich hinter ihrem Rücken ein kleines Drama abgespielt hatte, und bog in die andere Richtung, um nicht mit ihnen zusammenzutreffen. Eine kleine Schafherde trabte davon, als sie die Böschung zum Flußufer hinunterlief.

Sie blieb stehen, um diese schrecklichen Sandalen auszuziehen, und als sie sich bückte, um die Riemchen zu öffnen, hörte sie hinter sich die Stimme ihrer Mutter. «O Josie, Josie, wart auf mich.» BB tauchte neben ihr auf. Josie beschäftigte sich weiter mit ihren Sandalen.

«Ach, geh fort, bitte geh fort, BB», sagte sie über die Schulter.

«Also, Josie, jetzt hör mir einmal zu. Nur, weil du dich über irgend etwas ärgerst, brauchst du das noch lange nicht an mir auszulassen. Ich bin deine Freundin. Wir sind immer Freundinnen gewesen. Nicht wie Liz mit ihrem hochtrabenden Geschwätz, ihrer Eigenbrötelei.»

«Laß Liz aus dem Spiel. Ich hab deine dumme Kleinlichkeit satt. Ich kann sie nicht ertragen, und warum sollte ich? Du sagst so grausame Dinge.»

«Was für grausame Dinge?» BB stand genau hinter ihr.

Der Stoff ihres Kleides berührte Josies Schulter. Josie ahmte die Stimme ihrer Mutter nach. «Du hast einen Juden geheiratet.»

«Aber Josie, ich hab niemals gedacht...»

Josie stand auf, drehte sich um, die Sandalen in der Hand.

«Du denkst nie, das ist dein Problem. Du spuckst einfach aus, was dir durch den Kopf schießt.»

«Aber woher soll ich wissen, was ich denke, wenn ich es nicht sage?»

«Du weißt nichts. Nichts. Du glaubst, wenn du ein paar Gebote einhältst, die vor langer Zeit von ein paar alten Männern niedergeschrieben wurden, wirst du gerettet werden. Glaub mir, du wirst es nicht. Es ist zu spät. Innen bist du schwarz wie ein hohler Baumstumpf. Du hast nie daran gedacht, zu dir selbst nein zu sagen. Niemals. BB ist bei dir immer an erster Stelle gestanden. Vor mir. Vor Liz. Vor Dad.»

«Was hat dein Vater damit zu tun?»

«Er hatte einen Namen, BB. John. Und du hast ihn umgebracht, das hat er damit zu tun. Du hast uns verlassen, und es hat ihm das Herz gebrochen.» Sie begann zu weinen. «Deinetwegen hab ich Selbstmitleid mit mir gehabt. Mein Gott, hab ich dich dafür gehaßt. Ich bin nicht so stark wie Liz. Du hast nie daran gedacht, was du uns antust, als du uns verlassen hast. All diese erbärmlichen Jahre, das Kommen und Gehen, die Männer.»

«Das reicht.» BB preßte die Lippen zusammen. «Ich hab um Vergebung gebetet. Ich bin zur Beichte gegangen.»

«Ich pfeife auf deine Beichten. Das ist für dich nur eine weitere Gelegenheit, deiner eigenen Stimme zu lauschen. Du hast Ohren, BB, aber du hörst nicht. Ich hab dir einmal geschrieben, daß ich dich brauche. Als Alex zur Welt kam. Du hast nie geantwortet. Und dann, als ich im Krankenhaus war, hat Michael dir geschrieben.»

«Ich habe nie einen Brief bekommen.»

«Du weißt verdammt gut, daß du ihn gekriegt hast. Aber du bist nie gekommen. Du bist niemals gekommen, weil du damit beschäftigt warst, Daphne zu finden. Hast du dich nicht gefragt, warum ich wollte, daß du kommst? Ich wollte jemanden, dem ich es anvertrauen konnte. Man hat mir mitgeteilt, daß ich Michael keine Kinder mehr schenken kann. Aber ich hab ihm niemals Kinder geschenkt. Du glaubst, du hast einen Juden zum Enkel. Ich wünschte, es wäre so. Alex ist nicht Michaels Sohn. Er ist Harrys Sohn. Er ist das Kind des Mannes meiner Schwester. Und all die Jahre hab ich versucht, dir das zu sagen. Aber du hast nie zugehört.»

BB streckte die Hand aus, aber Josie entzog sich ihr, als wäre diese Hand verseucht.

«Faß mich ja nicht an!» Sie drehte sich um und rannte das Ufer entlang, glitt auf dem weichen Sand aus, der Westwind blähte ihren Rock.

BB starrte ihr einen Augenblick lang schweigend nach und schrie dann so laut, daß ihre Halsschlagader hervortrat: «Üb dich doch selbst ein bißchen in Selbstverleugnung, du kleines Flittchen.»

Der Wind trieb BB ein Sandkorn ins Auge, und sie mußte zu schreien aufhören, um es herauszureiben. Die schimmernde Feder einer Elster verhedderte sich in ihrem Haar. Sie zog sie heraus und zerbrach sie in zwei Teile. Dann kehrte sie um und ging zurück zu den anderen, gegen den Wind ankämpfend. Der Westwind zauberte Schaumkronen auf die Wasseroberfläche. Der Wind warf sie vornüber, als sie die steile Böschung erreichte. Sie war sehr klein, und sie mußte mit den Händen Halt suchen, als sie den Abhang hinaufkletterte. Als sie oben ankam und zum Auto hinüberblickte, wo die anderen gerade die Picknicksachen verstauten, sah sie, wie Daphne und Mr. Doughty die Köpfe zusammensteckten. Oh, wie schwach diese alte Frau ist, dachte sie, ich kann sie keine Minute aus den Augen lassen. Die Brandblasen von gestern waren aufgeplatzt, und BB fühlte sich ausgelaugt und schal wie abgestandene Limonade. Und dann sah sie neben den Ponies Alex mit seinen Cousinen, und ein Plan begann in ihrem Kopf Gestalt anzunehmen. Sie vergaß Daphne für einen Augenblick und dachte über Alex nach. Und sie rieb sich den Schmutz von den Knien und überlegte, was sie tun würde.

13

«Ich sollte das nicht sagen», meinte Julie und wischte einige Gabeln trocken, «aber ich tu es trotzdem.»

«Bitte nicht.»

«Irgend jemand muß es tun. Und ich liebe dich und Harry. Du mußt Josie bitten abzureisen.»

Liz hatte die Hände im Ausguß. Sie spülten in der Küche das Picknickgeschirr. Liz nahm einen Teller aus dem seifigen Wasser und hielt ihn einen Augenblick in der Hand, um die schillernden Blasen zu beobachten, ehe sie ihn im anderen Ausguß abspülte und zum Trocknen auf das Geschirrbrett legte.

«Ich kann nicht.»

Julie legte den Arm um die Schultern ihrer Schwägerin. Sie spürte, wie sich die Muskeln unter der Bluse spannten.

«Liz...»

«Bitte hör auf, Julie. Zu wissen, daß alle es wissen, macht es für mich nicht leichter. Und obwohl du es gut meinst, bringt mich dein Mitgefühl nur zum Weinen, und das traue ich mich nicht. Denn wenn ich einmal weine, hör ich nie mehr wieder auf.»

«Liz. Ich weiß, daß es weh tut, aber ich versteh nicht, warum du sie nicht einfach bitten kannst, nach Hause zu fahren? Es wird nur Ärger geben, wenn sie bleibt. Ich spüre es. Ich mag Josie, aber sie hat kein Recht, hier zu sein. Und sie hätte niemals Alex hierherbringen dürfen...»

«Hör auf!» Liz schleuderte den Teller, den sie in der Hand hielt, durch die Küche. Er prallte an der gegenüberliegenden Wand auf und zersprang auf dem Boden in tausend Scherben.

Julie stand schweigend neben dem Ausguß und beobachtete Liz' Gesicht. Liz sieht so verletzlich aus, dachte sie. Und was Julie noch mehr zu Herzen ging, war, daß Liz sofort wieder die Maske der Selbstbeherrschung aufsetzte.

Liz holte ruhig einen Besen und eine Kehrrichtschaufel unter dem Ausguß hervor, aber ihre Hände zitterten. Vorsichtig fegte sie die Scherben zusammen.

«Ich werde dir etwas sagen», wandte sie sich über die Schulter an Julie. «Harry ist mein Leben. Er und Tiddalik. Jeder ist ein Teil des anderen. Niemand wünscht mehr, daß Josie geht, als ich. Aber sie weiß es. Und Harry weiß es auch. Ich habe darüber nachgedacht, wieder und wieder. Es liegt jedoch an ihnen, was geschieht. Wir sind keine kleinen Kinder, die Familie spielen. Wir kennen die Regeln. Nun müssen wir nur herausfinden, welche Regeln es wert sind, eingehalten zu werden.» Sie richtete sich auf und warf die Scherben in den Abfalleimer. «Jetzt habe ich nur noch elf Teller», sagte sie.

Sie spülten schweigend das restliche Geschirr, und nur das Summen des Generators, der sich aus- und einschaltete, drang von der Veranda. Sie sahen, wie der Wind vor dem Küchenfenster die langen Ranken der Glyzinien schüttelte, die schwer von den Eukalyptusbäumen herabhingen. Julie hängte das nasse Geschirrtuch auf, als sie fertig war.

«Weihnachten wird ein schöner Reinfall, wenn das Wetter so bleibt», meinte sie.

«Kann ich dir irgend etwas für das Weihnachtsessen rüberbringen?»

«Nein. Es ist alles unter Kontrolle.»

«Ich werde jetzt die Kinder einsammeln», sagte sie, als handelte es sich um reife Früchte, die sie vom Boden in ihre Schürze klaubte. «Zwei ist schon vom Pferd gefallen und hat sich das Knie aufgeschlagen.» Sie küßte Liz auf die Wange und klopfte ihr auf die Schulter. Sie hatte ihre Warnung angebracht, genauso wie sie es bei den Kindern getan hatte. Und traurig sagte sie sich, daß ihr hier ebensowenig Beachtung zuteil werden würde.

«Auf Wiedersehen, Liebes, wir sehen uns am Dienstag. Laß es mich wissen, wenn ich etwas für dich tun kann.»

14

Am Sonntag blies der Westwind noch immer. Es war keine Erlösung in Sicht. Die Steinwände des Großen Hauses strahlten die Hitze ungemindert wider, so daß man sie beinahe greifen konnte. Liz hatte, wo es nur ging, Ventilatoren aufgestellt und schon früh am Morgen die Jalousien heruntergelassen und Vorhänge vor die geschlossenen Fenster gezogen. Doch Staub und Sand sickerten durch sämtliche Ritzen herein. Sie hatten kaum geschlafen in der vergangenen Nacht, sie und Harry, und jede Berührung vermieden, um der Hitze zu entgehen. Josie, die sich schlecht fühlte und dementsprechend aussah, war früh zu Bett gegangen, und Alex war aufgeblieben und hatte mit seinem Onkel Schach gespielt, bis auch sie sich dem heißen Wind gebeugt hatten, der vor der Tür heulte.

Der Tag zog sich hin, und alle waren gereizt. Draußen war es nicht auszuhalten und drinnen bedrückend. Josie, die der Hitze ihres im Obergeschoß liegenden Zimmers entfliehen wollte, nahm Schreibblock und Feder und ein Buch, das sie doch nicht lesen würde, und zog sich in das Gästezimmer vor der rückwärtigen Veranda zurück; sie behauptete, daß es dort kühler sei als in jedem anderen Teil des Hauses. Harry, der selten unter der Hitze litt, ging hinüber in sein Büro im Stallgebäude, um an seinen Tabellen zu arbeiten. Alex trat ins Wohnzimmer, wo Liz gerade den Christbaum aufstellte. Es war eine ziemlich dürre Kiefer, die so gar nicht den Blaufichten und Balsamtannen ähnelte, die Alex gewohnt war.

Liz hatte eine Platte aufgelegt; Verdi, wie sie ihm erklärte. Er fragte, ob er ihr helfen könne, aber sie sagte: «Nein, du kannst aber ruhig dableiben und mir Gesellschaft leisten, wenn du willst.» Und so kuschelte er sich in einen Ohrensessel und sah ihr zu, wie sie den Baum schmückte. Liz' Katze erschien und sprang schnurrend auf seinen Schoß.

«Jag sie fort, wenn sie dir lästig wird», sagte Liz, die einige Fäden Lametta entwirrte und auf die Leiter stieg, um an die Spitze des Baumes heranzureichen. Das Lametta glitzerte in der Dunkelheit.

«Ich mag Katzen», erzählte Alex. «Zu Hause haben wir eine, Cleo. Aber wir rufen sie gewöhnlich Puss-Puss. Ich hoffe, Dad denkt daran, sie zu füttern.»

«Ich bin sicher, daß er es tut. Michael war schon immer der Typ, der an solche Dinge denkt.»

«Hast du meinen Dad gut gekannt?»

«Wir waren alle gute Freunde. Wir hatten eine Menge Spaß zusammen als Kinder in Sydney. Onkel Harry, deine Ma, Dad, ich, Tante Julie und Onkel Bob. Trotzdem war dein Dad anders als wir.» Sie hielt inne, einen Stern aus Pappe in der Hand, ein Bein auf dem Boden, das andere auf der Leiter.

«Er war ernsthafter als wir. Heutzutage würde man, glaube ich, sagen, er hatte mehr soziales Bewußtsein. Er machte sich Gedanken über Menschenrechte und dergleichen. Er hatte auch ein sehr weiches Herz. Wir lachten ihn immer aus, weil er ständig sämtliche lahmen Enten der Umgebung um sich sammelte und sie nie wieder loswerden konnte. Einmal, als wir alle zum Tanzen gingen, brachte er einen Jungen mit. Der Bursche war ein fürchterlicher Langweiler. Außerdem hatte er schrecklichen Mundgeruch, und keine von uns wollte mit ihm tanzen. Michael ist den ganzen Abend bei ihm gesessen und hat sich mit ihm unterhalten. Er war sehr wütend auf uns, weil wir über den Jungen gelacht haben.» Liz kletterte auf die Leiter und brachte den Stern an der Spitze des Baumes an. «Natürlich ist Michael auch viel mehr gereist als jeder andere von uns. Ich? Ich bin nie von Australien weggekommen. Auf gewisse Weise war er reifer als wir. Er wollte immer Jura studieren und den Unterprivilegierten helfen. Aber nach dem, was deine Mutter erzählt, ist er ein wenig davon abgekommen. Dein Großvater, der alte Mr. Rosenbloom, wollte überhaupt nicht, daß er Jura studiert, er wollte ihn fürs Geschäft haben.»

«Ja. Dad hat es mir erzählt.»

Liz band den Stern fest.

«So. Wie sieht es aus?»

«Hübsch. Zu Hause haben wir so etwas nicht.»

«Nein?»

«Wir haben statt dessen Chanukka.»

«Ach ja, das Fest des Lichts und der Geschenke.»

Alex war oft verblüfft darüber, was Tante Liz alles wußte. Er nahm an, es komme daher, daß sie so viel las.

Sanft streichelte er die Katze, während er sich im Zimmer umsah. Seine Tante sprühte Kunstschnee auf den Baum. Es erinnerte in an den Schnee, der gefallen war, als er und seine Mutter New York verlassen hatten.

Sein Vater hatte sie zum Flughafen gefahren. Alex hatte den Eindruck gehabt, daß sein Vater, wie er da in der Abflughalle die Füße gegeneinanderschlug, um den Schnee abzuschütteln, gleichzeitig alle Worte abschüttelte, die er sagen wollte. Und nicht sagen konnte. Sein Vater hatte gelacht, Alex fest angeschaut und gesagt, was für Glück er doch habe, daß er über Weihnachten nach Australien fahre und Eis und Schnee hinter sich lassen könne. Aber er hielt Alex' Hand so fest, genauso wie Alex die Hand seiner Mutter gehalten hatte, als er die nötigen Impfungen für die Auslandsreise über sich ergehen hatte lassen müssen; und Alex wußte, daß er nicht die Wahrheit sagte. Als sein Vater sich hinunterbeugte, um seine Mutter zum Abschied zu küssen, sein langes dunkles Gesicht mit den schwarzen Augen zu ihr gewendet, hatte Alex bemerkt, daß seine Mutter den Kopf wegdrehte, so daß der Kuß seines Vaters irgendwo zwischen ihrem Ohr und ihrer Schulter landete. «Wir müssen gehen, sonst versäumen wir das Flugzeug», sagte sie, und sie hatten den Vater stehengelassen und waren im Laufschritt durch die Abflughalle geeilt. Alex hatte über die Schulter geblickt und seinem Vater zugewunken, der beim Abflugschalter stand. Der Vater hatte so traurig, so ernst ausgesehen, wie er da stand in seinem schwarzen Stadtmantel, den Hut in der Hand, von dem der geschmolzene Schnee heruntertropfte, daß Alex am liebsten zurückgelaufen wäre und ihn umarmt hätte. Aber es hätte kindisch ausgesehen, wenn er es getan hätte, und so hatte er es bleibenlassen. Nun, in diesem heißen Zimmer, mit dem warmen Fell unter seinen Fingern, wünschte Alex, er hätte es getan.

Er beugte sich vor.

«Ich glaube, Dad fühlt sich ein bißchen einsam», flüsterte er in das weiche Fell.

Liz hatte den Baum fertiggeschmückt, kletterte die Leiter hinunter und ging zum Telefon, das sich auf dem Tisch an der Wand befand. Sie wählte, lauschte eine Minute und ließ dann resignierend den Hörer fallen.

«Das Telefon ist schon wieder einmal kaputt. Verdammt, es genügt, daß sich ein paar Kühe gegen den Masten lehnen, und die Leitungen sind gestört. Tust du mir einen Gefallen, Alex, und bringst Cynthia etwas zu essen? Sie hat am Freitag ein paar Fleischpasteten gemacht und hat oben in ihrem Haus kein Tiefkühlgerät, und ich weiß, daß sie selbst nicht einkaufen war. Bringst du ihr eine Pastete hinauf?»

Er folgte seiner Tante in die Küche, wo die Wärme des mit Kohle beheizten Herdes sie wie eine Stichflamme traf. Der Herd leuchtete ihnen aus der Ecke unter dem alten Kamin entgegen. Onkel Harry hatte ihm gezeigt, wie er am Morgen den Rost öffnen und die Kohle hineinschütten sollte. Alex war stolz, einen so mächtigen Ofen in Gang halten zu können. Liz nahm eine Fleischpastete aus der Tiefkühltruhe, deren Motor wie der eines Flugzeugs dröhnte, und wikkelte sie in ein Tuch, damit Alex sie besser tragen konnte. Er hielt sich die kühle Scheibe einen Moment lang gegen das Kinn und nahm dann seinen Hut vom Haken neben der Tür.

«Bist du es, Alex?» rief seine Mutter aus dem hinteren Zimmer. Er ging hinein und sagte ihr, was er vorhatte. Sie lag auf dem Sofa, den Kopf auf einem Kissen, die Hände bewegungslos auf dem Schreibblock auf ihrem Bauch. Nach «Lieber Michael» hatte sie kein einziges Wort geschrieben. Alex konnte die zwei Worte in ihrer großen Schrift lesen.

«Ist alles okay, Mam?»

«Ja, Liebling. Ich denk nur in Ruhe nach.» Sie lächelte ihm zu. «Du bist ein guter Junge. Ist dir sehr heiß?»

«Nein, nicht sehr.» Es erstaunte ihn immer, daß sich die Erwachsenen gleich wie die toten Fliegen fühlten, wenn die Temperatur anstieg. Mit Ausnahme von Onkel Harry. «Ich hab zugeschaut, wie Tante Liz den Christbaum geschmückt hat.»

«Wie sieht er aus?»

«Hübsch. Ich hab über Dad nachgedacht. Glaubst du, daß er okay ist, so ganz allein?»

Sie kniff kurz die Augen zusammen.

«Er hat Zader und Bubba – er wird zu ihnen fahren und bei ihnen bleiben.»

Alex stellte sich vor, wie sein Vater die Großeltern in deren Appartement in Florida besuchte.

«Er fehlt mir halt, glaub ich.»

«Ein bißchen Heimweh? Komm her, gib mir einen Kuß, bevor du gehst.» Sie hob die Arme, er beugte sich hinunter, und sie drückte ihn fest an sich. Er kämpfte sich frei, um seine Unabhängigkeit von ihr unter Beweis zu stellen. Sie ließ ihn los und stand auf.

«Du wirst erwachsen, Alex, stimmt's? Bald wirst du mir nicht einmal mehr einen Kuß geben wollen. Also lauf schon. Laß deine arme alte Mutter allein.»

Sie grinste, und er wußte, daß sie sich über sich selbst lustig machte und er ruhig gehen konnte. Also nahm er die Fleischpastete wieder auf, drückte den Hut fester auf den Kopf und verließ das Haus.

Er marschierte zu Cynthias Häuschen hinauf, das hinter den Ställen lag, und bemühte sich, auf dem kleinen Pfad zu bleiben, neben dem sie Nelken und Stiefmütterchen gepflanzt hatte, die in dem kargen Boden ums Überleben kämpften.

«Ich bin's, Alex», rief er und klopfte an die Tür. Nach ein paar Sekunden, in denen er ihren schlurfenden Gang hörte, öffnete Cynthia. Er sah die Ringe unter ihren Augen, die langsamen Bewegungen, und dachte, wie müde sie aussieht. Sie trug einen langen, dünnen Morgenrock aus ausgebleichter blauer Baumwolle, der ihre Körperfülle kaum mehr umschloß. Sie war barfuß.

«Hallo», sagte sie mit herzlichem Lächeln. «Fein, daß ich Gesellschaft kriege. Ich habe gerade gelesen und mich ausgeruht. Komm herein. Komm herein, wenn es dich nicht stört, daß es hier nicht nobel ist.»

«Nobel?»

Sie lachte. «Schick. Verstehst du? Fühl dich wie zu Hause.»

«Ihr Telefon ist außer Betrieb», sagte er schüchtern, während er den Hut abnahm und ihr die Pastete in die Hand drückte. «Tante Liz hat mich damit geschickt.»

Cynthia nahm die Pastete freudig entgegen. «Deine Tante ist kein schlechter Mensch, weißt du. Sie hat manchmal eine scharfe Zunge, aber sie will niemandem weh tun.» Sie ging in die winzige Küche und kam mit zwei Gläsern und einer Flasche Coca-Cola wieder.

«Setz dich, Junge, und erzähl mir was. Es ist heute viel zu heiß zum Denken, und Jim sollte ja eigentlich kommen, aber ich weiß nicht, wo er ist. Auf jeden Fall, die Pubs sind geschlossen, und das ist ein Segen.»

Cynthia goß die zwei Gläser voll. Das Coca-Cola war ein bißchen warm, und es gab kein Eis. Sie ließ sich auf dem Sofa nieder und legte die Beine auf die Lehne. «Mach's dir bequem», sagte sie zu Alex, der sich neben sie auf einen Stuhl setzte. Alex fiel auf, daß ihre Fußsohlen schwarz von Schmutz waren und hart wie Horn aussahen. Sie hatte sehr lange Zehen.

«Soll ich Ihnen ein Kissen geben?» fragte Alex und nahm eines, das hinter ihm auf dem Stuhl lag. Er war ein wenig nervös – es war das allererste Mal, daß er sich in so unmittelbarer Nähe von einer hochschwangeren Frau befand.

«Oh, danke, mein Junge», sagte sie und hob den Kopf, damit er ihr das Kissen unter den Nacken schieben konnte. «Wie alt bist du?»

«Zwölf.»

«Gefällt dir Australien?» fragte sie in ihrem schleppenden, tiefen Tonfall. Er dachte, daß ihre Stimme ein wenig so war wie seine Füße. Breit und flach.

«O ja, sehr. Aber heute wäre ich am liebsten nach Hause gefahren. Ich vermisse meinen Dad.»

«Ja. Ich vermisse meinen Dad auch. Er ist spazierengegangen, hat man mir gesagt, als ich ungefähr in deinem Alter war oder jünger.»

«Spazierengegangen?»

«Genau. Wenn du mich fragst, ist er wahrscheinlich auf dem letzten Spaziergang. Tot vermutlich. Du kannst von Glück reden, daß du deinen Dad noch hast. Er war ein echter Australier, mein Daddy, das war er. Ein Aborigine. Seine Haut war so schwarz, die Schatten unter den Augen dunkelblau. Kannst du dir das vorstellen? Ich kann mich nicht mehr sehr gut an ihn erinnern. Aber ich erinnere mich an seine Stimme, mit der er mir immer Geschichten erzählt hat. Legenden von unserem Volk. Hier. Siehst du dieses Buch? Gib's mir. Ich werd dir eine vorlesen.» Sie blätterte in einem dünnen Buch mit grünem Umschlag. «Die Nonnen haben es mir zum Abschied geschenkt. Ja. Da ist eine gute. Sie handelt von Wulawait, dem Fährmann der Toten.» Cynthia räusperte sich und begann in einem singenden Tonfall zu lesen, den ihr wahrscheinlich die Nonnen beigebracht hatten; aber nach und nach gewannen ihre eigenen Worte die Oberhand, und sie hielt das Buch gegen ihren großen Bauch gepreßt und erzählte ihm die Geschichte auswendig. «Es ist eigentlich eine Geschichte von den Aborigines des Arnhelm-Landes. Das ist ein großer Flecken im Norden oben, weit hinten, mein Dad war dort. Sie haben eine Menge Trauerzeremonien, und erst wenn sie alle erledigt sind, werden die Knochen des toten Menschen in eine Holzkiste gelegt. Aber man kann einen Geist nicht in eine Kiste legen, weißt du, das, was die Nonnen die Seele nennen. Nein, der Geist steigt auf, der *Mokoi*, wie wir ihn nennen, er kriecht aus dem Sarg und steigt in ein Kanu aus Rinde. Nun, dieses Kanu gehört dem Fährmann Wulawait, und seine Aufgabe ist es, den *Mo-*

koi zur Insel Purelko, dem Himmel der Aborigines, zu bringen. Siehst du, alle haben einen Himmel, nicht nur die Katholiken.»

«Die Juden nicht. Das heißt, die meisten Juden, wenn man die *Chassidim* nicht mitzählt. Dad sagt, die Juden leben nach dem Gesetz, der *Halachah.*»

Aber Cynthia paddelte im Geiste auf Purelko zu, die Augen halbgeschlossen, das kühle Wasser unter sich. «Es ist ein langer, langer Weg, und man braucht mehrere Tage, weil Purelko weit hinter der aufgehenden Sonne und dem Morgenstern liegt. Und neben dem Kanu springen Delphine aus dem schäumenden Wasser und geleiten das Kanu auf seinem Weg. Und wenn es die Küste von Purelko erreicht, erhebt sich ein kleiner Vogel, ein Strandläufer, in die Lüfte und stößt einen gellenden Warnschrei aus, um den anderen Geistern zu sagen, daß der Wulawait und der *Mokoi* angekommen sind. Und der Herr der Geister erscheint am Ufer und begrüßt den Neuankömmling. Mir läuft es kalt über den Rücken, wenn ich daran denke, und er sagt dem *Mokoi*, daß er, bevor er in Purelko aufgenommen werden kann, eine schwere Prüfung auf sich nehmen muß, um geläutert zu werden. Und alle übrigen männlichen Geister von Purelko werfen mit ihren Speeren nach dem Geist, bis seine Haut hart wird und nichts mehr sie durchdringen kann, nicht einmal Worte. Keine Schmerzen. Ein bißchen anders als das Leben, was? Und dann ist der *Mokoi* wiedererschaffen. Er ist schön. Innen und außen. Er ist glücklich und fröhlich und er kann sich zu den übrigen Geistern in Purelko gesellen. Wo alle glücklich sind. Glücklich und gut. Keine Traurigkeit. Keine Tränen.» Cynthia schloß das Buch, als ob sie darin gelesen hätte. «Mein Dad hat mir einmal erzählt, daß der Wulawait riesig ist und ein Paddel trägt und daß sein Schatten so groß ist, daß er bis ans Ufer reicht. Seit damals mag ich mir die Füße nicht mehr naß machen.» Sie ließ das Buch zu Boden gleiten, setzte sich auf und nippte an ihrem Cola. «Man sagt, ich hab die Augen meines Dads.»

Alex bemerkte, wie unergründlich und tiefbraun Cynthias Augen waren.

«Meine Mutter war allerdings zum Teil irisch», erzählte sie und wandte ihm wieder das Profil zu, so daß ihre breite Nase nun schmal aussah, die Lippen weniger üppig, die geraden schwarzen Wimpern gebogen.

«Irisch», seufzte sie. «Die Nonnen haben es mir gesagt. Ich hab ihre Stimme geerbt, sagen sie.» Sie begann leise zu singen. «O Heilige Mutter Maria, große Himmelskönigin... Wenn das Baby da ist, werde ich ihm das vorsingen.»

«Welche Farbe wird das Baby haben?»

«Jim und ich fragen uns das auch. Welche Farbe wird es haben? Ich glaube, es ist uns egal, solange es nur gesund ist. Und dieses Baby wird nicht im Waisenhaus oder in einem Heim enden.» Ihre sanfte Stimme klang energisch.

Alex trank sein Cola aus. Er blickte sich im Zimmer um. Da hingen ein Poster an der Wand, das sonnige Queensland anpreisend, und die Seite einer Zeitung, ein Farbfoto der Queen mit einigen Kindern. Durch eine offene Tür sah Alex ein Kinderbettchen, das am Fußende eines Bettes stand. Ein Windstoß blies heiße Luft, Sand und feinen Kies unter der Tür hindurch. Er scharrte mit den Füßen auf dem Linoleumboden.

«Ich hasse dieses Wetter», klagte Cynthia. «Wenn doch der alte Jim da wäre. Er ist kein schlechter Kerl. In jedem steckt ein guter Kern, haben die Nonnen gesagt. Er kann hart arbeiten, wenn ihm danach ist. Nur ist ihm nicht immer danach. Er und dein Onkel, die verstehen sich. Die haben etwas. Treue, Loyalität. Loyalität dem anderen gegenüber. Weißt du, Männer haben's gut. Ihr seid wie ein Club. Ihr könnt nicht miteinander auskommen, daher stellt ihr Regeln auf, um die Schwierigkeiten zu umgehen. Wir Frauen sind nicht so. Wir verbringen unser ganzes Leben damit, ans Tor zu hämmern, um eingelassen zu werden. Aber das Tor ist immer verschlossen. Das ist es, was uns manchmal aufregt.» Sie drehte sich um und sah Alex an. «Das ist es, was die alte BB aufregt.»

«BB?»

«Ja. Schau, BB haßt es, nicht im Mittelpunkt von allem zu sein. Und sie haßt Jim, weil sie eifersüchtig auf ihn ist.»

«Eifersüchtig?» Alex konnte sich nicht vorstellen, daß irgend jemand auf den alten Jim mit den wäßrigen Augen und knorrigen Händen eifersüchtig war. Er konnte sich nicht einmal vorstellen, daß derselbe Jim für Cynthias geschwollenen Bauch verantwortlich war.

«Ja. Eifersüchtig. Wegen Harry. Ach, Jim und Harry kennen sich schon ewig. Sie haben sich schon gekannt, lange bevor BB die Szene betrat. Lange bevor deine Tante und dein Onkel geheiratet haben. Jim hat für Onkel Harrys Dad gearbeitet, weißt du? Er und

Harry sind *so* dick miteinander.» Sie hielt zwei Finger nebeneinander. Alex bewunderte die großflächigen, elfenbeinfarbenen Fingernägel.

«Für Harry war es wirklich traurig, als sein Bruder Billy starb. Jim hat es mir erzählt. Weißt du, der alte Mr. Barton hat Billy geliebt. Es ist nicht so, daß er Harry nicht geliebt hätte, aber Billy hat er lieber gehabt. Eltern können manchmal nichts dafür, daß sie Lieblingskinder haben. Wie auch immer, Billy starb als Held. Er war einer der ersten im Distrikt, die sich stellten, und er wurde mit der Achten Division nach Malaya geschickt. Jim sagt, der alte Mann habe es sich schrecklich zu Herzen genommen, als sie hörten, daß Singapur gefallen und Billy tot war. Harry lief davon und versuchte sich freiwillig zu melden, aber sie wollten ihn nicht nehmen. Er war zu jung. Jim mußte mit dem Lastwagen in die Stadt fahren und ihn suchen. Harry war schon auf der Autobahn und wollte per Autostop nach Sydney, um dort sein Glück zu versuchen. Er schrie die ganze Zeit, daß er sich in Puckapunyal ausbilden lassen und dann eigenhändig ein paar Japse töten würde. Jim sagte, es sei beinahe unmöglich gewesen, ihn zu überreden, nach Hause zu kommen. Der alte Mann ist im selben Jahr gestorben. Er hat Billys Tod nie verwunden, sagt Jim. Und Harry mußte die Farm führen.»

Cynthia trank ihr Glas leer und lehnte sich wieder zurück. Das dunkle Haar um ihre Schläfen war schweißnaß.

Alex stand auf. «Ich versteh trotzdem noch nicht, warum BB auf Jim eifersüchtig ist.»

«Ach, du bist zu jung, um das zu verstehen, sei mir nicht böse. Aber BB hat eine seltsame Anschauung von Recht und Unrecht. Sie mag Jim nicht, und sie mag mich nicht. Und manchmal glaube ich, daß sie ihre eigenen Töchter nicht mag.» Sie schüttelte den Kopf. «Ich sollte eigentlich nicht so mit dir reden. Aber es ist wirklich erstaunlich, wie sie manchmal die Tatsachen verdreht.»

Alex setzte den Hut auf.

«Du gehst schon? Also, dann danke für die Pastete und den Klatsch. Und sag deiner Tante, daß ich morgen wieder in Ordnung bin, obwohl es, unter uns gesagt, ein Wettlauf zwischen dem Baby und der Hochzeit werden wird.»

15

Nachdem Alex gegangen war, schlief Cynthia ein. Die Hitze hatte sie überwältigt, und das Schlagen des kleinen Herzens unter ihrem eigenen war wie ein beruhigendes, inneres Metronom. Sie träumte von Wulawait, den Sehnsüchten ihres Volkes, von ihrem Vater, bis ein klopfendes Geräusch sie aufschreckte.

Sie wußte nicht, wie spät es war. Ihr Körper war feucht von Schweiß, und die Schatten fielen in breiten Abständen durch die kleinen Fenster. Es klopfte wieder an der Tür, und sie hörte BBs ungeduldige Stimme ihren Namen rufen.

In den drei Jahren, die Cynthia nun auf Tiddalik lebte, hatte sie niemals Besuch von BB erhalten. Schließlich gab es eine unsichtbare, aber dennoch deutliche Trennungslinie zwischen einem Mädchen in der Küche und der Schwiegermutter des Chefs. Auch wenn die Alte verrückt ist, dachte Cynthia. Und darüber hinaus hatte Cynthia den deutlichen Eindruck, daß BB abgesehen von Juden, Krüppeln, Epileptikern und Leprakranken auch keine Aborigines mochte. Es war ein Wunder, daß ihre Töchter ihre Engherzigkeit nicht geerbt hatten.

Cynthia drehte sich vorsichtig um und stützte sich auf die Arme, um aufzustehen. Verschlafen ging sie zur Tür, barfuß, im zerknitterten Morgenmantel, mit zerzaustem Haar. BB stand höflich und erwartungsvoll an der Treppe. In der Hand hielt sie ein Paddel. Mit ihren braunen Augen spähte sie zweifelnd und neugierig auf Cynthias Körper und in das Zimmer.

«Ich bin auf Besuch gekommen. Darf ich eintreten?»

Cynthia ließ sie ein und setzte sich wieder. Die dünne, vertrocknete Frau stand ihr gegenüber, die Beine geschlossen, das Ruder, das größer war als sie, aufrecht in der Hand. Sie trug ein senffarbenes Kleid – keine gute Farbe für ihr fahles Gesicht – und eine Schürze mit Blumenmuster. In der Schürzentasche steckte eine Flasche, deren Hals wie ein Känguruhjunges aus dem Beutel seiner Mutter herausragte.

«Ich war in der Kirche und habe für uns Sünder gebetet», sagte BB.

«BB, was zum Teufel tun Sie hier?»

«Ich komme dich besuchen. Wie fühlst du dich?»

«So wie man es bei vierzig Grad Hitze mit dem Extragewicht im

Bauch erwarten kann. Was wollen Sie damit?» Sie wies mit einer Kopfbewegung auf das Paddel.

«Was? Das? Ach so. Ich suche Alex. Ich hörte, daß er hier sei. Ich dachte, wir könnten ein bißchen auf den Fluß rausfahren. Ich weiß, daß wir nicht sehr weit paddeln können, weil wir wenig Wasser haben. Aber es wäre eine Abkühlung, dachte ich. Er war noch nicht auf dem Boot draußen, oder? Wir können es schnell aus der Garage holen. Harry hat heute nicht viel zu tun. Er kann helfen. Es wäre so nett, einmal mit Alex zu reden. Meinen Enkel besser kennenzulernen.»

Die späte Nachmittagssonne, die durch die dünnen Vorhänge vor den Fenstern schien, warf BBs Schatten ins Zimmer. Er war drei Meter lang und fiel auf Cynthias Beine. Sie zog die Füße zurück und erschauerte.

«Stimmt was nicht, Cynthia? Du siehst krank aus.»

Cynthia fuhr sich mit der Hand über die feuchte Stirn. Das kommt davon, wenn man zu viele Geschichten liest, dachte sie.

«Nein. Es hat mich nur ein bißchen gefröstelt, das ist alles.»

BBs Schatten wanderte, als sie zur Tür ging. Cynthia rieb sich die Arme.

«Also, Alex ist nicht hier. Er war hier, aber er ist schon wieder fort. Ich dachte, er sei wieder zum Großen Haus zurückgekehrt.»

«Na, dorthin kann ich nicht gehen. Ich kann dort nicht mit ihm sprechen, Cynthia. Ich hatte eine Auseinandersetzung mit Josie. Ach, es wird sich wieder einrenken, aber ich weiß nicht genau, wie ich es anstellen soll. Sie hat mir etwas äußerst Erstaunliches erzählt.»

Cynthia, die BBs Schatten aufmerksam beobachtet hatte, damit sie ihm ausweichen konnte, sah bei BBs verändertem Tonfall auf. BBs Augen waren auf sie gerichtet. Sie glitzerten häßlich hinter der Brille. «Etwas äußerst Erstaunliches», fuhr sie in demselben höheren Tonfall fort. «Ich kann jedoch nicht darüber reden. Noch nicht. Aber es muß etwas geschehen. Man kann nicht mit einem solchen Wissen leben, oder? Ich meine, Jesus sagte, lasset die Kinder zu mir kommen, stimmt's? Aber ich kann nicht die Verantwortung dafür übernehmen, daß diese Seele in der Hölle verbrennt. Oder? Das ist zuviel.» Ihre Hände drehten das Paddel. Cynthia beobachtete sie. «Woran ich glaube, ist, daß man die Dinge richtig tun muß. Und hier ist eine von Gott gesandte Möglichkeit, es zu tun. Ich darf sie nicht vorübergehen lassen, nicht, wenn ich daran denke, wieviel Gutes ich tun kann. Trotzdem wird es vielleicht schwierig sein, Alex zu überzeugen. Aber es wird unangenehm für uns alle werden, nicht? Trotzdem, es ist meine Pflicht. Ich habe Daphne hergebracht. Das war doch meine Pflicht, oder etwa nicht? Ich hab mich nicht gedrückt, als es wirklich soweit war. Obwohl es mir wirklich lieber wäre, sie würde keinen Kaugummi kauen, wenn sie ihr Gebiß nicht drinnen hat.»

«BB, ich weiß nicht, wovon Sie sprechen.»

«Nein? Gut, so sollte es auch sein.» Sie nahm das Paddel in die andere Hand, bereit, es zu schultern.

«Ich bringe das in die Garage zurück. Wenn du Alex siehst, sag ihm, daß ich mit ihm sprechen muß. Es kann wirklich nicht sehr lange warten. Aber erzähl Josie nichts davon, hörst du?»

Sie stemmte das Paddel hoch und ging auf die Tür zu. Dann drehte sie sich um und sah Cynthia mit zusammengekniffenen Augen an.

«Hast du eigentlich jemals bemerkt, wem Alex ähnlich sieht?»

«Ähnlich sieht? Nein. Warum, um alles in der Welt?»

«Auch gut», meinte BB triumphierend und ging hinaus.

Mit einem Seufzer der Erleichterung schloß Cynthia die Tür. Was für eine seltsame Laune sie heute hat. Spaziert mit diesem schweren Ruder in der Hitze herum. Cynthia würde sie nie verstehen und beschloß, es gar nicht erst zu versuchen.

Sie ging ins Badezimmer, nahm eine lange, erfrischende Dusche und wusch sich die Haare. Sie schlang sich ein Handtuch um den Kopf und zog ihr rosafarbenes Nylonnegligé an (das einzige, das ihr noch paßte). Sie fühlte sich nun frischer und trat ins Schlafzimmer, wo sie neben dem Bett niederkniete. Sie blickte auf das Heiligenbild über dem Kopfende. «Freu dich nicht zu früh, ich spreche jetzt noch nicht meine Gebete.» Das einzige Möbelstück außer dem Bett und dem Kinderbettchen war eine alte Kommode, die Cynthia bei einem Altwarenhändler gekauft hatte, mit einem schwenkbaren Spiegel darauf, den sie in Ehren hielt, weil er angeblich ihrer Mutter gehört hatte. Cynthia, die schwerfällig neben dem Bett kniete, beugte sich vor und zog einen schäbigen Koffer darunter hervor. Sie legte ihn auf das Bett, stand auf und strich den kleinen Teppich am Boden gerade. Sie öffnete den Koffer und schob das Seidenpapier zurück, in das ihr Brautkleid gehüllt war. Vorsichtig berührte sie es mit ihren langen Fingern und nahm es dann heraus, um es im Licht der Abendsonne schimmern und leuchten zu sehen. Es war ein cremefarbenes Satinkleid, und gegen den purpurfarbenen Bettüberwurf glimmerte es in strahlendem Weiß.

Cynthia hielt es sich an den Körper und drehte den Spiegel, um sich darin sehen zu können. Es hatte sie den Lohn von zehn Wochen gekostet – äußerste Verschwendung für sie. Aber es ist sein Geld wert, dachte sie jetzt. Sie hatte es im Schaufenster von Mrs. Carmodys Geschäft in der Hauptstraße in der Stadt gesehen und hatte es einfach haben müssen. Sie hatte eine Anzahlung geleistet, und Mrs. Carmody hatte es ihr weggelegt, und jede Woche war sie hingegangen und hatte wieder einen Teil abbezahlt. Und selbst als man in der Stadt schon wettete, daß der alte Jim die Flucht ergreifen und sie niemals heiraten würde, und ihr Bauch immer größer und das Gerede immer ärger wurde, nahm sie an ihrem freien Tag immer den Schulbus (der einzige Bus, der an Tiddalik vorbeikam) und ging zuerst in Mrs. Carmodys Geschäft, um ihre Raten abzuzahlen, und dann ins Café, wo sie einen Capuccino trank, eine halbe Stunde saß und von dem Kleid träumte.

Sie hoffte inständig, daß es ihr noch paßte. Sie würde es anprobieren. Als sie sich hineinkämpfte, dankte sie Gott, daß es im Empirestil geschnitten war. Sie hatte es eben angezogen und strich die Falten über dem Bauch glatt, als sie einen Lastwagen an der Vordertür vorfahren hörte. Die Tür des Lastwagens wurde zugeschlagen.

«Jim», rief sie. Sie rannte zur Schlafzimmertür und stieß sie zu. Er klopfte an der Eingangstür, und sie hörte, wie sie geöffnet wurde.

«Bist du hier, Darling?»

Durch die geschlossene Tür rief sie ihm zu: «Komme ja nicht herein, Jim Partridge. Ja nicht! Das bringt Unglück!» Sie zwängte sich aus dem Kleid, schlug es hastig, aber vorsichtig wieder in das Seidenpapier ein und legte es in den Pappkoffer zurück. Cynthia keuchte, als sie den Koffer auf den Boden stellte und ihn mit dem Fuß unter das Bett stieß.

«Du darfst die Braut nicht im Hochzeitskleid sehen. Das ist ein böses Omen.» Draußen vor der Tür richtete Jim sich grinsend vom Schlüsselloch auf. «Und was machst du überhaupt da?» fragte Cynthia. «Als du nicht aufgetaucht bist, hab ich gedacht, du bist zum Stallausmisten gegangen. Ich hab damit gerechnet, dich morgen wiederzusehen. Mich so zu erschrecken! Das ist schlecht in meinem Zustand.» Sie hörte ihn auf der anderen Seite der Tür lachen.

«Laß mich rein, Darling, ich muß dich unbedingt sehen.»

«Erzähl mir doch keine Märchen», sagte sie ungläubig. Sie stand in ihrem rosafarbenen Negligé da, dessen synthetischer Stoff sich um Brüste und Bauch spannte. Er öffnete die Tür einen Spaltbreit, und sie griff nach dem purpurfarbenen Bettüberwurf, den sie sich schützend vorhielt. «Nur ganz kurz. Nur ganz kurz.» Er stieß die Tür auf, kam herein und taxierte sie, wie sie so dastand mit dem purpurfarbenen Fransenumhang, in dem sie wie die Fruchtbarkeitsgöttin aussah. Grinsend stand er da, die mageren Hüften linkisch vorgeschoben, die Daumen in den Gürtel gesteckt.

«Du bist eine hübsche Frau, Cynthia», sagte er. «Allerdings eher von der fetten Sorte.»

«Na warte, du», lachte sie und warf ein Kissen nach ihm.

Seine Stimme klang rauh. «Keine Ahnung, was du mit einem alten Knacker wie mir willst.»

«Manchmal frag ich mich das auch.»

Er rieb sich nachdenklich das Gesicht, als müsse er sich rasieren.

«Hast du getrunken?» fragte sie argwöhnisch.

«Nein, Darling, nur ein paar Bier mit den Kumpeln auf dem Nachhauseweg. Ich bin direkt vom Ausmisten gekommen, Cyn...»

«Das sehe ich. Schau dir deine Hände an.»

Er kam auf sie zu, nahm die Hände aus dem Gürtel und blickte schüchtern auf seine Nägel.

«Hab nicht gewußt, daß dir das was ausmacht, Cyn. Du bist mir abgegangen. Wollte dich nur sehen.»

«Nein, Jim», sagte sie, seine Gedanken lesend, als er auf sie zukam und seine Hand auf ihre Brüste legte. Aber dann war sie nicht sicher, ob sie wirklich nein gesagt oder es nur gedacht hatte, weil ihr Herz so laut schlug, daß sie nichts hören konnte. Sanft, aber bestimmt legte er seine Arme um sie und warf sie zurück auf das Bett. Halb lachend, halb Widerstand leistend (wobei sie wegen ihres Körperumfanges beinahe hilflos war), meinte sie: «Könnte das nicht bis morgen warten, du Verrückter?» Aber sie lag nun halb auf dem Bett, halb auf dem Boden, und sein Kopf war an ihrem Busen, in dem purpurfarbenen Bettüberwurf vergraben, und sie hörte ihn nur sagen: «Nein, könnte es nicht.» Und mit einem Seufzer gab sie sich völlig der Wärme des Augenblicks hin, seinem Verlangen und ihrem Verlangen, wie sie es zuvor getan hatte und wie sie es immer tun würde.

Cynthia schlang die Arme um ihn und bedeckte auch ihn mit dem großen purpurnen Überwurf, bis sie beide darin versanken wie Schwimmende in einem endlosen, purpurfarbenen Meer. Cynthia seufzte tief. Er streifte ihr das Negligé ab. Sie war ein brauner Seehund auf einem warmen Felsen. «Also gut, mein Jim. Mein Jim. Aber mach schnell. Und sei vorsichtig.» Sie drehte sich zur Seite, und er drang so rasch in sie ein und entleerte sich so schnell, daß sogar sie überrascht war. Dennoch fühlte sie sich befriedigt, und obwohl zwischen ihnen niemals das Wort Liebe fiel, weil sie zu scheu waren, um es einander zu sagen, lagen sie nun erfüllt nebeneinander und empfanden Liebe. Das Tageslicht war der Dämmerung gewichen, und der Raum lag im blassen Zwielicht. Sie betrachtete seine Hand, die leicht gekrümmt auf ihrem Leib lag, zwischen den Knöcheln und unter den Nägeln schmutzig, und sie wollte sie küssen. Sie lauschte seinem Atem. Er war wach, und sie fühlte einen Frieden in ihrem Herzen wie nie zuvor. Sie wollte, daß es immer so bliebe: ihr Kind, zusammengerollt in ihrem Bauch, seine Hand auf ihrem Herzen. Das Baby strampelte, und sie legte Jims Hand an die Stelle, damit er es auch fühlen konnte.

«Tut es weh?» fragte er.

«Nein.»

«Hast du Angst?»

«Vor dem Baby? Nein. Und ich hab auch keine Angst, dich zu heiraten.» Seine Hand lag ruhig in der ihren. Er schwieg. Draußen bellte ein Hund.

«Es wird alles gut, Jim», flüsterte sie.

Er rollte auf die Seite und legte sich auf den Rücken. Mühsam drehte sie sich um und sah ihn an.

«Was ist los?»

«Nichts.»

«Doch, du kämpfst doch damit, seit du da bist.»

«Cyn, ich bin ein halbes Jahrhundert alt und noch ein bißchen drüber, und die meiste Zeit davon hab ich von Bohnenkonserven gelebt.»

«Nun, von jetzt an eben nicht mehr. Ich bin eine gute Köchin.»

Er schwieg.

«Jim», flüsterte sie. «Du hast Angst. Du brauchst aber keine zu haben. Ich erwart nicht so viel. He! Ich brauch nicht viel. Wirklich nicht. Das Baby reicht mir. Und du. Das ist mehr, als wir als Kinder hatten, oder?»

«Die Jungs denken, daß ich total meschugge bin, in meinem Alter noch zu heiraten.»

«Lieber spät als gar nicht. Du wirst ein guter Ehemann sein, Jim. Und ein guter Vater.» Cynthia machte eine Pause und fragte dann intuitiv: «Und haben sie wieder davon geredet, daß ich eine Aborigine bin? He, he, reg dich nicht auf, ich bin an das Gerede gewöhnt. Ehrlich, es kränkt mich nicht mehr.»

Jim schneuzte sich in das Laken.

«Oh, ja, du bist in Ordnung, Cyn. Du bist mehr wert als eine ganze verdammte Lastwagenladung dieser weißen Puppen, die ich gekannt habe.» Sie streichelte seine Hand. «Ich bin nicht immer gut gewesen, Cyn. Harry weiß das. Er und sein Vater. Ich hab einmal einen Mann getötet. Ich schwöre, daß es ein Unfall war. Er war ein richtiger Saukerl, das war er. Er war Koch bei den Schafscherern. Und da – da gab es einen Zwischenfall wegen einer Puppe. Er hat sich's selber eingebrockt. Ich hab das keinem außer dir erzählt, Cyn. Aber wenn es jemand wissen sollte, dann du. Falls du deine Meinung änderst.»

«Darüber hast du dir Gedanken gemacht? Über etwas, das vor vielen Jahren geschehen ist? Ach, Jim. Ich kenne dich. Du bist ein guter Mann. Das weiß ich. Ich weiß es, weil du gut zu mir gewesen bist. Nicht viele waren das. Sie ist ja nur eine Aborigine, du verstehst. Du wirst gut zu den Kindern sein.»

«Kindern? Ich dachte, wir werden nur eines haben!»

«Wir werden sehen.» Sie mußte über seinen Gesichtsausdruck lachen. Du gibst mir keine Rätsel auf, Jim Partridge, dachte sie. Du bist ebenso leicht zu durchschauen, wie BB undurchschaubar ist. Sie wurde ernst.

«Ich hab heute Besuch gehabt. Bevor du gekommen bist. Von BB.»

«Hmm. Was wollte sie?»

«Ich weiß es nicht. Sie sagte, daß sie Alex sucht. Er war vor ihr dagewesen.»

«Da hast du ja einen sehr anstrengenden Tag hinter dir.»

«Ja. Sie war ziemlich eigenartig. Ist mit einem Paddel in der Hand herumspaziert. Ich hab einen ziemlichen Schrecken gekriegt, Jim, das kann ich dir sagen. Ich mußte die ganze Zeit an meinen Dad denken und an die Geschichten, die er mir erzählt hat. Weißt du, sie hat diesen Riesenschatten in den Raum geworfen. Und Dad hat mir immer vom Wulawait erzählt. Er war wie eine Schattenfigur. Der Fährmann der Toten. Wenn einer stirbt, kommt sein Geist in ein Kanu, und der Wulawait bringt ihn zum anderen Ufer in den Himmel.» Cynthia erschauerte und legte sich die Hand auf den Bauch. «Ich will nicht daran denken, während ich – so bin, wie ich bin.»

«Du bist ein wenig abergläubisch, stimmt's?» bemerkte Jim mit einem Blick auf das Heiligenbild.

«Darum geht es nicht, Jim. Aber sie war so komisch.»

«Hat sie dich gekränkt? Ich bring die alte Hexe um, wenn sie irgend etwas tut, das dich verletzt.»

«Ach Jim, sei kein Narr. Sie ist harmlos. Nein. Sie hat sich nur irgend etwas in den Kopf gesetzt. Etwas, das sie Alex sagen wollte. Ich glaube, sie hat sich über mich lustig gemacht. Weißt du, was sie gesagt hat, bevor sie gegangen ist? Sie hat mich gefragt, wem Alex meiner Meinung nach ähnlich sieht. Jetzt frag ich dich: Woher soll ich das wissen?»

Jim antwortete nicht, aber sie sah trotz des dämmrigen Lichts, daß seine Augen offen waren. Sie schüttelte den Kopf. «Ach, Gott sei Dank kann's mir ja egal sein, was im Kopf dieser Frau vorgeht.» Sie setzte sich auf, zog wieder das Negligé an und fühlte sich hellwach.

«Wie wär's mit einer Tasse Tee, Jim?»

«Das wollte ich dich gerade fragen.»

Cynthia schlüpfte aus dem Bett und strich ihr Negligé glatt. Vor sich hin summend ging sie in die Küche. Sie überlegte, daß sie die Pastete zum Abendessen aufwärmen würde, das dauerte nur ein paar Minuten. Jim blieb im Schlafzimmer und starrte, die Hände hinter dem Kopf verschränkt, zur Decke hinauf.

Als Cynthia von BB erzählt hatte, waren die alten Wunden wieder aufgebrochen. Er haßte diese alte Hure. Er hatte Cynthia nicht alles gesagt, was er wußte. Er war von Natur aus verschwiegen, aber er wußte, was ihn in Rage brachte. Keiner von den anderen wußte es. Nicht einmal Harry, der ihn besser kannte als seine eigene

Mutter. Er hatte seinen Augen nicht getraut, als Harry ihn am Tage seiner Hochzeit mit seiner Schwiegermutter bekannt machte. Er hatte die alte Hure schon gekannt, als sie noch Barmädchen gewesen war. Natürlich sah sie ein wenig anders aus, aber sie war es, da gab es keinen Zweifel. In Gedanken daran beugte er sich vor und spuckte auf den Linoleumboden. Er wäre ihr nie begegnet, wenn Harry nicht so versessen darauf gewesen wäre, in die Armee einzutreten. Mr. Barton hatte Jim nach Sydney zur Stellungskommission geschickt, wo er herausfinden sollte, wie die Dinge standen. Er meinte, wenn Harry so begierig darauf war, loszuziehen und sich umbringen zu lassen, würde er ihn nicht aufhalten. Und in einem Pub in Sydney, er konnte sich nicht mehr erinnern, in welchem, traf er diesen Schafschererkoch. Und BB flirtete mit ihnen, ermunterte sie, klimperte mit den Wimpern. Bis dieser dreckige kleine Italiener, diese Ratte, der ein Nichts gewesen war, hereinkam. Und der Koch lag Jim in den Ohren, wie es ihm auf die Nerven ginge, zuschauen zu müssen, wie das Barmädchen dem Spaghetti schöne Augen machte, bis schließlich Jim und der Koch eine Schlägerei anfingen. Und dann war Ruhe, bis die Schafschursaison wieder begann. Und wer kam da mit den Schafscherern herein? Natürlich derselbe verdammte Koch, und die Stichelei begann von neuem. Aber als sie sich diesmal unausweichlich wieder in die Haare gerieten, fiel der Koch von der Veranda des Schurschuppens und brach sich das Genick. Mein Gott, wie oft hatte Jim daran denken müssen! Immer wieder sah er es vor sich, wie der Körper über die Veranda segelte, mit flatternden Hosenbeinen, und das Blut herausschoß, rot wie Fleisch, als der Schädel aufplatzte wie eine Kokosnuß. BB erfuhr nie, was sie da ausgelöst hatte. Und er erzählte es niemandem, denn erstens gab es keinen Grund dafür und zweitens keine Gelegenheit. So hielt er einfach den Mund, und BB fand sich nie damit ab, daß er sie früher einmal gekannt hatte, und er wehrte sich dagegen, von ihr wie der letzte Dreck behandelt zu werden. Er würde sich von niemandem so behandeln lassen. Und, bei Gott, am allerwenigsten von dieser billigen kleinen Nutte.

16

Tiddalik, Montag, 24. 12. 1962

Mein lieber Michael!
Das ist der zweite Brief, den ich Dir zu schreiben versuche. Aber diesmal will ich ihn beenden.

Ich weiß, daß das letzte Jahr schwer für Dich war. Du bist immer gut zu mir gewesen, und ich kann Dich immer nur verletzen. Ich liebe Harry. Ich nehme an, Du hast das immer gewußt. Aber es ist noch schlimmer. Du liebst Alex, aber er ist nicht Dein Sohn. Er ist Harrys Sohn. Ich hab alles getan, um es zu vergessen. Ich hab daran gedacht, zu konvertieren, ins Ritualbad zu tauchen. Aber ich kann nicht, Michael. Er ist kein Jude. Da stehe ich, die ewige christliche Lügnerin, unfähig, die entscheidende Lüge auszusprechen und zu leben. Vor Gott. Das ist komisch, nicht?

Ich weiß nicht, was aus mir wird. Aber ich werde es Harry heute sagen. Ich ertrage es nicht länger, mit einer Lüge zu leben. Die Hitze hier hat offenbar etwas Läuterndes. Ich kann Dir keine Schuld geben, außer, daß Du nicht Harry bist. Es tut mir leid.

Josie

Josie hielt eine Minute inne und kaute an dem Füllhalter. Sie wollte ein Postskriptum schreiben, verwarf den Gedanken jedoch. Nachdenklich faltete sie den Brief zusammen, strich ihn glatt und steckte ihn in den Umschlag. Sie erhob sich von dem kleinen viktorianischen Schreibtisch in ihrem Zimmer und legte den Brief in eine der vielen Schubladen. Aber dann entschied sie anders und verstaute ihn in der Tasche ihrer Reithose. Sie wollte den Brief nicht herumliegen lassen. Sie betrachtete sich im Spiegel, während sie ihr Haar bürstete und es mit einer Schleife zurückband. Keine Unentschlossenheit mehr, sagte sie sich. Der Spiegel warf ihr Bild zurück. Ihr Gesicht sah noch immer gleich aus. Wie merkwürdig, dachte sie, da doch alles nun so anders war. Sie schloß die Tür hinter sich und ging leise hinunter. Der dicke blaue Teppich schluckte ihre Schritte. Im Treppenhaus der unteren Diele blieb sie einen Augenblick stehen. Sie hörte Cynthia in der Küche werken und sah ihre Schwester, die von der hinteren Veranda hereinkam und mit einem Korb und einer Baumschere in der Hand zur Abstellkammer ging. Auf dem Tisch neben der Treppe stand eine Vase mit frischen Akazienzweigen und rosa Rosen. Alex war mit Reilley, dem zweiten Farmarbeiter, hinausgefahren, um beim Kennzeichnen der neugeborenen Lämmer zu helfen. Es wurden dieses Jahr noch einige Nachzügler erwartet. Nicht einmal am Heiligen Abend ruhte die Arbeit auf der Farm.

Josie ging durch die Haustür und schloß das Fliegengitter leise hinter sich, damit es nicht zuschlug. Vom Westwind, der gestern noch geblasen hatte, waren nur gelegentlich heiße Böen geblieben; Josie dachte an den Atem eines schlafenden Riesen. Sie lief um das Haus herum und vermied es, am Küchenfenster vorbeizugehen, weil sie Liz nicht sehen wollte und auch nicht wollte, daß Liz sah, wie sie zu Harry ging. Sie kam an ein paar Zwergquittenbäumchen vorbei, die sich an der Wand festklammerten und die feinen Versteinerungen winziger Weichtiere vor ihr verbargen. Geißblatt verströmte seinen betäubenden Duft, aber sie nahm ihn nicht wahr. Sie sah einen Schwarm kleiner Vögel, die sich aus einem Eisenholzbaum erhoben und in den Zweigen eines Amberbaumes niederließen, bis sie außer Sicht war.

Sie wollte zu Harry. Er hatte beim Frühstück gesagt, daß er den ganzen Tag im Schurschuppen verbringen würde. Er hatte eine Thermoskanne mit stark gezuckertem Tee und ein Paket mit Sandwiches mitgenommen. Sie hatte zugesehen, wie Liz sie vorbereitet hatte. Harry sagte, er würde die kleine Herde behandelter Mutterschafe zusammentreiben, um sie zu untersuchen. Josie hatte erwähnt, daß sie im Laufe des Tages einmal zu Alex reiten würde, um ihm Gesellschaft zu leisten, wenn es ein Pferd gäbe, das langsam genug für sie war. Liz hatte in ihrem Tee gerührt und geschwiegen.

Harry hatte gesagt, er würde Trumps im Schatten stehen lassen. Josie kam zum Stall und fand tatsächlich Trumps vor, der unter dem Pfefferbaum beim Wassertank stand und mit seinem langen Schweif nach den Fliegen schlug.

Ein Baumstumpf, der als Aufsteigehilfe verwendet wurde, lag da, und Josie hievte sich in den Sattel. Sie war schon lange nicht mehr geritten; das letzte Mal auf einer Farm in den Catskills, vor ein paar Jahren im Sommer, mit Michael. Aber sie wollte jetzt nicht an Michael denken. Sie wußte, daß die Schurschuppen an der Flußbiegung lagen, gut vierzig Minuten von hier, und daß man sie am einfachsten erreichte, wenn man quer über die Koppeln ritt. Langsam ritt sie über das spärliche rote Sommergras und den Klee; das Weideland unter den Hufen des Pferdes war dürr und staubig. Sie schwitzte, noch ehe sie die erste Rampe erreicht hatte. Zwei- oder dreimal mußte sie absteigen, um Gatter zu öffnen. Das schwierigste dabei war, danach wieder aufzusteigen; aber Trumps stand geduldig still, während sie sich hinaufquälte. Die scharfe Kante des Briefumschlages stach sie in die Hüfte.

Josie wollte Harry sagen, daß Alex sein Sohn war. Und daß auch sie ihm gehörte. Wenn er sie wollte. Wollte er sie? Er hatte sie am ersten Abend, als sie angekommen war, geküßt. Es war ein kurzer Kuß gewesen, aber sie hatte seine Zähne zwischen seinen Lippen gespürt. War das ein brüderlicher Kuß? Sie mußte es herausfinden. Ihre Zukunft hing davon ab. Sie waren nie allein gewesen. Nicht, daß Harry ihr aus dem Weg gehen würde – nein, das tat er bestimmt nicht. Nur, der Rhythmus des Tagesablaufs auf der Farm hatte eben seine eigenen Gesetze. Die Weite des Landes trennte sie am Tag, die Geborgenheit des Hauses versammelte sie alle am Abend. Sie und Harry und Liz und BB drehten sich um die eigene Achse wie die vier Seiten eines Treidelspiels. Keiner kam dem anderen näher. Keiner bewegte sich fort. Sie verscheuchte die Fliegen von ihrem Gesicht und starrte auf den Boden, der neben dem Kopf des Wallachs gleichmäßig vorüberzog. Die Hitze legte sich auf sie wie eine schwere Hand.

Es war wirklich dumm von ihr gewesen, sich mit BB anzulegen. Was für ein Fehler! BB war seit dem Picknick am Samstag nicht mehr im Haus gewesen und hatte nur einmal indirekt über Liz mit ihr gesprochen, als sie sich wegen der Christmette erkundigte. Ihre Mutter war die letzte Person, der sie von Alex hätte erzählen dürfen. Sie legte die Schenkel an, und Trumps, der das Zeichen verstand, beschleunigte das Tempo. Und Liz. Was war mit Liz? Was Liz betraf, so war sie zu überhaupt keinem logischen Gedanken fähig. Gestern war Liz in das Hinterzimmer gekommen, wo sie auf dem Sofa lag, und hatte ihr einen Ventilator gebracht. Josie war sich wieder wie ein Schulmädchen vorgekommen, um das Liz sich kümmerte. Es war ihr peinlich gewesen. Dann ärgerte sie sich, und mit diesem Zustand kam sie besser zu Rande.

Gestern abend waren sie alle auf der Veranda zusammengesessen. Josies erster Brief an Michael hatte zusammengeknüllt und unvollendet in ihrer Tasche gesteckt. Liz war untadelig höflich gewesen. Beherrscht. Kein böses Wort kam ihr über die Lippen. Josie hatte das rasend gemacht. Liz war distanziert, nein, nicht distanziert, nur ruhig, ruhig wie eh und je. Sie hatte Kontrolle über ihre Gefühle, ihr Leben, ihre Farm, ihren Mann. Ihre Füße standen auf dem Steinboden, als wären sie dort angewachsen. Die Hände lagen ausnahmsweise müßig im Schoß. Als Josie Liz und Harry betrachtete, kam es ihr vor, als wären sie in das Land eingesickert, und das Land in sie. Und sie wollte sie an den Schultern packen und rütteln. Weil sie sich so überflüssig vorkam. Als Außenseiterin. Sollte sie immer eine Außenseiterin bleiben? Konnte sie niemals dazugehören?

Sie waren alle drei schweigend am frühen Abend zusammengesessen, während der Wind sich langsam legte. Harry hatte sein Whiskyglas neben sich auf den Boden gestellt, dorthin, wo Ruby sonst immer lag. Einmal streckte er seine Hand aus, als erwartete er den weichen roten Kopf des Hundes vorzufinden; dann erinnerte er sich, daß Ruby nicht mehr da war, und er hob sein Glas. Josie zündete sich Zigaretten an, die sie gar nicht rauchen wollte; sie ertrug die Stille nicht, spürte, wie sich eine Spannung in ihr aufbaute, die die anderen nicht bemerkten. Und dennoch, als die Sonne gerade unterging und sie dem Ruf eines Eisvogels lauschte, der einem krächzenden Artgenossen antwortete, hatte sie von den Hügeln weggesehen und Harrys Blick bemerkt, der auf sie gerichtet war, da wußte sie, daß er sie schon lange angesehen hatte. Sie hatte schnell zu ihrer Schwester geschaut, aber Liz betrachtete noch immer den Murrumbidgee, die Augen halb geschlossen gegen die Strahlen der untergehenden Sonne. Liz saß auf der Bank vor der blauen Wand der Veranda so nah neben ihr, daß sie in der Iris der Schwester die wechselnde Farbe des Himmels, die kaum merklichen Bewegungen des Schattens der Glyzinienranken, den Vogelschwarm, das gelegentliche, blendende Glitzern des Wassers wahrnehmen konnte. Wahrscheinlich sitzt sie jeden Abend so da, dachte Josie, unbeweglich, die Aura von Tiddalik in sich aufsaugend, die Hände ruhig im Schoß, die Finger ineinander verschränkt, die Handflächen nach oben gerichtet. Liz kannte keine Anspannung, warum sollte sie auch? Nur sie selbst war in ihrem Innersten so gespannt wie eine Stahlfeder, manchmal so straff und hart wie Stahl; und dennoch brannte sie.

Wie am Samstag fühlte Josie auch jetzt, daß sie zu verbrennen drohte. Und damals waren nur die Hitze und ihre Mutter an ihrer Gereiztheit schuld gewesen, nicht ihr Körper, den sie voreilig dafür verantwortlich gemacht hatte.

Sie hatten auf der Veranda einen kalten Imbiß zu sich genommen und dann schweigend das Geschirr gespült, jeder in seine eigenen Gedanken vertieft. Alex war danach auf sein Zimmer gegangen, um seine Geschenke einzupacken und Radio zu hören. Das Klingeln des Telefons hatte sie aus der Stille gerissen. Es ist BB, sagte Liz, sie will wissen, ob Josie tatsächlich zur Mitternachtsmette mitkommen würde, oder ob sie Mr. Doughty bitten sollte, sie und Daphne hinzubringen? Sie wolle Mr. Doughty nicht fragen, weil sie denke, daß er etwas im Schilde führte. Josie hatte gezögert. Sie wollte wirklich nicht mit BB zusammen sein. Aber Daphne würde dabei sein, und – nun, es war eine gute Gelegenheit, diese dumme, peinliche Sache aus der Welt zu schaffen. Als Liz den Hörer aufgelegt hatte, fragte Josie sie, ob sie auch mitkäme. Nein, antwortete Liz, sie gehe schon seit langem nicht mehr zur Messe.

Josie hatte ihren langen Ritt fast beendet und sah vor sich die häßlichen Schuppen, in denen die Schafe geschoren wurden. Das Hauptgebäude war aus Wellblech, an das man Rampen und Pferche angebaut hatte. Dahinter lag ein langgestrecktes, niedriges Gebäude aus Lehmziegeln, das als Quartier für die Schafscherer diente. Es wirkte nun still und verlassen. Nur Harrys Pferd Polo war an einem Pfosten im Schatten festgebunden. Der Sattel lag auf dem Zaun. Josie glitt von Trumps herunter, befestigte die Zügel am Sattel und band das Pferd mit einem Strick am selben Pfosten fest.

Sie kletterte die Stufen zu dem Schurschuppen hinauf, und ihre Augen brauchten einige Minuten, um sich nach dem gleißenden Sonnenlicht an die Dunkelheit des Raumes zu gewöhnen. Der süßsaure Geruch von Schafwolle und Kot stach ihr in die Nase. Sie ging über den knarrenden Holzboden, vorbei an den leeren Boxen und den stillgelegten Rutschen, über die die Schafe in die darunterliegenden Pferche befördert wurden. Über das Pult des Wollbegutachters hinweg sah sie Harry, der sich in einem Verschlag über ein Schaf beugte. Das Geräusch ihrer Schritte wurde vom Blöken des Schafs übertönt. Er war in seine Arbeit vertieft, und sie setzte sich auf ein niedriges Geländer, um ihm zuzusehen. Die Sonne schien durch die staubigen, gesprungenen Fensterscheiben, durch die Ritzen im Dach und in den Wänden auf seinen Körper. Plötzlich war er sich ihrer Gegenwart bewußt, drehte sich um und richtete sich auf. Er schob sich den Hut aus der Stirn. Sein Gesicht war schweißnaß. Das Hemd, dessen Ärmel hochgekrempelt waren, klebte in dunklen Flecken an seinem Körper. Die Haare auf den Armen waren verfilzt und voll Staub. Seine Hände jedoch waren bemerkenswert sauber.

«Hallo», sagte er. «Was machst du denn hier?»

«Ich hatte Lust auf einen Ausritt.»

«Ich dachte, du willst dich mit Alex treffen?»

«Ich... ich hab's mir anders überlegt.»

Sie rutschte vom Geländer und kam auf ihn zu. «Kann ich dir helfen?»

«Freilich. Jim läßt sich nicht blicken, der alte Gauner. Vielleicht hat Liz recht.» Er nahm einen Stoß Papiere von einem Manuskripthalter.

«Paß auf. Du kannst die Nummern überprüfen. Da.» Er wies auf sorgfältig gezeichnete Tabellen. – Tabellen für die kontrollierte Besamung, wie er ihr erklärte. Es waren unzählige Seiten, alle mit Harrys sauberer Handschrift bedeckt. Eine Seite trug die Überschrift: *Datenblatt Mutterschafe.* Darunter waren weitere Rubriken: *Spirale ein/aus, Tag der Besamung, Tag der Geburt. Lämmer.* Darunter: *ein/aus, Zykluskontrolle, zweiter Zyklus, Zahl der Lämmer, Kennzeichnung, Entwöhnung.* Auf einem anderen Blatt: *Alter der Mutterschafe, 2 Zähne, 4 Zähne, 6 Zähne, volles Gebiß.* Es gab Tabellen über das *Datum des Scherens, Tauchbad, Geburt, Entwöhnung.* Auf der letzten Seite fanden sich Eintragungen wie *Datum des Spiraleneinsatzes, Austausch, Anzahl der ausgestoßenen Spiralen.*

«Schau her», sagte er, «du machst einfach ein Kreuz in der Rubrik, die ich dir ansage, okay? Ich bin sowieso fast fertig. Ich sag dir die Nummer eines jeden Schafs an Hand der Kennzeichnung an den Ohren.»

«Ich hab nicht gewußt, daß diese Arbeit so wissenschaftlich ist», sagte sie mit einem Lachen. «Ich dachte, du schickst die Schafe einfach auf die Koppeln hinaus und überläßt sie ihrem Schicksal.»

«Das war in der guten alten Zeit», erwiderte er und lächelte. «Und wir arbeiten nicht wirklich wissenschaftlich, auch wenn wir es versuchen.»

Er schwieg einen Augenblick und grinste sie dann frech an.

«Du willst dir das wirklich anschauen?»

«Natürlich», erwiderte sie.

Sie setzte sich wieder auf das Geländer und beobachtete ihn. Beobachtete, wie sicher, wie geschickt er mit den Tieren umging. Ein rascher Griff, und er hielt sie fest, während sie strampelten, las die Nummer der roten Markierung an ihrem Ohr ab, drehte sie um, hielt sie zwischen den Knien, entfernte einen Plastiktampon aus der Gebärmutter.

«Was ist das?» kicherte sie.

Er tauchte seine Hand in einen Eimer mit Desinfektionsmittel und nahm eine Injektionsnadel. Während er sprach, arbeitete er weiter.

«Mein Experiment. Das sind Jungschafe. Ich hol diese Tampons heraus, weil ich hoffe, daß sie ihre Schuldigkeit getan haben.»

«Welche Schuldigkeit? Wozu sind sie gut?»

«Sie enthalten ein Hormonpräparat. Es löst bei den Mutterschafen den Eisprung aus.» Er drehte sich um und lächelte ihr zu, während er ein Schaf losließ und nach dem nächsten griff. «Macht sie scharf, wie ihr Stadtleute sagen würdet.» Er wandte sich wieder seiner Arbeit zu. «Wenn der Tampon noch drinnen ist, entferne ich ihn und verpasse den Schafen eine Injektion.» Er nannte Josie eine Zahl, und sie trug sie in die entsprechende Tabelle ein.

«Was spritzt du ihnen?»

Er setzte die Nadel sorgfältig an, bevor er antwortete. «Also, es ist eigentlich ein Serum. Der Tierarzt besorgt es mir. Von trächtigen Stuten.» Das Schaf, das er festhielt, blökte wütend, strampelte und kam schließlich frei, als er es durch das Gatter in einen anderen Pferch schob. Der Pferch endete an einer Rutsche, und das Schaf gelangte zu seinen Artgenossen unten im Hof. Josie konnte sehen, wie sie sich unten tummelten. Harry griff sich das nächste Schaf und rief Josie die Nummer zu. Er tastete nach dem Tampon, aber es war keiner da. Er schob das Tier in einen gesonderten Pferch. Dann holte er das nächste heran, entfernte den Tampon, verabreichte ihm die Spritze und schickte es auf den Weg zu den anderen Schafen. Als er alle durch hatte, wusch er sich an der Wasserleitung in der Ecke Hände und Arme und benetzte auch Gesicht und Haare mit Wasser. Während er sich mit einem Handtuch trockenrieb, das er von einem Haken am Eckpfosten genommen hatte, kam er auf sie zu.

«Du bist eine gute Mitarbeiterin, Josie.»

«Danke. Da.» Sie gab ihm die Tabellen, er überflog sie und fügte noch ein oder zwei Notizen hinzu. Die Schafherde unter ihnen wirbelte beißenden Staub auf.

«Und die Mutterschafe?» fragte sie. «Was geschieht jetzt mit ihnen?»

«Nun, die müssen warten, bis ich die nächste Herde durch habe», erwiderte er und wies auf das einsame Schaf im oberen Pferch. Sie gingen zur Rampe, und er reichte ihr die Hand, um sie zu stützen, als sie neben ihm hinunterlief. Er sagte mit lauter Stimme, um die Schafe zu übertönen:

«Die da werden übermorgen besamt. Ich hab sechs gesunde Widder, die auf sie warten.» Sie bahnten sich ihren Weg durch die Herde, die weichen Körper stießen gegen ihre Beine. Harry führte Josie zu der Veranda, auf deren Holzboden seine Satteltasche lag.

«Es schaut jetzt alles ziemlich trostlos aus», sagte er. «Du kannst dir nicht vorstellen, wie es ist, wenn die Scherer da sind, mit dem Koch und all den Hilfskräften. Der Lärm! Der Streit! Aber sie haben eine Menge Spaß, trotz der harten Arbeit.» Er legte die Hände flach auf den erhöhten Boden der Veranda und hievte sich auf die Kante. Josie ging über die Stufen hinauf und setzte sich neben ihn. Er goß Tee in den Deckel der Thermoskanne, bot ihn ihr an und nahm dann seine Zigaretten aus der Brusttasche.

«Ach, schön ist es hier», meinte er, während er zwei Zigaretten anzündete, eine für sich, eine für Josie.

«Ich hoffe, die anderen Ergebnisse sind besser», sagte er, während er die Schafe beobachtete. «Voriges Jahr hab ich eine ganze Menge verloren. Zu viele. Wir haben es damals mit Implantaten versucht. Unter der Haut. War viel zu schwierig. Aber das hier schaut besser aus. Wir sind auf dem richtigen Weg, das ist sicher. Die Lämmer kommen regelmäßig zur Welt. Und dann, wann wir wollen, wenn wir es richtig machen. Es ist nur eine Frage der Vernunft. Überleg einmal, was es für die Schafzucht dieses Landes bedeuten würde. Mehr Lämmer. Mehr Fleisch.» Er lächelte. «Mehr Geld, um mein überzogenes Konto wieder auf gleich zu bringen.» Er lachte und zog zufrieden an seiner Zigarette, die er zwischen Daumen und Zeigefinger hielt, die Handfläche ihr zugewendet.

«Du hast das gern, nicht wahr? Das alles, meine ich. Die Schafe, die freie Natur, die Hitze.» Josie verscheuchte eine hartnäckige Fliege, die sich in ihrem Tee niederlassen wollte.

«Ich glaube schon.»

Sie sah ihn an. Er hatte das Gesicht weggedreht – sie sah nur sein Profil – und blickte auf seine Schafe und auf seine Farm hinüber, die Augen zusammengekniffen wegen der grellen Sonne und des Zigarettenrauchs. Ihr Herz schlug so laut, daß sie den Atem anhielt. Sein Profil war klar, wie gemeißelt. Die Nase, die erstaunlich vollen Lippen, das eckige Kinn – es sah aus, als seien sie mit einem dunklen Bleistift an die Gipswand des Gebäudes gezeichnet. Josie hatte das Gefühl, als sei er in ihr Gedächtnis eingebrannt und als wäre er jedesmal, wenn sie die Augen schloß, da, sein Profil als Negativabdruck auf ihrer Netzhaut. Sie kämpfte mit ihren Gefühlen. Ich liebe ihn, dachte sie. Aber er schien sie nicht zu beachten, schien nicht zu merken, woran sie dachte, welche Fährte ihre Gedanken schon so lange verfolgten.

«Möchte nur wissen, warum», fuhr er fort. «Schließlich ist das alles, was ich besitze. Unzählige Morgen staubiges Land. Jahre harter Arbeit. Und ich hab jetzt mehr Schulden als damals, als ich begonnen habe.» Es klang nicht verbittert. Er drehte sich zu ihr. Seine goldfarbenen Augen verwirrten sie. Sie schaute weg, schüttete den Rest des Tees auf den Boden unter ihren herabbaumelnden Beinen. Sie goß ihm Tee ein.

Als er den Becher nahm, berührten sich ihre Finger. Er nippte an dem Tee und beobachtete sie dabei. Sie lehnte sich auf die Ellbogen zurück. Seine Blicke wanderten über ihren Körper. Sie war sich seiner Aufmerksamkeit voll bewußt. Einen Augenblick lang erwiderte sie seinen Blick und sah dann weg, hinüber zu der Schafherde.

«Es gibt so viel Grausamkeit, nicht wahr?»

«In der Viehzucht?»

«Ja. In der Viehzucht. Was du mit den Mutterschafen machst. Und mit den Widdern.»

«Du hast noch nicht zugesehen, wie wir die jungen Widder kastrieren. Wir beißen ihnen die Miniatureier mit den Zähnen aus.» Er lachte sie leise an.

«Ach, Harry.»

«Es ist wahr. Und in einem von Dads Büchern hab ich gelesen, daß man in früheren Zeiten die männlichen Lämmer kastriert hat, indem man ihnen einfach die Hoden abband, bis sie abfaulten.»

Er lachte wieder, sich seiner eigenen Männlichkeit bewußt.

«Es ist alles so überlegt», sagte sie. «Der Zufall spielt keine Rolle.

Alles ist ausgearbeitet. Das Timing. Die Besamung. So, als spielte man den lieben Gott.»

Josie brach einen Holzsplitter aus dem Verandaboden heraus und fuhr fort: «Wenn der Zyklus nicht stimmt – halb so schlimm, dann kann man den Zyklus ändern. Wenn ein Mutterschaf ein Lamm hat, kann man eine Spritze geben, und sie können zwei bekommen. Wenn sie zwei haben, warum nicht drei? Es ist alles so einfach. Alles so künstlich. Glaubst du, daß sie es merken?»

Er lachte. «Es sind nur Schafe, Josie. Und ganz so narrensicher ist das alles noch nicht. Außerdem, die Hälfte der Injektionen, die ich ihnen gebe, dient ihrer Gesundheit. Ich mache mir um sie mehr Sorgen als um mich.»

«Worauf ich hinauswollte, war die scheinbare Vorherbestimmung, die Schicksalhaftigkeit des Ganzen. Ich frage mich, ob wir auch wie Schafe sind.» Sie schwieg.

«Ich weiß es nicht. Ich denke nicht darüber nach. Ich hab auch so schon genug zu tun.»

«Ich weiß noch, wie du einmal gesagt hast, wir müssen das Glück, die Gelegenheit beim Schopf packen, wenn sie sich uns bietet. Erinnerst du dich? Ich werde es nie vergessen. Du hast mich damals zum erstenmal geküßt.»

«Machiavelli. Fortuna. Aber damals war ich jünger. Wußte nicht, was Verantwortung heißt. Damals war es leicht, seine Wahl zu treffen.»

«Mir hat sie sich nie gestellt, die Wahl.»

«Seit wann bist du eine solche Fatalistin?»

«Seit ich mich in dich verliebt habe.»

«Ach Josie.» In seiner Stimme schwang Endgültigkeit mit.

«Harry.» Josie zog die Beine hoch und kniete sich neben ihn. «Es stimmt. Seit ich dich zum erstenmal gesehen habe. Damals, als ich dich in Sydney kennenlernte und wir mit Julie auf Besuch hierherkamen. Und die eine Nacht, die wir hatten! Weißt du noch, wie es geregnet hat? Ich hab dich geliebt, Harry.» Er war sehr ruhig. Josie fuhr fort, mit sanfter, drängender Stimme. «Und weißt du, was ich niemals verstanden habe? Wenn ich älter gewesen wäre, hätte ich um dich gekämpft. Ich hätte meine Chance genutzt. Aber ich hab es nicht getan. Ich hab den Rückzug angetreten. Mein Gott, wenn ich die Zeit zurückdrehen könnte, ich würde um dich kämpfen. Aber du, warum hast du nicht gekämpft? Warum hast du deine Meinung über Liz nicht geändert? Ja, es wäre schwierig und peinlich gewesen. Aber wir hätten eine Lösung finden können. Harry, du hast mich doch damals geliebt? Ich weiß, daß du mich in dieser Nacht in Sydney geliebt hast. Das kannst du nicht nur gespielt haben.»

Er sagte nichts. Nur das Blöken der Schafe und die Rufe der Brachvögel antworteten ihr.

«Himmelherrgott! Diese Nacht. Es ist einfach passiert! Hast du, hast du mich damals denn geliebt?»

Er dämpfte seine Zigarette in den letzten Tropfen Tee aus und zerrieb den Stummel.

«Ich glaube, wir sollten gehen.» Er sprang von der Veranda auf den Erdboden hinunter und faßte nach der Thermoskanne. Sie legte ihre Hand auf die seine.

«Bitte unterbrich mich nicht. Wir müssen darüber reden. Warum kannst du nicht darüber sprechen?» Ihre Augen füllten sich mit Tränen. Sie kämpfte dagegen an. Sie schämte sich und war wütend über ihre eigene Schwäche.

Aber die Tränen rührten ihn.

«Es gibt gewisse Dinge, Josie, die man am besten ungesagt läßt, die man begräbt.»

«Aber wenn die Dinge sich nicht begraben lassen? Was, wenn sie wachsen? Du hast selbst gesagt, daß wir den Lauf der Dinge ändern könnten.»

Er stöhnte. «Du verdrehst mir die Worte im Mund.»

Sie sprang neben ihm zu Boden. «Ändere den Lauf der Dinge.»

Er wandte sich abrupt von ihr ab. Sein Rücken war steif vor Zorn. «Ich kann nicht, Josie. Herrgott, ich kann nicht!»

Sie legte die Hände auf seinen Ellbogen. Es war, als hätte sie einen Zeitzünder berührt. Er schrie: «Liz! Liz!» Liz. Liz. Liz. Das Echo seiner Stimme scholl von den Hügeln. Das Blöken der Schafe durchbrach die Stille. Auf der anderen Seite des Schuppens begannen die Pferde zu wiehern. Harry drehte sich herum, die Augen zornerfüllt, das Gesicht wutverzerrt. Josie sah, wie sich sein Kopf gegen den Himmel abzeichnete. Er packte sie so heftig an den Armen, daß sie zusammenzuckte.

«Du willst die Wahrheit hören, Josie? Nichts als die Wahrheit? Ich werde dir die Wahrheit sagen. Ja. Ich habe dich geliebt. Mein Gott, und wenn ich in der Hölle umkomme. Ich habe dich geliebt. Und ich liebe dich noch immer. Aber gewisse Dinge können nicht sein.

Verstehst du das nicht? Ist es jetzt leichter für dich, das zu akzeptieren? Wenn du die Wahrheit weißt? Ist es leichter?»

Er rüttelte sie. «Ach, Herrgott im Himmel.»

«Ich liebe dich, Harry», sagte sie.

Er antwortete ihr nicht, ließ nur ihre Arme los, so daß ihr das Blut wieder in die Hände schoß. Eine kleine Ewigkeit stand er da und sah sie an, dann nahm er ihr Gesicht, genauso heftig wie vorhin ihre Arme, und küßte sie, den Mund, die Augenlider, Wangen, Mundwinkel. Sie versuchte, die Küsse zu erwidern, aber sein Kopf war schon tiefer, er küßte ihre Kehle, ihr Ohr, das Kinn. Josie schlang die Arme um ihn. Er hob sie mühelos auf, als wäre sie nicht schwerer als eines der Lämmer. Er stieg die vier Stufen zur Veranda hinauf und stieß die Tür auf. Undeutlich nahm sie eine Küche, einen Korridor, eine Tür wahr, dahinter eine schmale Pritsche mit einem Strohsack darauf – Überbleibsel von der letzten Schursaison. Ohne viel Umstände warf er sie auf die Matratze und stieß die Tür mit dem Fuß zu.

Er kam auf sie zu, riß sich das Hemd herunter, die Augen auf sie gerichtet, das Gesicht wütend verzerrt. Er löste die Schleife aus ihrem Haar. Mit geschickten, flinken Fingern knöpfte er ihre Bluse auf. Seine Hände legten sich auf ihre Brüste, befreiten sie von der Bluse. Sein Gesicht, sein Kinn rieben gegen ihre Brustwarzen, ihre schwellenden Brüste hoben sich schneeweiß gegen sein sonnenverbranntes Gesicht ab. Sie nahm seinen Kopf zwischen die Hände und legte ihre Lippen sehr behutsam und zart auf die seinen, sog an ihm wie an einer Blume oder Frucht, deren ganze Köstlichkeit sie durch den Mund aufzunehmen trachtete. Sie atmete seinen Männergeruch ein. Seine Haut war wunderbar glatt, feinporig, wie sie sie in Erinnerung hatte. Er kniete sich hin, um ihr die Stiefel und dann die Reithosen auszuziehen. Sie half ihm, machte sich leicht. Sie lag unter ihm, sie streichelte ihn, sie berührte die Haare in seinen Achselhöhlen. Er machte sich nicht die Mühe, die Stiefel oder die Hose auszuziehen. Er war in sie eingedrungen, bevor sie es überhaupt bemerkt hatte. Sie bewegten sich im selben Rhythmus, Josies Hände erforschten die kräftigen Muskeln seines Körpers, fühlten, wie sie sich anspannten, während er sich über ihr hob und fallenließ. Staubwölkchen stiegen von dem Strohsack hoch. Und als alles in ihnen aufbrach und sie gemeinsam den Höhepunkt erreichten, schien es Josie, als hätten sich die Staubwölkchen im Sonnenlicht in

Sterne verwandelt. Eine Minute lang dachte sie, der Tag sei zur Nacht geworden. Harry rollte zur Seite, und Josie beugte sich vor, um ihm die Stiefel und die Hosen abzustreifen. Sie liebkoste ihn, bis er erregt war, und dann setzte sie sich rittlings auf ihn, als sei er ein Pferd und sie die Reiterin. Ihr Haar flatterte, frei und ungehindert von seinem Band, schlug gegen sein Gesicht. Ihre Brüste, die über ihm schwangen, quälten ihn, so daß er sich aufrichtete, um sie zu küssen, zu beißen, daran zu saugen, und sie beugte sich immer wieder zurück, so daß er sie einmal zu fassen bekam, dann wieder nicht. Die rhythmische Bewegung ihrer Hüften fand kein Ende. Vor und zurück, Körper an Körper, wie ein Pferd auf einem Karussell, nur daß sie auf dem Pfahl festgegossen war. War sie das Pferd, war sie der Reiter? Jeder einzelne Nerv ihres Körpers kostete die Wollust aus. Sie rieben sich aneinander, glitten ineinander, auf und ab. Seine Hände, ihre Hände, seine Brust, ihre Brüste, sein Gesicht, ihr Mund, sein Gesäß, ihre Hüften. Sie ließen sich fallen, bis er sagte: «Jetzt. Jetzt.» Und es war Zeit. Er biß sie in die linke Brust, sie kämpften und rollten übereinander, und jetzt wanderten seine Arme nicht mehr über ihren Körper, sondern hielten sie an den Hüften fest, bis er schließlich mit aller Wucht in sie stieß, und sie ihn nicht mehr abschütteln konnte und nur noch ausrief: «Harry. Harry. Endlich, endlich.»

17

Aber das war noch nicht das Ende.

Ruhig, die Lippen in dem Grübchen zwischen ihrem Schlüsselbein und ihrem Hals, sagte er: «Ich werde Liz nie verlassen. Es gibt nichts, was immer du tust oder sagst, was mich umstimmen könnte.» Er küßte sie auf ihren Leberfleck.

Sie öffnete die Lippen, um zu protestieren, aber er legte ihr einen Finger auf den Mund. Das hatte er früher auch immer getan. Sie blickte in die gelbbraunen Augen, sah die goldenen Sprenkel darin. Sie mußte an Sonnensplitter denken und versuchte zu ergründen, was er da sagte. Ihr Verstand wollte nicht akzeptieren, daß er meinte, was er sagte. In seiner Pupille sah sie ihr eigenes Miniaturspiegelbild; zwar blaß, aber deutlich genug, klar genug, um den

Ausdruck der Augen zu erkennen: unfertig, verlangend, eine Knospe, die sich nie öffnen würde. Und mit einemmal sah Josie ihr ganzes Leben vor sich, genauso wie dieses Bild, etwas Blasses, Auseinandergespreiztes, nie ganz befriedigt, von der Versuchung gequält, doch nie erfüllt. Die Vision war so deutlich, so hoffnungslos, daß sie schluchzte: «O Harry. Bitte. Bitte.» Und sie wußte nicht, worum sie bat.

«Sag mir noch einmal, daß du mich liebst.» Er spielte mit ihr, fuhr mit seiner rauhen Zunge über ihre Kehle, ihre Ohrläppchen.

«Ich liebe dich, Harry. Ich liebe dich mehr als mich selbst.»

Er küßte sie zärtlich auf den Mund, hob seine Lippen einen Moment lang von den ihren, um «Lügnerin» zu flüstern, und bevor sie antworten konnte, küßte er sie wieder, stieß ihr die Zunge zwischen die Zähne, und ihre Körper wurden wieder eins. Verschmolzen ineinander, so lustvoll, daß Josie sich wie ein Gefäß vorkam, das an beiden Enden zugleich gefüllt wurde; und gleichzeitig wünschte sie, er zu sein, ein Mann zu sein, in ihn einzudringen, Macht über ihn zu besitzen. Alles deutlich und emotionslos zu sehen, ohne die Bürde, wie eine Frau zu denken. Dann jedoch war der Gedanke verflogen, und sie verlor wieder den Halt, und alle ihre Träume und Phantasien, ihre ganze Existenz und Identität gingen auf in diesem einen glühenden Wesen, das sie festhielt, festhielt, festhielt, weil sie ihn nur in diesem, diesem einen Moment ganz für sich haben konnte. Sie waren beide erschöpft. Und Josie hätte schwören können, daß es wieder Nacht war, nur daß die Dunkelheit allmählich verschwand, die Sonne heiß auf ihren Körper brannte, und sie die Vögel und Schafe draußen hörte und von ferne das Brüllen der Rinder. Sie küßte Harrys Finger. Ihr eigener Geruch haftete an ihnen. Sie küßte sie noch einmal. Ohne ein Wort stand er auf und zog sich an.

Er sah sie an, strich ihr das Haar aus den Schläfen. «Ich hol Wasser», sagte er.

Josie hörte, wie er den Wasserhahn aufdrehte. Sie blickte sich in diesem kahlen Raum um, sah den rissigen, abblätternden Verputz, die glühende Sonne, die auf die Matratze, auf der sie lag, Streifen warf und ein Kreuz auf ihren Körper zeichnete. Sie blickte zur Decke, wo eine Glühbirne schlaff an einem Kabel hing. Plötzlich fühlte sie sich sehr nackt. Glatt, verloren und kalt wie diese Glühbirne. Sie setzte sich auf und zog sich an, bevor Harry zurückkam.

Sie lief zu ihm in die Küche, wusch sich das Gesicht und fuhr sich mit seinem Kamm durch die Haare.

Harry und Josie gingen nach draußen. Die Hitze schlug ihnen entgegen. Sie vermieden es, einander zu berühren, bis er ihr Pferd sattelte und ihr hinaufhalf. Er stand da und hielt ihren Fuß, der im Reitstiefel steckte.

«Du bist sehr schön, Josephine Rosenbloom. Machst deinem Namen Ehre.» Er zeichnete mit dem Finger ein Herz auf ihren staubigen Stiefel.

«Harry, wir sind deinetwegen hergekommen. Ich und Alex.»

«Ach. Bist du sicher, Josie? Du bist meinetwegen gekommen? Nicht deinetwegen? Wärst du nicht fortgeblieben, wenn es so wäre?»

Sie spürte einen Stich. Ein ängstliches Gefühl. Sie schüttelte es ab. «Wir können eine Lösung finden.»

Er hielt noch immer ihren Fuß fest. «Wie, meine Schöne? Glaubst du, daß sich wirklich was geändert hat? Weil ich nachgedacht habe? Glaubst du, daß ich Liz, unsere gemeinsamen zwölf Jahre, alles, was wir durchgemacht haben, für dich aufgeben würde? Wie wenig du von der Liebe verstehst!» Er sprach so sanft, als sei sie ein krankes Kind. «Früher», sagte er, «wäre ich vielleicht imstande gewesen, alles hinzuschmeißen. Für dich. Aber nicht jetzt. Ich kann ohne Liz nicht leben, Josie. Wir haben zuviel miteinander durchgemacht. Enttäuschung. Sie kennt mich. Sie kennt mich, Josie, und liebt mich trotzdem. Wie könnte ich sie nach alldem verlassen?»

Er wischte mit der Hand den Staub von ihrem Stiefel. Sehr ruhig sagte er: «Du hast es nur noch schlimmer gemacht mit deinem Besuch. Schwerer zu akzeptieren. Glaubst du, daß es leicht für mich ist, dich im selben Haus zu haben, zu wissen, daß du Wand an Wand mit mir schläfst?»

«Harry.»

Er hatte seinem Pferd den Sattel aufgelegt und befestigte die Satteltasche. Er stellte den Fuß in den Steigbügel und schwang sich mühelos hinauf. Seine Augen waren auf gleicher Höhe mit den ihren. Er drückte sich den Hut tiefer ins Gesicht, um sich vor der Sonne zu schützen. Josie konnte nicht mehr sehen, was seine Augen sagten.

«Ich habe nie gewollt, daß das passiert, Josie. Ich schwöre es.

Ich liebe dich, Josie, aber ich liebe auch sie. Du mußt uns allein lassen, Josie. Du gehörst nicht hierher.»

«Nein!»

Ihr Pferd schreckte hoch. Harry beugte sich vor und griff nach den Zügeln.

«Josie. Ich will dich nicht verletzen. Hör mir zu, um alles in der Welt. Du scheinst zu denken, daß du die einzige bist, die sich Gedanken macht. Diese Nacht in Sydney. Ich wußte, daß Liz nicht da war. Ich war gekommen, um dich zu sehen, um mir über meine eigenen Gefühle klarzuwerden. Aber alles wurde nur noch verworrener. Ich wollte dich nicht verletzen. Ich wollte sie nicht verletzen. Ich tat das Einfachste. Das Bequemste. Ich ließ alles so, wie es war. Warum konntest du das nicht auch?»

«Weil etwas geschehen ist.» Ach, Alex, Alex. Soll ich ihm jetzt von Alex erzählen?

«Du und Michael. Fahr nach Haus zu Michael. Dort hast du Liebe.»

«Nicht wie hier.»

«Es gibt verschiedene Arten der Liebe, Josie. Das weißt du. Und manche binden stärker als andere. Ich bin an Liz gebunden, und sie an mich. Du bist an Michael und Alex gebunden.»

«Du scheinheiliges Schwein.» Sie sagte es ruhig, aber sie wußte, daß sie ihn getroffen hatte, weil die Adern an seinen Händen anschwollen, in denen er noch immer die Zügel ihres Pferdes hielt.

Ein Windstoß fegte ihm fast den Hut vom Kopf. Er konnte ihn gerade noch auffangen, aber sie hatte seine Augen gesehen. Er warf ihr einen langen, harten Blick zu. Es war ein Blick, den sie nie wieder sehen wollte.

«Hast du wirklich geglaubt, daß Liebe frei von Risiko ist?»

Er machte eine seltsame Geste mit seinem Hut, wie ein altmodischer Gentleman. Sie paßte so überhaupt nicht zu ihm, daß Josie gelacht hätte, wenn sie sich nicht so elend und zornig gefühlt hätte.

Er wendete sein Pferd. «Ich reite hinüber und sehe nach der Pumpe. Kommst du allein zurecht?» Es war ein höflicher Fremder, der da fragte.

Sie brachte es nicht über sich, den Blick zu ihm zu heben. Konnte es nicht ertragen, diesen Fremden anzuschauen, dessen Körper sie noch immer spürte, dessen Gesicht sie jedesmal vor sich sehen würde, wenn sie ihrem Sohn gegenüberstand.

«Wir sehen uns dann also zu Haus.»

Sie hob die Augen erst, als sie sich sicher fühlte, blickte ihm nach, wie er davonritt, lässig im Sattel sitzend. Die braunen Hügel um sie herum schienen in einem Schleier zu verschwinden, und es war ihr, als kippte plötzlich ihre ganze Welt um.

Als der Horizont wieder ins Gleichgewicht zurückschwenkte und sie Harry nachschauen wollte, war er verschwunden.

Sie hatte sich noch nie so schrecklich allein gefühlt, mit einer solchen Qual im Herzen, daß ihr das Atmen schwerfiel. Ihr Herz und ihr Körper waren eins geworden. Nicht einmal damals, als ihr der Verdacht gekommen war, daß sie schwanger war, und Liz und Harry heirateten, hatte sie sich so isoliert gefühlt. Damals war der Schmerz von Hoffnung gelindert worden. Jetzt paarte er sich mit Verzweiflung. Sie schlang die Arme um das eine, warme Lebewesen, das ihr verblieben war, und schluchzte in die Mähne des Pferdes.

Nach langen, zermürbenden, quälenden Minuten ließ sie das Pferd antraben und ritt auf die Flußebene zu. Sie hatte keine Ahnung, wie lange sie bis dorthin brauchen würde. Sie hielt vor kahlen Bäumen an, starrte sie an, sah Arme, die den Himmel um Wasser anflehten. Ein einsamer Falke flog auf, als sie auftauchte, und umkreiste sie endlos. Sie ritt über die Ebene, die, wenn der Fluß viel Wasser führte, völlig überschwemmt war; jetzt aber waren da nur die vertrockneten, rissigen Hufspuren von Rindern und Schafen, die schon lange geschlachtet worden waren. Die Hufe ihres Pferdes klapperten über das Kieselbett eines ausgetrockneten Nebenflusses, des Mountain Creek. Einmal glitt Trumps aus. Die glatten, glänzenden Kiesel bildeten einen trügerischen Untergrund. Blätter fegten über sie hinweg. Wie hart es klang, wenn das Pferd darauftrat. Josie hielt an, um ein Gatter zu öffnen. Ihr Blick fiel auf die verwitterten Pfosten. Ach, dachte sie, wie winterlich dieser Platz mitten im Hochsommer wirkt.

Josie konnte nicht weiter. Die Hitze setzte ihr zu. Das war alles. Sie wußte nun, wie diese Bäume überlebten, wie sie ihre Farbe der Sonne opferten. Ja, ja, sagten sie, nimm mich, nimm mein Grün, mein Wasser, meine Schönheit, laß mich nur leben. Und überlebten, indem sie ihre Blätter – ihr Leben – abwarfen. Sie stieg vom Pferd, setzte sich auf den Boden und hielt das sanftmütige erschöpfte Pferd an den Zügeln. Sie rupfte an den Grashalmen. Ein paar aufrechte Halme in der ausgedörrten, rissigen Erde. Die Oberfläche der Erde war glänzend glatt – der Schlamm ließ das Wasser, das früher einmal dagewesen war, ahnen. Aber wenn sie mit dem Fingernagel daran kratzte, kam darunter Staub zum Vorschein. Staub, der zwischen ihren Fingern zu nichts zerfiel. Eine blasse malvenfarbene Blüte. Der Duft der Glyzinien. Wie lange war es her, daß sie diese seidige kleine Blüte in der Hand gehabt, zwischen den Fingern zerrieben, gespürt hatte, wie feucht sie war! Eine Ewigkeit. Einige Ameisen krochen herum. Josie beobachtete sie teilnahmslos. Flügellose Weibchen mit gelben Bäuchen, die in der Sonne so transparent waren, daß man durch sie hindurchsehen konnte. Sie folgten ihrem unsichtbaren Pfad, betriebsam, als wollten sie rasch irgendwo ankommen. Josie fragte sich, warum sie es wohl so eilig hatten. Ein krankes Kind zu Hause? Ein Liebhaber? Sie legte ihnen Hölzchen in den Weg. Zuerst waren sie verwirrt. Ein oder zwei kletterten sogar aufeinander und auf die Grashalme hinauf, als suchten sie nach einer besseren Aussicht. Andere traten den Rückzug an und fanden einen neuen Weg durch die Risse und Spalten ihrer schlammigen Landschaft. Bald schon war die ganze Kolonne wieder auf dem Weg, das Hindernis umgangen. Josie sah ihnen lange zu.

Sie hatte sich wegen der Hitze die Bluse aufgeknöpft, und ihre Brüste waren entblößt. Sie kümmerte sich nicht darum. Sie berührte einen blauen Fleck; Harry hatte sie gebissen. Sie wußte, daß sie sich einen Sonnenbrand holte, sie hatte ein prickelndes Gefühl auf der Haut, sogar am Rücken, durch die Bluse hindurch. Schließlich stand sie auf, klopfte den Staub von ihrer Reithose und blickte sich um. Sie war neben dem fliegenübersäten, verwesten, aufgequollenen und stinkenden Kadaver eines Schafes gesessen. Sie hatte die Fliegen nicht gehört, die sich an ihm gütlich taten. Die Ameisen rannten bei den Augenlöchern hinein und hinaus. Jetzt, als sie es bemerkte, überwältigte sie der Gestank des verwesenden Fleisches. Sie mußte sich übergeben.

Als das Würgen schließlich aufhörte, wischte Josie sich den Mund mit dem Ärmel der Bluse ab. Sie führte das Pferd zum nächsten Gatter, und als sie sich kräftiger fühlte, gelang es ihr, sich wieder in den Sattel zu hieven. Sie sah die silbrig schimmernden Pappeln auf dem Picknickplatz, die sich von den dunkelgrünen Pinien abhoben – fremdartige Bäume in dieser Landschaft. Ihre Farbe war kräftiger als die jedes anderen der hier heimischen Bäume. Und trotzdem überlebten sie.

Josie beschloß schwimmen zu gehen. Den Staub, die Übelkeit und den Geruch nach Harry von sich zu waschen. Die Hufe des Pferdes trabten schon im seichten Abschnitt des Flusses. Der Murrumbidgee empfing sie mit sanftem, plätscherndem Gemurmel. Eine Herde Wildenten erhob sich geräuschvoll vom Boden, Federn flogen. Beim Schwimmtümpel ließ Josie sich vom Pferd herunter ins Wasser fallen, wo sie sich immer wieder um sich selbst drehte, wie ein Fisch an der Angel. Es fühlte sich so gut an, das lebenspendende Wasser dieses zeitlosen Flusses. Ihre Kleider, ihre Haut, ihr Haar sogen es in sich auf. Der Fluß verriet ihr seine Geheimnisse, seinen Weg zum großen Ozean. Er würde sie alle überleben. Und wenn er ihren Blicken völlig entschwand und alle dachten, er wäre für immer versickert, dann war er am stärksten. Denn er floß noch immer, seinen Weg im geheimen unter der Oberfläche suchend, genährt von den Quellen, die dem menschlichen Auge verborgen blieben. Und Josie sog dieses Geheimnis durch ihre Poren ein und weinte in den Fluß, wie sie früher in Liz' Rücken geweint hatte. Der Fluß jedoch wandte sich nicht ab, er strömte einfach weiter, rauschte warm über ihr, wehklagte mit ihr, bis der Schmerz nachließ und sie wieder an die Oberfläche tauchen konnte, um zu überlegen, wie es nun weitergehen sollte.

18

BBs ursprünglicher Plan – oder dessen Ausführung – war vereitelt worden. Am Heiligen Abend saß sie zähneknirschend beim Frühstück und überlegte. Sie hatte sich am Vortag überanstrengt, als sie mit diesem großen schweren Paddel herumspaziert war, und sich einen Muskel in der Schulter gezerrt. Sie rieb sich die schmerzende Stelle. Es war dumm von ihr gewesen, so ein riesiges Ding zu tragen; sie hätte es ebensogut irgendwo liegen lassen können. Auf jeden Fall hatte sie Harry gegenüber erwähnt, daß sie gerne einmal mit dem Boot hinausfahren würde; Reilley hatte daraufhin das Boot auf dem Anhänger zum Flußufer hinuntergebracht, und sie konnte später damit fahren, wenn sie wollte.

Die Frage, wer nun Alex' Vater war, gärte unaufhörlich in ihr. Immer wieder mußte sie daran denken. Daphnes Besuch war bedeutungslos geworden dagegen. Daphne. Alles, was mit Daphne zusammenhing, verblaßte mehr und mehr.

BB biß wütend in ihren Toast. Das verrückte alte Huhn hatte ihr gesamtes Vermögen Mr. Doughty überschrieben! Erst gestern abend war sie dahinter gekommen. Die eine Hälfte, so hieß es, sei für Daphnes Bestattungskosten bestimmt, und die andere Hälfte vermutlich für BB – aber welche rechtlichen Ansprüche konnte BB geltend machen, wenn Mr. Doughtys Name daraufstand? Nach den Feiertagen würde sie die Baugesellschaft aufsuchen und einen Blick auf die Einzahlungsscheine werfen. Sie kannte die Frau hinter dem Schalter recht gut. Im Frühling hatte sie sie einmal zu einem Risotto eingeladen, als sie beide bei den Bowlingmeisterschaften antraten. Das einzige Problem bestand darin, daß die Frau am Vorabend des Wettkampfes von einer Magenverstimmung befallen worden und BB ins Finale gekommen war. Aber BB war sicher, daß sie ihr das nicht nachtragen würde. Sie wurde ganz krank bei dem Gedanken, daß Mr. Doughty dieses Geld fest in Händen hielt. Klebrig wie Teig waren seine Finger, und genauso schwierig sauber zu bekommen. Verrücktes altes Weib, ihm so zu vertrauen. Nur weil er ihr irgendeinen Unsinn erzählt hat, daß wir heiraten werden und er zur Familie gehören wird. Er war wie eine Klette. Warum die Männer nur immer glauben, sie besitzen einen, wenn man sich bloß zu einem Abendessen einladen hat lassen oder ein bißchen Freundschaft akzeptiert? Es ging über BBs Verstand. Wenn sie sich mit ihren übrigen Problemen befaßte, würde sie sich ganz einfach auch mit dem Problem Mr. Doughty befassen müssen.

«Kann ich bitte etwas Toast haben?» fragte Daphne.

Sie hatte ihr Gebiß nicht im Mund und mußte die Frage zweimal wiederholen, bevor BB sie verstand. Sie saßen in der Küche bei einem späten Frühstück. BB faßte die alte Dame scharf ins Auge, während sie ein paar Scheiben Brot abschnitt.

«Du siehst unmöglich aus», konstatierte sie. Daphne trug noch immer ihren alten gestreiften Frotteebademantel, der beinahe so groß war wie ein Zirkuszelt und nach Katzen roch. BB stellte mit einem Anflug von Bedauern fest, daß sie lieber allein gefrühstückt hätte. Dann hätte sie nämlich Zeit gehabt, die Pläne für den heutigen Tag zu durchdenken und mit ihrem Wellensittich zu plaudern.

Sie steckte das Brot in den Toaster und schnitt eine Passionsfrucht und eine Papaya entzwei. In den ersten Tagen nach Daphnes Ankunft hatte es ihr Spaß gemacht, ein hübsches Deckchen auf das Tablett zu legen (es war nun in der Schmutzwäsche – noch nie hatte sie in so wenigen Tagen so viele Deckchen gebraucht). Am ersten Morgen war sie sogar hinausgelaufen, hatte Hahnenfuß gepflückt und eine Blüte in die Serviette gesteckt. Das Tablett hatte wunderschön ausgesehen, und bei ihrer Mutter an der Bettkante zu sitzen mit dem dampfenden Tee, die frühe Morgenluft und den Duft der Eukalyptusbäume einzuatmen, dem Gesang der Vögel zu lauschen, das war heimelig, das war großartig gewesen. Genauso, wie sie es sich vorgestellt hatte. Am nächsten Morgen hatte Daphne gefragt, ob sie eine andere Teesorte haben könnte. Diese Sorte wäre ihr zu stark. Zuviel Gerbsäure, klagte sie. Sie wollte Earl Grey, den BB bei Liz ausleihen mußte, bis sie Zeit hatte, in die Stadt zu fahren. So bereitete BB morgens jetzt zwei Kannen Tee zu, weil sie den Geruch von Earl Grey nicht ausstehen konnte, geschweige denn den Geschmack. Das Dumme an der Sache war, daß ihr das Haus nicht mehr allein gehörte. Einmal war sie früh am Morgen aus dem Bett gekrochen, auf Zehenspitzen durch ihr eigenes Haus geschlichen – man stelle sich das einmal vor! – und in die Küche gegangen, um sich eine Tasse Tee und eine Kleinigkeit zu essen zu machen. Und beim ersten Pfeifen des Teekessels, bevor sie ihn noch vom Herd nehmen konnte, hatte Daphne gerufen: «Bist du es, Liebes? Machst du Tee? Ach, ich hätte so gern eine Tasse.» Und BB hatte den anderen Topf auf den Herd geknallt und die Teeblätter hineingeschaufelt. An diesem Morgen lag kein Deckchen mehr auf dem Tablett.

Daphne hatte einen zu leichten Schlaf. Wenn BB sich bloß im Schlaf umdrehte, rief Daphne schon nervös nach ihr. Und die Opossums, die jede Nacht mit ihrem Springen, Trommeln, Kratzen und Keuchen eine phantastische Nummer abzogen, versetzten Daphne in lähmenden Schrecken, wenn sie über ihrem Kopf herumtollten. BB riet ihr mürrisch, einfach den Kopf unter die Decke zu stecken, so wie sie selber es auch tat.

Das eigentliche Problem aber war das Bad. Daphne, die mit ihrem Gewicht, ihrem Alter und der schmerzenden Hüfte zu kämpfen hatte, hatte Schwierigkeiten, in die Badewanne hinein- und wieder hinauszugelangen. Als sie die Badewanne zum erstenmal benutzt hatte, war sie darin steckengeblieben. Da sie die Tür des Badezimmers von innen abgeschlossen hatte, mußte BB durch das kleine, hochgelegene Fenster klettern – ohne jeden Zweifel eine Großtat –, und selbst dann noch bedurfte es einiger Anstrengung, um Daphne aus der Badewanne zu befreien. BB überlegte, daß sie wahrscheinlich eine Dusche für ihre Mutter installieren und die zerbrochene Fensterscheibe ersetzen mußte. Wie lästig.

BB hatte sich keine Vorstellung davon gemacht, wie sehr die Anwesenheit ihrer Mutter ihren Tagesablauf durcheinanderbringen würde. «Ich glaube», hatte sie heute morgen durch die Tür Daphne zugerufen, «daß du zum Frühstück aufstehen mußt. Ich kann nicht ständig mit den verschiedenen Dingen, die du willst, rein und raus rennen.»

«Ich hab nur gefragt, ob du Marmelade hast.»

«Nein, ich habe keine Marmelade. Ich habe entweder Himbeergelee oder gar nichts.»

«Ich kann keine Himbeeren essen. Die Kerne bleiben unter meinem Gebiß hängen.»

«Dann iß sie, wenn du die falschen Zähne draußen hast.» BB hatte ihren Morgenrock zusammengerafft und war wieder in ihr Zimmer verschwunden. Sie war noch einmal eingeschlafen, und das war der Grund dafür, daß sie heute so spät dran waren.

BB bestrich ihren Toast mit Butter und leckte hinterher die Finger ab. Der Wellensittich tschilpte fröhlich. «Hier, mein süßer Kleiner», sagte BB, schnitt eine Ecke von ihrem Toast ab und schob sie durch die Stäbe des Vogelkäfigs.

«Willst du auch ein Stück, Daphne?» Daphne nahm es mit spitzen Fingern entgegen.

«Jedem das Seine», meinte sie. Sie kaute sorgfältig und legte dann den Toast heftig auf den Teller zurück. «Ich kann nicht ohne mein Gebiß essen. Hilf mir aufstehen.» Sie kämpften beide mit ihrem Stock, Daphne ging hinaus, kam wieder herein, und BB stellte lakonisch fest: «Jetzt ist dein Toast kalt.»

«Ich vermisse meine Katze», klagte Daphne, während sie die halbe Passionsfrucht nahm und sie mißtrauisch mit dem Teelöffel betastete.

«Was ist das?»

«Iß es, es ist gut für dich.»

«Komisches Obst», sagte Daphne.

BB beugte sich vor. «Versprichst du, daß du es nicht weitersagst, wenn ich dir etwas erzähle?»

«Was?»

«Versprich es. Spuck auf den Boden und bekreuzige dich.»

«Du lieber Himmel.» Einen flüchtigen Augenblick lang erinnerte Daphne BB an Liz.

BB verschränkte die Arme und wartete.

«Also gut.» Daphne spuckte auf den Boden und bekreuzigte sich.

BB ließ die Worte auf der Zunge zergehen wie das letzte Stückchen Toast. «Josie hat mir etwas äußerst Erstaunliches erzählt. Sie... erzählte... mir... daß... Alex nicht der Sohn ihres Mannes ist!»

Triumphierend lehnte sie sich zurück.

Ein Kern der Passionsfrucht hatte sich in Daphnes Gebiß verfangen. Sie tastete mit der Zunge danach und versuchte, ihn durch Saugen wieder herauszubekommen.

«Was? Wessen Sohn ist er dann?»

«Oh, dieses kleine Detail werde ich nicht preisgeben.» BB fuhr sich mit der Serviette über den Mund.

Diesen Teil der Information wollte sie sich für die Zukunft aufheben. Es jagte ihr so wundervolle Schauer das Rückgrat auf und ab, wenn sie daran dachte, wie sie Liz davon erzählen würde. Es ihr gerade im kritischen Moment erzählen würde, wenn Liz wieder großkotzig und abweisend zu ihr war. Die nächste scharfe Bemerkung von Liz würde sie damit kontern. Bis jetzt war sie nie wirklich in der Lage gewesen, es mit Liz aufzunehmen. Liz hatte immer über eine geheimnisvolle Kraft verfügt. Nun wußte sie, daß sie diese Kraft hervorlocken und brechen konnte, genauso leicht, wie man mit einer Haarnadel eine Schnecke aus ihrem Haus herauskratzen konnte.

«Warum hat sie dir das erzählt? Wann?» Daphne, die mit dem irritierenden Kern der Passionsfrucht beschäftigt gewesen war, begann zu verarbeiten, was BB gesagt hatte. Sie konzentrierte sich. Über den Tisch hinweg starrte sie BB an. Daphne war streitsüchtig, manchmal senil, oft vergeßlich, aber sie war nicht dumm.

«Sie hat es wahrscheinlich nicht absichtlich getan. Es ist ihr herausgerutscht, weil wir einen fürchterlichen Streit hatten. Beim Picknick, als du nach dem Essen eingeschlafen bist. Und, hör genau zu, sie hat mir gesagt, daß Alex kein Jude ist. Ihre genauen Worte lauteten: ‹Du glaubst, du hast einen Juden als Enkel. Ich wünschte, es wäre so!›» Daphne sagte nichts, sondern sah sie nur scharf an. BB war außer sich vor Freude. «Wenn man darüber nachdenkt, so sieht Alex Michael überhaupt nicht ähnlich. Ich hab nie viel von Michael gehalten. Er war dunkel, sehr dunkel, Haut und Augen olivfarben. Wie mein kleiner Bruder Marco.»

«Du Heuchlerin!» rief Daphne und spuckte endlich den Kern aus.

«Ich bin keine Heuchlerin!»

«Doch, bist du, und du bist widerlich!» Daphne stieß ihren Stock heftig auf den Boden. Der Wellensittich flatterte erschreckt hoch. Aber BB war wie ein Hund, der ein Kaninchen apportierte. Nichts konnte sie aufhalten. «Ich hab sofort, als sie es mir erzählt hat, gewußt, was ich tun muß.»

«Was mußt du tun?»

«Alex ist kein Jude. Ich hab natürlich nie geglaubt, daß er einer ist. Er ist einer von uns. Abgesehen von dem einen.» Sie machte eine dramatische Pause. «Er ist nicht getauft.»

«Getauft! Getauft!» sprudelte Daphne heraus, die trotz der falschen Zähne Schwierigkeiten mit der Artikulation hatte.

«Doch, und ich beabsichtige, das in Ordnung zu bringen. Schau her.» Sie holte ihre Schürze von der Küchentür und nahm eine flache Glasflasche mit Korken heraus. Die Flasche war mit Wasser gefüllt.

«Weihwasser», sagte sie und hielt die Flasche hoch. «Ich hab es am Sonntag aus der Kirche mitgenommen, als keiner hingeschaut hat, und ich werde meinen Enkelsohn damit taufen und seine Seele retten.»

Daphne stand langsam auf und stützte sich schwer auf ihren Stock. Sie zitterte am ganzen Leib. «BB. Das kannst du nicht tun. Das darfst du nicht. Ich verbiete es dir.»

«Mir verbieten? Du?»

«Das alles geht dich überhaupt nichts an. Gib diese lächerliche Idee auf.»

BB lachte. «So wie du mich aufgegeben hast?»

«Ach, du bist grausam und scharfzüngig, BB. Aber ja, von mir aus. So wie ich dich aufgegeben habe.»

BB stellte die Flasche stolz auf den Tisch. «Du kannst mich nicht aufhalten.»

«Ich werde es nicht zulassen, daß du diesen Jungen zugrunde richtest. Wenn er es nicht weiß, ist es nicht an dir, es ihm zu sagen.»

«Oh, halt doch den Mund, du alte Schlampe», erwiderte BB und lehnte sich zurück. «Glaubst du, ich hab dich den ganzen weiten Weg hierhergeholt, damit du mir erzählst, was ich tun soll? Fang nicht an, den Moralapostel zu spielen. Sonst steck ich dich in ein Heim. Das werd ich tun. Glaub nur nicht, daß ich es nicht tue.»

Daphne schnaubte wütend durch die falschen Zähne. Plötzlich hob sie ihren Stock, so daß BB sich duckte, und mit erstaunlicher Geschicklichkeit und Kraft stieß sie die Flasche mit Weihwasser vom Tisch. Mit einem satten Knall zersprang sie in scharfkantige grüne Scherben. Der Vogel stieß aufgeregte Schreckensschreie aus.

«Oh», rief BB. «Oh!»

Daphne drehte sich um, verließ die Küche, ging in ihr Zimmer und versperrte die Tür hinter sich. BB kniete nieder, um die Scherben aufzusammeln, und murmelte vor sich hin. Daphne ist sehr still, dachte sie, während sie mit zur Seite geneigtem Kopf lauschte. In dieser Haltung erinnerte BB sehr an ihren Vogel. Sie hörte ein oder zwei dumpfe Stöße, dann öffnete Daphne die Tür, und BB widmete sich wieder den Glasscherben. Daphne erschien im Vorraum, in ihrem bunten Kleid, mit sorgfältig gekämmtem Haar und in ihren Ausgehschuhen.

«Ich bleibe nicht mit dir in diesem Haus», sagte sie. Ihre Stimme zitterte, aber sie trug den Kopf hoch. «Ich habe meine Sachen gepackt und werde später jemanden herschicken, der sie holen wird. Bitte rühr nichts an.»

«Das würde mir nicht im Traum einfallen.» BB reckte das Kinn.

Die alte Dame tastete sich mit ihrem Stock zur Eingangstür. BB sprang auf und folgte ihr; sie glaubte noch immer nicht, daß Daphne wirklich ging. «Ich denke, du willst nach wie vor, daß wir dich am Abend abholen und zur Kirche mitnehmen?»

Daphne hatte sich langsam die zwei Verandastufen neben den Geranientöpfen hinuntermanövriert. Unten drehte sie sich um. «Es wäre ein Frevel, in einer Kirche neben dir zu sitzen. Ich werde nicht mitkommen.»

«Dann viel Spaß noch», sagte BB, stützte sich auf das Geländer der Veranda und verschränkte die Arme.

Daphne nahm ihren Stock, und bevor BB sie daran hindern konnte, hatte sie die Geranien von den Stufen gefegt. «Oh! Oh! Du schreckliches altes Weib!» BB rannte zu ihren Blumentöpfen. Daphne versetzte den Geranien einige weitere, genau gezielte Schläge und trat auf eine besonders saftiggrüne, deren Blätter an den Rändern wie Bronze schimmerten. «Meine Sophia Dumaresque! Ach, wie konntest du das tun? Ich hab sie aus einem Ableger gezogen! Oh, meine Black Cox! Und meine Mabel Grey!» BB versuchte, Ordnung in diese schreckliche Verwüstung zu bringen, sammelte abgebrochene Stämme, Blätter, Tonscherben auf. Aber Daphne ignorierte sie und ihre Proteste, schleuderte mit dem Stock einen Wurzelballen fort, der ihr im Weg lag, und wanderte, nachdem sie Atem geschöpft hatte, vorsichtig und langsam und sehr stolz weg von BBs Haus.

19

Christmette. Josie war schon seit Jahren nicht mehr in der Mette gewesen. Sie vermutete, daß sie sich dafür festlich kleiden würde müssen – ein hübsches Kleid, Strümpfe, Handschuhe. Als sie die Strümpfe hochrollte und am Strumpfgürtel befestigte, fiel ihr auf, daß sie, seit sie hier angekommen war, zum erstenmal wieder Strümpfe anzog. Die Hitze machte die Menschen nachlässig. Sie ärgerte sich nun darüber, wie beengt und heiß sie sich unter dem Kleid fühlte. Sie wollte nicht mit BB in die Mette gehen. Aber sie sah keine Möglichkeit, sich davor zu drücken. Und Liz hatte auf ihrem Bett ein altes Gebetsbuch aus der Kindheit und verschiedene Kopftücher zur Auswahl bereitgelegt; es schien beschlossene Sache zu sein.

Josie war zum Großen Haus zurückgekehrt, die Gedanken in Aufruhr, ihr Körper noch glühend von Harrys Zärtlichkeiten, und war in der Diele auf Daphne gestoßen, die in ihr Taschentuch schluchzte. Sie war auf der untersten Treppenstufe zusammengebrochen, das heiße, gerötete Gesicht stand im krassen Gegensatz zum Blau der Tapete, und Liz versuchte sie zu trösten. Josie war über die Ablenkung froh. Daphne wollte nicht sprechen, stieß nur unter Schluchzen hervor, daß BB eine grausame Frau sei und sie viel lieber bei Mr. Doughty leben wolle, dem sie vertraue und der sie schließlich an ihren lieben verblichenen Porry, Gott sei seiner Seele gnädig, erinnere; Porry, dem niemals, niemals in all den Jahren, in denen sie verheiratet gewesen waren, ein grausames Wort über die Lippen gekommen sei. Aber sie wolle sich nicht näher darüber auslassen und würde niemals wieder mit BB reden. Niemals. Und Liz antwortete, daß sie das alles morgen besprechen würden, wenn alle sich beruhigt hätten, und warum Daphne nicht einfach aufstünde, sie würde sie in das kleine Zimmer hinaufführen, in dem Harrys Mutter gewohnt hatte; dort könne sie die Nacht über bleiben. Und tatsächlich war Daphne nach einem Glas heißer Milch, das sie großzügig mit einem Schuß Whisky veredelt hatte, und mit dem beruhigenden Gewicht von Liz' Katze, die zu ihren Füßen schnurrte, bald eingeschlafen.

«Ich wußte, daß es soweit kommen würde! Ich wußte es!» wiederholte Liz unaufhörlich, während sie die Nummer ihrer Mutter wählte, um eine Erklärung zu verlangen. Aber BB hängte einfach auf, als Liz Daphnes Namen erwähnte. Das Abendessen war eine traurige Angelegenheit, sogar das Essen schien trostlos, der Wein schal. Josie und Harry vermieden es, einander anzusehen, und Liz war außer sich vor Ärger darüber, wie BB Daphne behandelt hatte. Sie vermutete, daß der Streit etwas mit Geld und Mr. Doughty zu tun habe, und daß BB den erstbesten Vorfall zum Vorwand genommen hatte, Daphne loszuwerden, nun, da das Experiment den Reiz des Neuen verloren hatte. Harry stand beim Nachtisch – Schokoladenpudding, eine seiner Leibspeisen – plötzlich auf und sagte, er gehe hinaus, Kaninchen jagen. Was Liz überraschte; aber sie schwieg. Alex begleitete ihn, und die Schwestern saßen da, lauschten dem Rattern des Lastwagens und sahen den Scheinwerfern nach, die unten über die Koppeln leuchteten. Sie fühlten sich verloren, miteinander und so vielen kritischen Themen, die es zu vermeiden galt, allein gelassen. So saßen sie ruhig da, tranken den Wein aus, klirrten mit den Löffeln gegen das kühle Porzellan der Teller, leckten die Süße des Weins von ihren Lippen. Und die ganze Zeit über schluckten sie Sätze und Worte hinunter, die ihnen wie bittere Galle in den Mund stiegen. Einmal sagte Liz: «Ich hätte gerne neue Vorhänge in diesem Zimmer», und sie diskutierten die verschiedenen Möglichkeiten. Und Josie erwähnte etwas von letzten Weihnachten, die sie bei Michaels Eltern in Florida verbracht hatte. Dann kamen sie auf alte Leute und damit wieder auf Daphne zu sprechen, so daß die Konversation wieder zu ihrem Ausgangspunkt zurückkehrte. Und als sie dieses Thema erschöpfend behandelt hatten, standen sie auf und räumten den Tisch ab. Während sie in der Küche waren, sprachen sie über Cynthia, und Liz hoffte, daß sie sich morgen besser fühlen würde, weil sie nicht wüßte, wie sie sonst zurechtkommen sollte, und dann sahen sie die Scheinwerfer des Lastwagens, der zurückkam, und beide stießen tiefe Seufzer aus, ein Beweis, daß sie beide die ganze Zeit über gleichsam den Atem angehalten hatten. Die Männer hatten zwei Kaninchen geschossen, und Harry zeigte Alex, wie man die Tiere über dem Ausguß ausnahm und häutete, während sie noch warm waren. Alex packte entschlossen das Fell, das sich wie ein Handschuh abziehen ließ. Liz nahm die kleinen bläulichen Leiber in die Hand, rieb sie trokken und legte sie in die Gefriertruhe. Sie würde sie am zweiten Weihnachtsfeiertag zubereiten, meinte sie. Es würde eine willkommene Abwechslung zum Lammfleisch und den Truthahnresten sein. Und Josie sagte, daß es wahrscheinlich an der Zeit sei, hinaufzugehen und sich für die Kirche umzuziehen, und Liz nahm die Wagenschlüssel vom Kühlschrank und warf sie ihr zu, als wären sie glühendheiß.

Als Josie zu BBs Haus kam, nachdem sie vorsichtig den unbekannten Weg hinaufgefahren war, wartete BB schon auf der Veranda. Sie trug ein schwarzes, ärmelloses Kleid, sehr elegant im Gegensatz zu ihrer üblichen Kleidung; Josie aber dachte, daß Schwarz doch eine merkwürdige Farbe sei für einen Festtag. Keine der beiden wollte mit der anderen im Auto allein sein, und es schien, als würde das Schweigen des Abendessens verlängert. Josie war für diese kleine Gnade dankbar. Nach dem ersten steifen Frage- und Antwortspiel (BB wollte wissen, ob Daphne irgend etwas gesagt hätte, und Josie antwortete, nein, aber sie habe mit Mr. Doughty telefoniert), hingen beide ihren eigenen Gedanken nach, und erst als sie die Stadtgrenze erreicht hatten und über die Hauptstraße fuhren, richtete BB sich auf und begann Josie den Weg zur Kirche zu erklären.

In der Kirche, einem neuen, aus hellen Ziegeln und Holz errichteten Gebäude mit sechseckigem Grundriß, herrschten eine fröhliche Stimmung und vorweihnachtliche Freude. Fast alle Sitzreihen waren besetzt. Mr. Doughty, ein Gentleman, wenn auch langweilig, wartete im Vestibül auf sie. BB blickte durch ihn hindurch, als wäre er nicht vorhanden.

«Ich habe vorne ein paar Plätze besetzt», sagte er zu Josie. «Am Heiligen Abend wird es immer schon früh voll.»

BB wandte sich ebenfalls an Josie. «Ich habe etwas zu erledigen», sagte sie, «in der Sakristei. Bin gleich wieder da.»

Mr. Doughty und Josie blieben inmitten der Menge, die in die Kirche strömte, allein. Die Menschen schoben sich in dem kleinen Vestibül an ihnen vorbei; es roch nach Schweiß und Parfüm. Fetzen von Orgelmusik drangen durch die hellerleuchtete Kirche zu ihnen. Mr. Doughty sagte, daß Daphne ihn angerufen habe und daß ihm dieser ganze Streit sehr naheging. Er könne nur hoffen, daß nicht er der Grund dafür sei. Er habe schließlich nur versucht, Daphne dabei zu helfen, ihr Geld anzulegen, und nicht bedacht, daß BB dies als persönlichen Eingriff in ihre Interessen betrachten würde. Josie nickte verständnisvoll. Sie waren von den Leuten um sie herum eingekeilt. Müde Kinder, die schon gähnten, bevor die Messe überhaupt begonnen hatte, beklagten sich bei ihren Eltern, daß es zuwenig Sitzplätze gäbe – die kleinen Mädchen, das Haar mit Gummibändern und Schleifen zusammengehalten, die gegen ihre Hüte drückten und Kopfschmerzen verursachten, die Jungen mit naßgekämmtem Haar, Grimassen schneidend, während sie den Hals im ungewohnten Kragen streckten. Mr. Doughty erzählte Josie gerade, daß er Alex zu Weihnachten ein Buch mit Lyrik von Banjo Paterson gekauft habe, als BB geschäftig auf sie zueilte.

«Gerade rechtzeitig», sagte Mr. Doughty zu Josie. Josie fragte sich, ob sie den ganzen Abend lang die Vermittlerin würde spielen müssen. BB drückte ihre geräumige Handtasche an die Brust und sagte zu Josie: «Wir können jetzt hineingehen.»

Mr. Doughty führte sie den Mittelgang hinunter. Sein hellgrauer Anzug war am Rücken zerknittert. BB folgte ihm, eine schwarze Gestalt, die nicht in dieses Meer von Sommerkleidern paßte, einen kleinen schwarzen Strohhut wie einen dreizackigen Seestern auf den Kopf gepreßt. Josie band ein Kopftuch unter dem Kinn fest, und sie zwängte sich in eine Bankreihe, die Mr. Doughty ihnen wies. Die Plätze waren ihnen freundlicherweise von einer dicken Nonne freigehalten worden, die Josie unter ihrem Schleier zulächelte und einen Zentimeter zur Seite rückte, als sie sich setzte. Aber BB weigerte sich, sich neben Mr. Doughty niederzulassen, und so wechselten sie alle die Plätze, bis Josie wieder der Prellbock zwischen ihnen war.

Vor einer kleinen elektrischen Orgel sang selbstbewußt ein Kinderchor. Der Altar war mit vielen Kerzen geschmückt, und die Hitze der Flammen mischte sich mit der Wärme, die von den unzähligen Menschen in der Kirche ausströmte. Aus der schwarzen Schwesterntracht von BBs Nachbarin stieg Dampf auf. Die enggedrängten Leiber erfüllten das Kircheninnere mit Feuchtigkeit, und die Feuchtigkeit nahm den Duft der Blumen an, die aus den Kupfervasen neben dem Altar quollen. Die schweren Köpfe der voll erblühten Gartenrosen vermischten sich mit den blauschimmernden Eukalyptuszweigen und den kerzengeraden Stielen gelber Gladiolen, die mit dem Rittersporn darum wetteiferten, bis zur Decke hinaufzureichen. BB flüsterte, daß sich das Frauenhilfskomitee in diesem Jahr selbst übertroffen hätte. Trotz des Blumendufts nahm Josie den reinen Geruch nach Seife, der von der Nonne ausströmte, BBs Moschusausdünstung, Mr. Doughtys mildes Rasierwasser und – an ihrem eigenen Körper – noch einen Hauch von Harrys Geruch wahr.

Die Flammen der Kerzen zuckten, ihr Licht traf sich mit dem der Lüster, die vom hölzernen Gewölbe der Decke hingen. Es ist viel zu strahlend, dachte Josie, viel zu hell: die weißgetünchten Wände, das gebleichte Holz der Bänke, die blassen Oberarme der Frauen, wo die kurzen Ärmel die Trennlinie zwischen der von täglicher Arbeit gebräunten Haut und blasser Intimität anzeigten. Es war eine milde Helle, die Josie beeindruckte und sie an die Jugend des Landes erinnerte, in dem sie sich befand. Nicht Cynthias Land, sondern ihres, ihr weißes Australien. Die Zeit hatte nicht vermocht, diese Wände mit Rauch zu schwärzen, diese Sitze mit dem Talg und Schweiß der Körper nachzudunkeln, das Blut der betenden Gemeinde durch den Zustrom fremder Völker zu beleben. Alles war zu homogen. Und doch war es ein Ort, der ihr einst vertraut gewesen war. Jetzt war er es nicht mehr. Sie fühlte sich als Fremde. Alles war der blendenden Helligkeit ausgeliefert: die Maserung des Holzes, die Poren einer Wange, das Geflecht eines Panamahutes. Josie war es, als sei sie wieder am Ufer des Flusses, wo die Sonne auf sie und ihre entblößten Brüste herunterbrannte, und als müsse die ganze Gemeinde von ihrem Ehebruch wissen. Sie trieben ihren Spott mit ihr, hinter den Bäumen versteckt, vom Flußufer her, lagen sogar im stoppeligen Gras, wo Harry vergeblich Klee anzupflanzen versucht hatte. Die einzige Zuflucht vor dem gnadenlosen Licht boten die vor dem Gesicht gefalteten Hände.

Die Gemeinde erhob sich, als der Priester, vermutlich Pater Murphy, in seinem weißen Meßgewand eintrat. Der Brokat schimmerte wie eine Fata Morgana, während er sich an seinen Platz begab und auf die beiden Ministranten wartete. Josie öffnete das Gebetbuch, das Liz ihr geliehen hatte. Es stammte noch aus ihrer Schulzeit, und Liz hatte in ungelenker Handschrift hineingeschrieben: Elizabeth Beauchamp, 31. Mai 1942.

Liz' zwölfter Geburtstag. Ein Sonntag. Wie eine Luftblase stieg die Erinnerung in Josies Gedächtnis auf. Was hatte BB nur neulich gesagt? Josie kämpfte mit ihrer Erinnerung, während sie mit halbem Ohr der Eröffnungsliturgie lauschte. Die Blase zerbarst an der Oberfläche. Ja. Ein wunderschöner Tag, eine mondhelle Nacht; BB, die auf einen jungen Mann mit Bartflaum auf der Oberlippe versessen war. Glockengeläut erfüllte die Kirche. Die Erinnerung brach mächtig, unausweichlich über Josie herein, die mit dem Gebetbuch in der Hand in der gleißenden Helle stand.

«Glaubst du, daß sie uns überraschen wird?» hatte Josie gefragt, während sie hinter ihrer Schwester auf dem Gartenpfad vor ihrem Haus herhüpfte.

«Ich weiß nicht, was denkst du?» Liz lief voraus, über den Asphaltweg, in dessen Rissen Unkraut wucherte, und über die Papierabfälle, die von der Straße herübergeweht wurden.

«Es könnte sein», fuhr sie fort. «Es ist mein Geburtstag, und sie hat am Morgen kein Wort davon erwähnt. Kein einziges Wort.» Sie hatten den Tag mit einer Schulfreundin an der Nordseite des Hafens verbracht, waren sehr früh aufgestanden, während BB noch im Bett lag. Am Vorabend war sie spät nach Hause gekommen. Sie hatte etwas Unverständliches gemurmelt und die Decke über den Kopf gezogen, als sie ihr sagten, daß sie jetzt gingen, und sie hatten ihre Badeanzüge und ihre Handtücher in die Schultaschen gepackt, obwohl sie dachten, daß es zum Schwimmen eigentlich noch zu kalt war.

Josie erinnerte sich an das Gefühl, wie sie glücklich nach Hause gelaufen waren. Sie hatten den Tag mit Marjorie oder Margaret oder Mary verbracht, sie konnte sich an den Namen des Mädchens jetzt nicht mehr erinnern. Das Mädchen war eins von sieben Kindern – die übrigen sechs Knaben – mit einer schüchternen, erschöpften Mutter und einem autoritären Vater, der an diesem Tag Gott sei Dank nicht dagewesen war. Sie waren schon oft dort gewesen, und es war immer ein Unglück, von ihm am Nachmittag erwischt zu werden, vor allem, wenn man gerade ins Kino oder mit ein paar Freunden Eis essen gehen wollte, weil das seine bevorzugte Zeit war, die Familie zum Rosenkranz zu versammeln, und alle sich niederknien und beten mußten. Und immer warteten sie voll quälender Ungeduld, bis er fertig war. Marjorie, ja, es war Marjorie, hatte Liz das Gebetbuch geschenkt, eine Idee ihres Vaters, wie sie sich entschuldigte, und dann einen kleinen, mit einer Schleife zusammengebundenen Veilchenstrauß hervorgeholt und «Alles Gute zum Geburtstag» gesagt.

«Es gibt wahrscheinlich eine Schokoladentorte und Kerzen. Und sie wird dein Kleid fertiggenäht haben. Ach, du wirst wunderbar darin aussehen, mit deiner tollen Figur.» Und mit einem Seufzer: «Ich möchte auch schon zwölf sein.»

Sie stießen die Haustür auf, und der gewohnte Geruch nach ausströmendem Gas und abgestandenen Küchendünsten schlug ihnen entgegen. Aber das war ein Geruch, der ihnen vertraut war. Sie rannten die Treppen um die Wette empor. Die Tür zu ihrer Wohnung war versperrt. Josie klopfte und schnatterte weiter. «Ich möchte auch schon älter sein, damit ich dieses Kleid tragen kann. Sie hat es gestern abend, bevor sie ausgegangen ist, beinahe fertiggenäht. Ich habe es heute morgen auf der Nähmaschine gesehen. Wann beginnt das Theaterstück? Ach Liz, wäre es nicht herrlich, wenn Mum auch käme? Und an deinem Geburtstag!» Sie klopfte energisch an die Tür. Keine Antwort.

Liz schwang die braune Lederschultasche vom Rücken und kramte nach dem Schlüssel. «Da, halt einmal.» Sie gab Josie den Veilchenstrauß. «Ich hab nur eine Zeile zu sprechen, Josie. Ich kündige nur das Stück an, weißt du. Ich spiel nicht die Lady Macbeth.» Aber Josie war aufgeregt. «Jeder wird nur auf dich schauen, und du wirst ganz allein vor dem Vorhang stehen. Oh! Welche Schuhe wirst du anziehen?» Liz hatte den Schlüssel ins Schloß gesteckt, und gerade als sie ihn drehte, wurde die Wohnungstür neben der ihren geöffnet, und der Mieter, ein wortkarger, schlechtgelaunter Alkoholiker, steckte seinen Kopf heraus und stierte sie an. «Könnt ihr nicht verdammt noch mal ruhig sein und einen alten Kerl schlafen lassen?» – «Verzeihung», sagten die Mädchen und bissen sich auf die Lippen. «Und eure Mutter ist nicht da, also haltet die Klappe, oder ich komm rüber und verprügel euch.» Er zog den Kopf zurück und knallte die Tür zu. Die Mädchen warfen einander einen Blick zu, gingen auf Zehenspitzen in die Wohnung und schlossen leise die Tür. «Idiot», sagte Liz und streckte die Zunge heraus, als sie sich sicher fühlte.

Josie lief in die Küche. Sie legte die Veilchen auf den Tisch. Sie öffnete den Kühlschrank. «Sie muß irgendwo sein», sagte sie. Sie rannte zur Speisekammer, öffnete die Schublade, schaute in die Brotdose. «Es ist keine da.» Ihre Stimme klang verwundert. «Da ist keine Torte, Liz.» Hilflos drehte sie sich zu ihrer Schwester um. Liz stand an der Küchentür, die Schultasche schlenkerte neben ihren Beinen. Einer ihrer Socken hatte ein Loch. «Wahrscheinlich ist sie fortgegangen, um eine zu kaufen. Wir sind zu früh dran, das ist alles», überlegte Josie. Sie rannte an ihrer Schwester vorbei ins Wohnzimmer, wo eine alles beherrschende Nähmaschine an der Wand stand. Darauf lag zerknüllt und seit dem gestrigen Abend unberührt das Kleid, das Liz tragen sollte. Josie stürzte sich darauf, hielt es in die Höhe, sah das Mieder, das noch mit Stecknadeln an der Taille befestigt war. Sie warf es zurück auf die Nähmaschine. «Oh, Liz. Sag doch etwas!» Liz stand im Vorzimmer. Sie sah ihre jüngere Schwester an.

«Sie hat es vergessen.» Ihre Stimme klang alt.

«Oh, ich dachte, sie würde wenigstens eine Torte backen. Liz?»

Liz schleuderte ihre Schultasche durch das Vorzimmer auf Josie.

«Ach, hör doch endlich mit dieser Torte auf, hast du verstanden? Halt endlich den Mund.»

Sie stürmte ins Schlafzimmer und warf sich auf das Bett. Josie hörte, wie sie mit den Fäusten auf das Bett hämmerte. Verschreckt trat sie zu Liz und flüsterte: «Was ist mit dem Theaterstück?»

«Ich werde nicht hingehen.»

Nach einer endlos scheinenden Zeit stand Liz auf, kam in die Küche und öffnete eine Dose mit Lachs. Josie stellte die Veilchen, die nun ziemlich ramponiert aussahen, in ein Glas Wasser auf das Wachstischtuch. Josie stocherte mit der Gabel in dem Lachs auf ihrem Teller herum.

«Sie sagen, daß Glassplitter im Lachs sind. Die Japaner geben sie rein, sagen sie.»

«Das stimmt nicht. Iß auf.»

Josie schob den Teller weg. «Ich bin nicht sehr hungrig», sagte sie.

«Ich auch nicht.»

Sie verbrachten eine schreckliche Nacht. Einmal hörten sie den Boden draußen knarren und hielten den Atem an, bis sie hörten, wie der Nachbar die Treppen hinunterstolperte. Sie waren zu Bett gegangen, hatten sich voneinander weggedreht. Liz wollte nicht getröstet werden. Josie wußte nicht, wie sie ihr Trost spenden sollte, wenn sie ständig abgewiesen wurde. Sie lauschte dem Geräusch des Wassers im Hafen, dem Knarren in dem alten Mietshaus. Der Mond ergoß sein Licht ins Zimmer, als es plötzlich eine heftige Explosion gab, die das Gebäude erschütterte; die Fenster klirrten, Josie schrie, und Liz rannte zum Fenster. Ein lautes, tiefes Dröhnen folgte der ersten Explosion. «Schau! Schau!» Der Himmel war von Suchscheinwerfern erhellt, und eine riesige rote Leuchtbombe stieg auf wie ein Feuerwerk. «Das sind die Japaner», sagte Josie, die neben Liz am Fenster stand und zitterte. Nun war draußen nichts mehr als Dunkelheit. Sie hörten Stimmen unten auf der Straße, in den Häusern rundum. «Es müssen die Japaner sein», sagte Liz, «die Invasion.» Josie begann zu weinen. «O Mummy, wo bist du?»

«Sei kein Baby», sagte Liz.

Sie gingen wieder zu Bett, hielten einander fest, lauschten auf die Stimmen der Menschen auf der Straße, warteten auf weitere Explosionen. Aber es blieb ruhig. Nach und nach verstummten Gemurmel und Geräusche. Sie schliefen, bis Liz Josie wachrüttelte. Aus dem Wohnzimmer drangen schwache Geräusche, gedämpft, unverständlich. Liz stand auf. Josie, die sich an ihrem Morgenrock festhielt, folgte ihr. Liz öffnete die Tür, und sie schlichen auf Zehenspitzen zur offenen Wohnzimmertür. Durch das Vorzimmer konnten sie eine Ecke des Küchentisches sehen, auf dem zwei halbvolle Gläser Bier standen und der verwelkte Veilchenstrauß lag.

Aus dem Wohnzimmer drang schwacher Lichtschein. Zuerst sahen sie nichts. Dann erspähten sie in der Dunkelheit den großen Sessel neben dem Heizkörper und darin ihre Mutter. Sie saß auf irgend jemandes Knien, dessen Gesicht die Mädchen nicht sehen konnten, weil BB ihn küßte. Aber es war ein Soldat; sie erkannten es an den Schnürschuhen und der Farbe seiner Hose. Der Rock ihrer Mutter war hochgeschoben, die Hand des Soldaten lag auf ihrem Schenkel, das Fleisch oberhalb des Strumpfbandes war nackt. Das

Paar bemerkte die Kinder nicht. BB legten den Kopf zurück, ihren neuen, blonden Kopf, und in ihrem Haar steckten dunkle Veilchen, die der Liebhaber gebracht hatte. Josie sah eines sachte zu Boden fallen.

Liz drehte sich um, und sie gingen schweigend wieder zu Bett. Sie sprachen kein Wort. Josie erinnerte sich, wie ihre Mutter auf den Knien ihres Vaters gesessen war. Josie klammerte sich an Liz. «Sie hat es vergessen, nicht wahr?» flüsterte sie.

«Schlaf jetzt.» Eine Weile lauschte Josie Liz' Atemzügen, und dann schlief sie tatsächlich ein. Bis ihr Kinn, als sie sich in der Nacht umdrehte, das feuchte Kissen ihrer Schwester berührte und sie davon aufwachte.

Feuchtigkeit auf ihrer Wange.

Josie bemerkte, daß es jetzt ihre eigenen Tränen waren, während sie da kniete und dem Gemurmel lateinischer Worte lauschte. Die Erinnerung war so stark gewesen, daß sie den Ehering an ihrem linken Finger berührte, um sich zu vergewissern, in welcher Zeit sie lebte. Sie bemerkte BBs graubraunen gebeugten Kopf an ihrer Seite.

«Filius meus es tu, ego hodie genui te.»

Josie hatte die Hände an die Schläfen gelegt, und solcherart abgeschirmt dachte sie an ihren Sohn. Sie hatte sich so sehr bemüht, ihm eine gute Mutter zu sein, mehr zu sein, als BB für Liz und sie gewesen war. Als Alex noch ein Säugling gewesen war, hatte sie sogar den kleinen milchigen Speichelfleck auf ihrer Schulter als Liebesbeweis empfunden. Und einmal, in einem sonnendurchfluteten Restaurant, hatte sie ihn über ihrem Kopf in die Höhe gehalten, und ein langer goldener Speichelfaden war von seinen Lippen auf die ihren gefallen, und ihr Leib hatte sich so schmerzhaft zusammengezogen, daß sie ihn Michael geben mußte. An Regentagen eilte sie mit seinem gelben Regenmantel, einem Schirm und Regenstiefeln zur Bushaltestelle, um ihn nach der Schule abzuholen. Ihre Füße wurden naß, aber es machte ihr nichts aus. Die kleine Hand, die sich in die ihre schob, die freudige Überraschung bei ihrem unerwarteten Auftauchen, das war für sie, als zöge sie Socken an, die an einem Kaminfeuer gewärmt worden waren.

BB, die wie ein schwarzer Schatten neben ihr saß, wetzte unruhig hin und her, als wüßte sie, woran Josie dachte. Die Qual, die BB ihnen in all den Jahren zugefügt hatte – nicht die Qual physischer

Schmerzen, sondern die Vernichtung unschuldigen Vertrauens –, hatte ihre Spuren hinterlassen. Wie nahe daran war sie gewesen, denselben Weg zu gehen. Wie anders wäre Liz vielleicht gewesen. Mein Sohn, mein Sohn.

«Empfangen durch den Heiligen Geist, geboren aus Maria der Jungfrau.»

O süßes Jesuskind. Ich war nicht besser als BB. Wie konnte ich so blind sein! Eine Träne fiel von Josies Wange, tropfte durch ihre Finger hindurch, auf das fahle Holz der Bank. Der Chor schwoll an, und Josie blickte auf. Das Leuchten der Kerzen schien sich zu verstärken, bis das Licht sie wie eine Offenbarung übergoß. Ihre Augen wurden vom Licht geläutert. Ich habe keine Möglichkeit, die Dinge in Ordnung zu bringen, dachte Josie. Ich kann die Vergangenheit nicht ungeschehen machen. Das ist es, was Harry gemeint hat. Dort können wir nichts verändern. Nur in der Zukunft. Josie berührte mit dem Finger den nassen Fleck auf der Bank.

Die Glocken zur Wandlung ertönten. Sie hatten Josie immer schauern lassen, und sie erschauerte auch jetzt. Denn sie wußte, was sie zu tun hatte.

Und Josie Rosenbloom, die ein gläubiger Mensch war, neigte den Kopf, als sie die Glocken hörte, und akzeptierte, daß diese eine Nacht in Sydney nicht nur ihr sterbliches Leben für immer verändert, sondern gleichzeitig auch ihre unsterbliche Seele gefordert hatte.

Mr. Doughty erhob sich, um zur Kommunionbank zu gehen. Die Nonne lächelte entschuldigend und zwängte sich an Josie und BB vorbei, einen leichten Duft von Sunlight Soap hinterlassend. BB, die zwei Scheidungen hinter sich hatte, konnte trotz all ihren Beichten nicht zum Altar gehen. Josie saß ruhig da, die Hände im Schoß gefaltet. Das Licht war düster und matt geworden.

Die Leute kamen zurück. Sie knieten kurz nieder. Josie dachte an die leidenschaftliche Stunde heute nachmittag mit Harry. Sie würde nie aufhören, ihn zu lieben. Das wußte sie jetzt. Aber haben konnte sie ihn nicht. Das harte Licht bot keinen Trost. Der Chor sang.

Der Teller für die Opfergaben gelangte jetzt erst zu ihr. Sie öffnete die Handtasche, um Geld herauszunehmen, und ihre Finger berührten die Kanten des Briefes, den sie Michael geschrieben hatte; sie hatte ihn mit sich herumgetragen wie ein schlechtes Gewissen. Das Geld fiel geräuschlos auf den mit grünem Fries ausgeschlagenen Boden des Holztellers. Er glich ein wenig ihrem Herzen, rissiges, verletztes Gewebe, gegen das sich nun die Spitzen der Stacheln und Lanzen richteten.

Sie sehnte sich plötzlich danach, Alex zu sehen, ihn zu berühren. Mit Ungeduld erwartete sie das Ende der Messe, den letzten Lobgesang. Sie blickte zu BB, und BB, die ihren Blick bemerkte, sah zurück, blanke Selbstzufriedenheit in den Augen. Es war ein Blick, der an Josie abprallte, da sie nun wußte, wer ihr Feind war. Es war BB, BB, der sie niemals ihr Geheimnis hätte anvertrauen dürfen. Weil man BB nicht trauen konnte. BB würde ihrem eigenen verschlungenen Pfad der Rechtschaffenheit folgen.

Nachdem Josie sich von Mr. Doughty verabschiedet hatte, der ohnedies morgen zum Weihnachtsessen kommen würde, fuhren sie und BB zurück nach Tiddalik. Dünne Wolken verdunkelten die Sterne und den Mond. BB witterte wie ein Hund. «Ich glaube, wir werden morgen Regen bekommen.»

«Um noch einmal auf Alex zurückzukommen», sagte Josie fest, während sie das Lenkrad umklammerte.

BB war still.

«Du wirst niemals, niemals erzählen, was ich dir gesagt habe. Hast du verstanden?»

Neben ihr in der Dunkelheit preßte BB ihre Handtasche wie einen Schild gegen die Brust.

«Ich meine es ernst, BB: Wenn du auch nur ein Wort sagst, bring ich dich um.» Sie spürte, wie BB sich verkrampfte, und völlig leidenschaftslos war sie sich zum erstenmal in ihrem Leben der Tatsache bewußt, daß sie zu großer Gewalt fähig sein konnte. Daß sie BB in Stücke reißen würde, sollte sie ihrem Sohn Schmerz zufügen.

Josie hatte das Gefühl, als wäre sie in den letzten Tagen durch eine Sanduhr gepreßt worden. Plötzlich lenkte sie den Wagen zur Seite und hielt an. BB sank noch tiefer in ihren Sitz, als wolle Josie ihre Drohung sofort wahrmachen. Josie nahm den Brief aus der Handtasche und riß ihn in kleine Stücke. Sie erklärte ihrer Mutter nicht, was sie tat. Das brauchte sie nun nicht mehr. Sie startete den Wagen wieder, und während das Auto den Hügel hinunterrollte, ließ sie die Papierfetzen aus dem Fenster flattern. Im Rückspiegel sah sie, wie sie, kleinen weißen Vögeln gleich, emporgetrieben wurden und vom Fahrtwind über die Landstraße verstreut wurden. Wie klar und einfach alles war, als Josie die kurvige Straße des Murrumbidgee hinunterfuhr. Die Lichter des Wagens erfaßten die weißgetünchten Pfosten, die sie vor dem Abhang warnten. Ein Pfosten nach dem anderen huschte vorbei, markierte die Entfernung, genauso wie ihr Gehirn, das feststellte, daß Entfernung und Zeit wie Sandkörner verronnen waren, je mehr sie verstanden hatte. Bis jetzt, in diesem Abschnitt der Sanduhr, hatte sie gedacht, daß das Teilen ihres Geheimnisses die Spannung, unter der sie lebte, mildern würde. Wie dumm, dachte sie; das Gegenteil war wahr. Nur auf sich selbst konnte sie sich verlassen, nur sich selbst konnte sie zur Rechenschaft ziehen, wenn sie scheiterte. Die Scheinwerfer des Wagens erfaßten die Stahlverstrebungen der Tarago-Bridge, die über den Murrumbidgee führte. Der Mond kam kurz hinter der Wolkendecke hervor, und das Rinnsal, das einst ein mächtiger Fluß war, wurde sichtbar. Während sie die Brücke überquerten, sagte BB: «Ach, wie trocken er schon ist. Uns steht eine schöne Veränderung bevor.» Sie strich mit den Händen über ihre Handtasche. Das Geräusch erinnerte Josie an raschelnde, welke Blätter. Sie sprachen nichts mehr, wünschten einander nur Gute Nacht, als Josie BB beim Haus am Hügel absetzte. Sie parkte den Wagen in der Garage des Großen Hauses und wanderte durch den Garten. Drinnen im Haus dann strich sie über die Wände, einen Bilderrahmen, die Schnitzerei am Treppengeländer. Auf Zehenspitzen ging sie die Treppe hinauf, zuckte bei jedem Knarren der alten Stufen zusammen. Unter der einzigen Lampe, die in der oberen Diele noch brannte, lagen Hunderte kleine Insekten tot auf dem Boden und auf dem Tisch. Josie trat in Alex' Zimmer und ließ die Tür zur Diele angelehnt. In der Dunkelheit konnte sie gerade seine Gestalt erkennen. Sie griff nach seinen Zehen unter der dünnen Decke.

«Mam?» Seine Stimme klang verschlafen.

«Ja, ich bin es», flüsterte sie. «Ich wollte dir nur Gute Nacht sagen.»

Er drehte sich herum; der Oberkörper war nackt, wegen der Hitze, der Arm – es war nicht der Arm eines Kindes, aber auch nicht der eines Mannes – lag quer über dem Kopfkissen. Sie beugte sich über ihn, um ihn aufs Ohrläppchen zu küssen. Es war weicher als das Blatt eines Afrikanischen Veilchens. Es prickelte an ihren Lippen. O ja, dachte sie, das ist genug.

«Gute Nacht, mein Sohn.» Er murmelte, halb im Schlaf, mit geschlossenen Augen, den Körper von ihr abgewandt:

«Mam? Dad hat angerufen.»

«Das ist aber fein. Was hat er gesagt?»

«Schalom, hat er gesagt. Richte Mam nur aus, Schalom.»

Alex schlief wieder ein, und sie saß da und lauschte seinem regelmäßigen Atem. Vorsichtig schob sie die Decke über seine nackte Schulter. Josie stand auf, und einen Moment lang schien das Zimmer zu schwanken. Sie hörte das Brüllen der Rinder draußen und, erst gleichsam unterlegt, das Zirpen der Zikaden, das langsam anzuschwellen schien, bis es alle anderen Geräusche überdröhnte, und sie glaubte, jedermann müsse von diesem ohrenbetäubenden Lärm aufwachen. Aber niemand wachte auf. Nur sie lauschte. Sie ging aus dem Zimmer, machte die Lampe in der Diele aus. Sie lehnte die Stirn einen Moment lang gegen die Wand, die Wand von Harrys und Liz' Zimmer. Sie befand sich in einem fremden Haus in einem fremden Land, in das sie nicht gehörte. Wieviel Zeit hatte sie vergeudet, um das herauszufinden?

20

Alexander Rosenbloom, zwölf Jahre alt, sollte das erste Weihnachtsfest, das er mit der Familie seiner Mutter im Großen Haus auf Tiddalik feierte, niemals vergessen.

Man saß zu elft um den massiven Tisch im Eßzimmer. Die holzgetäfelten Wände, an denen schwarzgerahmte Stiche alter chinesischer Schiffe hingen, wirkten in der Spätnachmittagssonne noch dunkler. Es war den ganzen Tag bewölkt gewesen, hatte nach Regen ausgesehen, der jedoch nicht gekommen war. Onkel Harry war ständig zur Tür gelaufen, hatte den Himmel beobachtet und mit dem Finger die Windrichtung geprüft. Um fünf, als alle sich zum Essen setzten, nachdem sie im Salon an Erdnüssen geknabbert und Likör getrunken hatten (die Erwachsenen nippten aus kleinen grünen Bristolgläsern, und Alex und die Zwillinge durften auch ein halbes Gläschen trinken), hing die Feuchtigkeit wie ein dicker Vorhang in der Luft.

Alex hatte Liz am Nachmittag geholfen, dieses Zimmer zu schmücken, hatte Efeu und Lametta um den Kamin verstreut und an den Erkerfenstern am anderen Ende des Zimmers Luftballons angebracht. Nun hingen die Ballons schlaff vor den bunten Glasscheiben. Nicht der geringste Lufthauch drang herein, obwohl die olivfarbenen Samtvorhänge weit geöffnet waren und nur das Fliegengitter den Staub abhielt. Liz hatte ein weißes Damasttischtuch auf dem Tisch ausgebreitet, und da es zuwenig Blumen gab, hatte sie auch in die Mitte des Tisches Efeu gelegt, wo es mit den silbernen Kerzenleuchtern und hohen Schalen voll Zuckermandeln um die Wette glitzerte und schimmerte – wie dunkelgrünes Wasser auf einem mondübergossenen Strand.

Alex saß gegenüber dem Kamin zwischen seiner Mutter und seiner Urgroßmutter Daphne. Eines der geschnitzten Beine des geschmückten Tisches war ihm ständig im Weg. Er stieß mit den Knien dagegen, gleichgültig, wie er die Beine bewegte. Wenn er sich, wie jetzt, langweilte, was ihm in letzter Zeit in Gesellschaft Erwachsener häufig widerfuhr, stocherte Alex mit dem Finger in einem Brandloch im Sitz seines Stuhls und spürte die stachelige Roßhaarpolsterung unter dem Leder, die so anders war als die Schaumstoffüllung, die er von zu Hause kannte. Er zog ein langes, stahlgraues Haar hervor, das kein Ende zu nehmen schien, und warf es, in der Hoffnung, daß niemand es bemerken würde, unter den Tisch.

«Nun, kleiner Alex», sagte sein Onkel Harry plötzlich vom Kopfende des Tisches her, «komm her, machen wir das Knallbonbon gemeinsam auf.» Alex stand auf und ging zu ihm hinüber. In dem Knallbonbon steckten eine Pfeife an einer Schnur und ein französisches Rätsel, das niemand lösen konnte. Dann brachen auch die anderen ihre Knallbonbons auf und setzten sich lächerliche Papphüte mit Gold- und Silberverzierungen auf. Sie sahen alle recht komisch aus, dachte Alex, mit Ausnahme von Onkel Harry, der wirkt sogar damit gut.

Die beiden Cousinen, Eins und Zwei, saßen kichernd über ihren Rätseln, woraus Alex, der mittlerweile ein wenig Zeit mit ihnen verbracht hatte, schloß, daß auch sie nicht damit fertig wurden. Die Mädchen flankierten BB wie zwei fleckige Buchseiten. Alex hatte ihnen aus den Staaten eine Allan Sherman-Platte mitgebracht, die den Titel «Mein Sohn, der Folksänger» trug. Er hoffte, sie gefiel ihnen. Sie hatten ihm einen Schaffellteppich für sein Zimmer daheim geschenkt. Er stellte sich vor, wie er an einem kalten Wintermorgen seinen Fuß darauf setzen würde. Von BB hatte er einen

Füllfederhalter und einen Kugelschreiber in einem Etui bekommen, mit der von BB auf die Karte gekritzelten Botschaft: «Die treibende Kraft schreibt.» Er fragte seine Mutter, was das bedeutete, und sie sagte, niemand wisse, was BB jemals meinte. Und Mr. Doughty hatte ihm ein Buch eines gewissen Banjo Paterson geschenkt, mit einer Ballade als Widmung, die er in einer alten Ausgabe des ‹Sydney Bulletin› gefunden hatte und die so begann:

«Wir haben alle gelesen, wie die Israeliten aus Ägypten flohen,
der Pharao ihnen erbittert auf den Fersen,
und wie Pharaos stramme Truppe plötzlich in der Scheiße saß,
als die Wasser über jeden einzelnen seiner Kerle sanft hinwegrollten.

Er hatte keine Zeit, den Rest genau zu lesen, aber es war alles übermütiges Zeug. Sogar von Cynthia hatte er ein Geschenk bekommen, und das war wirklich toll; die abgestreifte Haut einer Schlange, eine wunderbar spröde, diamantgesprenkelte Hülle, die sie in ihrem Garten gefunden hatte. Seine Mutter hatte gemeint, es sei ein schreckliches Geschenk, und wollte es nicht anrühren, aber Alex hatte es sorgfältig wieder in der Strumpfschachtel verstaut, in der es verpackt gewesen war. Es war sein zweitschönstes Geschenk, denn von Tante Liz und Onkel Harry hatte er eine Viehpeitsche aus Känguruhleder bekommen. Dagegen verblaßte sogar die Uhr, die er sich schon so lange gewünscht hatte – das Geschenk seiner Eltern.

Tante Liz zündete die Kerzen auf dem Tisch und auf dem Kamin an. Sie flackerten und warfen Schatten in das Zimmer. Tante Liz sieht schön aus, dachte er und betrachtete sie mit neuerwachtem Interesse, während sie sich zu ihm beugte, um die Kerzen mit einem langen Fidibus anzuzünden. Er hatte sie nie zuvor in einem festlichen Kleid – es war dunkelrot mit ausgeschnittenen Ärmeln – und mit hochgestecktem Haar gesehen. Ihre prachtvollen Ohrringe aus Diamanten und Barockperlen, die sie zu ihrer Hochzeit von Harrys Mutter bekommen hatte, schimmerten.

Cynthia brachte eine riesige Terrine mit kalter Kürbissuppe herein, die sie auf dem Mahagonitischchen abstellte. Tante Liz stand neuerlich von ihrem Platz am unteren Ende des Tisches auf, um zu servieren, und schöpfte die Suppe mit einem großen Silberlöffel in hellgrüne Teller.

Tante Liz ist heute in einer seltsamen Stimmung, dachte Alex, während er sie weiter verstohlen betrachtete. Sie sprach so merkwürdig abgehackt, was gut zu ihr paßte; es war eine Kargheit an ihr, die sonderbar anziehend war. Aber heute war sie noch abrupter als sonst gewesen. Er war ihr am Morgen begegnet, als sie aus dem Badezimmer im Obergeschoß kam. Ihre Augen waren rot, ihr Gesicht kalkweiß, und sie hatte im Vorbeigehen nur ein Wort zu ihm gesagt: «Ruby.» Aber er wußte, daß das nicht stimmte. Er hatte gehört, wie sie in der Küche Cynthia wegen irgendeiner Kleinigkeit angefahren hatte, und gesehen, wie Cynthia, die wußte, wie sie in so einem Fall reagieren mußte, hilfesuchend zur Decke blickte und dann die Lippen zusammenpreßte, was sehr drollig aussah. Nur vergewisserte sie sich vorher, daß Tante Liz es nicht bemerkte. Und dann, als er im Speisezimmer die Luftballons aufblies und Tante Liz den Tisch deckte, ertappte er sie dabei, wie sie ihn mit einem Ausdruck ansah, den er nie zuvor an ihr bemerkt hatte. Er konnte nicht genau sagen, was für ein Ausdruck es war, aber er erinnerte ihn an Sehnsucht. Er hatte ihn manchmal auch auf dem Gesicht seines Vaters beobachtet, wenn dieser seine Mutter ansah, und konnte ihn daher einordnen. Es machte ihn verlegen, diesen Ausdruck bei seiner Tante zu sehen; und als Liz bemerkte, daß Alex sie ertappt hatte, ließ sie plötzlich das Silberbesteck auf den Tisch fallen, rannte quer durch das Zimmer auf ihn zu und drückte ihn ohne ersichtlichen Grund an sich. Dann lief sie, die Handflächen an die Schläfen gepreßt, hinaus. Er hörte ein «Pst!» am Fenster, drehte sich um und erblickte BB, die ihm durch das Fliegenfenster zuwinkte. Er wollte gerade hingehen, um herauszufinden, was sie wollte, als seine Tante wieder ins Zimmer kam, und BB verschwand von der Bildfläche wie ein Kind, das Verstecken spielt. Ehrlich, er wurde aus keiner der beiden klug.

Cynthia stellte vorsichtig eine Schüssel voll gelber Suppe vor ihm ab. Die Suppe sah dick und sämig aus. Er dachte über seine Tante nach. Seine Mutter hatte ihm gesagt, daß seine Tante «eine musische Ader habe», vielleicht war das der Grund. Und dennoch überlegte er, während er Cynthia beobachtete, die die Schüsseln um den Tisch trug. Tante Liz hatte nicht so reagiert, wie er es erwartet hatte, als seine Mutter ihr heute morgen ihr Weihnachtsgeschenk überreicht hatte. Alex hielt es für ein großartiges Geschenk – ein Kasten mit Ölfarben, unzähligen Tuben, die darauf warteten, verwendet zu werden. Tante Liz hatte kaum genickt und sie obenauf auf ihren Stapel von Geschenken gelegt. Onkel Harry hatte Liz einen roten, mit Chrysanthemen bestickten Seidenkimono geschenkt. Er hatte ihn aus Hongkong schicken lassen, sagte er. Seine Tante war ohne ein Wort zu sagen aufgestanden – sie saßen alle auf dem Boden, um den Christbaum, in einem Meer von Papier und Bändern, als sie die Geschenke öffneten – war in ihrem dünnen blauen Morgenrock aus dem Zimmer gegangen und ein paar Minuten später zurückgekommen und hatte sich die Nase geputzt. «Schnupfen», hatte sie gesagt.

Die Zwillinge rümpften angesichts der Suppe die Nase. «Verschwende sie nicht an sie», meinte Tante Julie, die links von Onkel Harry saß. Alex wünschte, seine Mutter würde dasselbe sagen, während er das kalte, klebrige Gebräu kostete, aber sie sprach über Onkel Harry hinweg mit Tante Julie, mit den schlanken nackten Armen gestikulierend. Ihr Silberarmband funkelte im Kerzenlicht, während es im Zimmer langsam dunkler wurde. Zu seiner Rechten schlürfte Urgroßmutter Daphne langsam ihre Suppe. Sie beugte sich sehr weit vor, um nichts zu verschütten. Sie hatte den ganzen Nachmittag kaum ein Wort gesprochen, hatte nur «Danke» gesagt, als Alex ihren Stock auf die Rückenlehne ihres Stuhls gehängt hatte, während sie sich setzte. Mr. Doughty hatte den Stuhl für sie gehalten, und BB hatte die Luft geräuschvoll zwischen den Zähnen ausgestoßen, was von allen ignoriert wurde. Aber Daphne hing an BBs Lippen, als müsse sie aufpassen, daß ihr kein falsches Wort entschlüpfte.

Die Erwachsenen hatten eine weitere Flasche Wein geöffnet, und Onkel Bob, der auf der anderen Seite des Tisches, rechts von Tante Liz, saß, stand auf, um einen Toast auszubringen.

«Im Namen der ganzen Familie möchte ich Liz für ein wundervolles Weihnachtsessen danken...»

«Wir haben ja noch gar keines gehabt», fiel BB ihm ins Wort.

«... und unseren Besuch aus Übersee, Daphne und Josie und Alex, begrüßen. Ihr solltet öfter kommen...»

«Mach schon weiter, Bob, sonst wird der Truthahn zäh.»

«... und ferner möchte ich mein Glas mit dem Wunsch erheben, daß jetzt wirklich bald dieser Wetterumsturz kommt und diese verdammte Hitze ein Ende hat und 1963 das Wetter besser wird als 1962. Cheers!»

«Cheers!»

«Ex!»

«Bei Gott, das ist ein verdammt guter Tropfen, Harry.»

Sie hoben alle die Gläser, die von der Luftfeuchtigkeit beschlagen waren, und die Kinder hoben ihre rosafarbenen Gläser mit Ribena – noch ein Geschmack, an den sich Alex nicht gewöhnen konnte.

«Ich frage mich, was es uns bringen wird, 1963?» murmelte BB und fixierte Alex, der diesen Blick beunruhigend fand. Sie saß ihm fast genau gegenüber. Das schwarze Viereck des Kamins rahmte den mit dem Papphut gekrönten kleinen Kopf ein. Ihre goldgesprenkelte Brille hing an einer Halskette; es sah aus, als trüge sie ein Lätzchen auf ihrer mageren Brust.

Cynthia kam herein und begann den Tisch abzuräumen.

Alex' Mutter sagte, nachdem sie BB durchdringend angesehen hatte: «Nun, ich denke, ihr zelebriert die Messe wahrscheinlich auf englisch. Gestern abend habe ich mir überlegt, daß ich vielleicht der letzten katholischen Christmette in lateinischer Sprache beigewohnt habe.»

«Ach, was für ein Unsinn», protestierte BB. «Ich hoffe, daß ich das nicht mehr erleben muß.»

«Aber es stimmt wahrscheinlich», bemerkte Tante Liz. «Es ist das Hauptthema des Vatikanischen Konzils. Und niemand wird dadurch auch nur einen Deut besser werden.»

«Wir bekommen nächstes Jahr einen Fernseher», sagte eine der Zwillingsschwestern, «nicht wahr, Dad?»

«Ich hätte so gern die Queen bei ihrer Weihnachtsansprache gesehen», erklärte Daphne.

«Nächstes Jahr kannst du das», erwiderte Onkel Bob. «Sie haben diese Woche in Canberra mit den Übertragungen begonnen. Aber ich möchte wissen, ob wir dann überhaupt noch ein Commonwealth haben werden. Vielleicht sind wir dann schon eine verdammte Republik. Ich meine, was denkst du, Harry, wenn Großbritannien der EWG beitritt, wohin führt das? Ich meine, uns armselige Farmer? Trifft uns am ärgsten, mit diesen europäischen Preisstützungen, stimmt's? Wohin, zum Teufel, soll ich meine verdammte Wolle verkaufen?»

Er und Mr. Doughty und Onkel Harry begannen, quer über den Tisch ernsthaft über dieses Thema zu diskutieren. Tante Liz stand auf, um mit Cynthia den «Stummen Diener» zu holen. Alex hatte diesen Ausdruck noch nie gehört und wartete voller Interesse auf ihre Rückkehr, aber alles, was sie hereinrollten, war ein alter Servierwagen mit Warmhalteplatte, und die Enttäuschung stand ihm offenbar ins Gesicht geschrieben, denn er sah, wie seine Cousinen über ihn kicherten. Er beschäftigte sich angelegentlich mit seiner Serviette.

Onkel Harry stand auf, um den riesigen goldbraunen Truthahn und den mit Ananasscheiben und Kirschen verzierten Räucherschinken zu zerlegen. Tante Liz stellte einen Teller vor Alex hin. Mit der Vorlegegabel balancierte sie eine Scheibe Schinken über seinem Teller. Der Schinken baumelte und glänzte verlockend vor seiner Nase.

«Möchtest du davon?»

Er sah seine Mutter an.

Sie zögerte einen Augenblick und sagte: «Nein, iß nur den Truthahn, Alex.»

BB, auf der anderen Seite des Tisches, schnaubte verächtlich. Daphne räusperte sich drohend.

Nummer Eins sah ihn fröhlich an.

«Darfst du keinen Schinken essen?»

«Ich bin Jude», sagte Alex. «Nun, zumindest zur Hälfte.»

«Welche Hälfte?» fragte das Mädchen in ihrem schleppenden Tonfall. «Das reicht», schaltete Onkel Bob sich ein. «Eßt jetzt.» BBs Kopf wackelte; sie erinnerte an eine Heuschrecke, die auf einem Eukalyptusblatt saß. Alex bemerkte, daß alle Erwachsenen sie beobachteten, begriff aber nicht, warum. Auf ihn wirkte sie so wie immer. Ihre Augen fixierten nun niemand Bestimmten. Sie fuhr fort, das Essen auf ihrem Teller mit dem Messer zu bearbeiten, spielte damit, aß nicht. Er fragte sich, ob sie vielleicht genauso wie die übrigen die Hitze spürte. Sogar Alex fühlte sich heute nicht wohl. Wenn er die Beine von dem Ledersessel hob, blieb die Hose daran haften. Aber nein, seine Großmutter sah frisch aus, nur ihre kohlschwarzen Augen leuchteten heiß; die Pupillen spiegelten die Kerzenflammen wider. Alex blickte zu seiner Mutter hinüber und sah einen dünnen Schweißfilm auf ihrer Oberlippe.

Als alle Teller gefüllt waren und sie sich wieder gesetzt hatten, sagte BB:

«Es gibt nichts Schlimmeres als einen Atheisten.» Sie sagte es, als wäre sie zu dieser großartigen Erkenntnis gekommen, während sie das Fleisch geschnitten hatte. «Ich habe endlos darüber nachgedacht, es gibt nichts Ärgeres. Wenn die Menschen älter werden, kommen sie drauf, daß der alte Kinderglaube nicht ausreicht. Wenn es hart auf hart geht, finden sie alle wieder zu ihm zurück, ihr werdet schon sehen. Ich habe im Laufe der Jahre versucht, Ihn aufzugeben, es wäre viel leichter für mich gewesen, wenn ich es gekonnt hätte, aber Er ließ mich nicht los. Sie fuhren einmal nach Padua, meine Eltern, nahmen mich nicht mit, aber sie brachten mir eine Reliquie des Heiligen Antonius mit, ein Knochenstück, kaum größer als die Spitze eines Fingernagels. Papa erzählte mir, daß in der Basilika eine Reliquie der Zunge des Heiligen Antonius aufbewahrt wird. Da hab ich ein paar Tage lang den Mund gehalten, das kann ich euch sagen, ich hab mich nicht getraut, den Mund aufzumachen. Die Reliquie des Heiligen Antonius wurde in ein Medaillon gefaßt, und ich hab es um den Hals getragen. Wenn ich irgend etwas verloren hatte, konnte ich zu ihm beten. Heiliger Antonius, Heiliger Antonius, hilf.»

Alex wollte seine Großmutter fragen, was sie verloren hatte, aber er wußte, daß die Antwort kompliziert sein würde, und der Blick, den er mit seinem Onkel Harry tauschte, sagte ihm, daß sie beide das gleiche dachten. BB nahm sie überhaupt nicht wahr, ihre Gedanken glichen einem Fisch, der auf eine Seeanemone losstürzt. «Eines Sonntags auf dem Weg zur Messe», fuhr sie fort, «fand ich im Straßengraben einen Sack mit kleinen Kätzchen. Jemand hatte sie aus dem Auto geworfen, und ich wollte sie behalten. Aber ich konnte sie nicht nach Hause tragen, und ich konnte sie auch nicht zur Messe mitnehmen. Ich warf sie also in den Stadtweiher und rannte in die Kirche. Ich blickte über die Schulter zurück, und der Sack trieb wie eine Blase, die nicht platzen wollte, an der Oberfläche, und ich hörte die Kätzchen miauen. Nach der Messe rannte ich zum Weiher, aber der Sack war fort. Ich war so erleichtert, daß Gott mich nicht bestraft hatte, ich fing auf der Straße zu tanzen an. Und dann stach der Heilige Antonius mich in die Kehle.» BB legte Messer und Gabel und berührte ihre Kehle, so als wäre das Medaillon noch da.

«Nun, nun, BB», sagte Mr. Doughty nachsichtig, hoffnungslos verwirrt, aber immer noch bemüht, wieder Gnade vor BBs Augen zu finden. «Es ist Weihnachten, keine Zeit zum Trübsalblasen. Werden Sie nur nicht zu philosophisch.»

«Ach, halten Sie doch den Mund. Ich spreche nicht von Philosophie. Ich spreche von Religion und Glauben. Sie kümmern sich um Ihr Geld, und ich mich um meine Seele.»

«Du hast keine», sagte Daphne plötzlich.

«Und du wirst bald kein Geld mehr haben, wenn du ihn damit arbeiten läßt.»

«Jetzt machen Sie aber einen Punkt», wehrte sich Mr. Doughty.

«Das ist ein bißchen hart, oder?» meinte Onkel Bob.

«Ich versuch nur, ihr dabei zu helfen, es vernünftig zu investieren», erklärte Mr. Doughty.

«Das bezweifle ich», erwiderte BB.

Cynthia steckte den Kopf zur Tür herein.

«Ein Anruf für Sie aus Amerika, Mrs. Rosenbloom.» Alex' Mutter legte die Serviette nieder und stand vom Tisch auf.

Alex schaute auf seine neue Uhr. Er hatte sie auf New Yorker Zeit eingestellt, weil er das Gefühl liebte, gleichzeitig in zwei Zeitzonen zu leben. Eine seltsame Zeit für einen Anruf, dachte er, weil es in New York zwei Uhr früh war.

«Die Kirche Christi ist eine große Sache, an die man glauben muß», fuhr BB fort, als hätte es keine Unterbrechung gegeben. Urgroßmutter Daphne ließ klirrend Messer und Gabel auf den Teller fallen.

«BB, hör auf damit!» Zur allgemeinen Verwunderung gehorchte BB. Tante Liz nahm einen tiefen Schluck aus ihrem Glas.

«Missionarisch wie immer», stellte sie fest.

Eine kaum wahrnehmbare Brise drang durch die Fenster, nicht kräftig genug, um die schweren Samtvorhänge zu bewegen, aber sie erfaßte eine Locke von Liz' Haar, die sich gelöst hatte. Sie schob sie mit den Fingern unter den Papphut, und der weite Ärmel ihres dunkelroten Seidenkleides fiel zurück, und Alex sah die Unterseite ihres Armes, die weicher und runder schien als der übrige Körper. Sinnlich, dachte er und errötete.

Seine Mutter kam zurück, und sie wandten sich alle ihr zu.

«Es war Michael», sagte sie und strich Alex über den Arm, als sie sich setzte, «er wollte uns nur allen frohe Weihnachten wünschen.»

«Ich dachte, es stimmt etwas nicht», sagte Onkel Harry, der den ganzen Abend sehr ruhig gewesen war, «wenn er so spät anruft.»

Josie legte die Serviette wieder auf die Knie.

«Er hat sich nach mir gesehnt», sagte sie schlicht.

«Liebe. Das hält die Welt zusammen, nicht wahr?» meinte Daphne.

«Glaube», konterte BB.

Alle begannen gleichzeitig zu sprechen, und Alex hätte beinahe übersehen, wie seine Mutter sich zu Onkel Harry hinüberbeugte und zu ihm sagte, als ob es sehr wichtig wäre: «Ich fahre bald nach Hause. Ich habe es Michael gesagt.» Sie hatte die Hand auf den Tisch gelegt, sie berührte Onkel Harrys Hand nicht, legte sie nur so hin, daß man sich vorstellen konnte, sie würde ihn berühren, wenn sie allein wären. In ihrem Armband spiegelten sich die Kerzenflammen, und ihre Hand lag auf dem Tisch wie ein Absagebrief auf einem Silbertablett. Tante Liz am anderen Ende des Tisches hatte es auch bemerkt; sie konnte aber nicht die Worte verstanden haben, weil neben ihr Onkel Bob über das Fernsehen sprach und gleichzeitig Mr. Doughty ihr und Daphne etwas über die Baugesellschaft zu erklären versuchte. Aber ihr war die Intimität der Szene nicht verborgen geblieben, und Alex, der heute ein Gespür für ihre überraschenden Stimmungswechsel entwickelte, wurde von einem Gefühl der Angst gepackt, als er die Schatten auf ihrem Gesicht spielen sah, während sie über den Tisch hin, durch die Kerzenflammen, auf Harry und Josie blickte.

Alex schaute seinen Onkel an, den er liebte, und undeutlich wurde er sich der Kräfte um ihn herum bewußt; Kräfte und Gefühle, von denen niemand sprach. Und erkannte im selben Augenblick – an der Art, wie die Hand seiner Mutter auf dem Tisch gelegen hatte und wie Tante Liz es bemerkt hatte –, daß sie auch Tante Liz bewußt waren. In einer Weise bewußt waren, wie niemals zuvor – so als wäre alles, was sie jahrelang mit ihrer scharfen Zunge und ihrer brüsken Art abgewehrt hatte, schließlich heimlich in sie eingedrungen und hätte ihr Herz erreicht. Und Alex wollte aufstehen und das Zimmer verlassen, davonlaufen, aber ihm fiel keine ausreichende Entschuldigung ein. Er klebte fest an seinem Stuhl, nicht nur wegen der Hitze, sondern aus Angst vor dem, was er auf sich zukommen sah.

Es war natürlich BB, die die Schleusen öffnete, indem sie weiter von Religion und Glauben sprach, und Tante Julie, die die ganze Zeit versucht hatte, sie in ein Gespräch über Bowling oder Gartenarbeit zu verwickeln – zwei Themen, an denen BB im Moment nicht im geringsten interessiert war –, hob resignierend die Hände. Die Schatten zeichneten sich an der Wand ab. Und obwohl Tante Liz sitzen blieb, hätte Alex schwören können, daß sie sich aufbäumte, wie eine giftige Spinne, bereit, das nächste Opfer anzugreifen.

«Du!» fuhr sie BB an, und BB erstarrte, als hätte das Gift sie tatsächlich erreicht. «Du glaubst an gar nichts. Glaubst du, du bist besser als ich, nur weil du mit Josie in der Kirche warst? Glaubst du, daß ein paar rituelle Handlungen oder das Sprechen darüber wirklich einen besseren Menschen aus dir machen? Du hast um junge Katzen mehr Tränen vergossen als um mich. Du bist mir fremder als je zuvor. Du glaubst, daß du durch dein Tun Zeugnis von deinem Glauben ablegen mußt. Du kannst nicht einmal Recht von Unrecht unterscheiden!»

«Ich bin praktizierende Christin.»

Tante Liz lachte schrill.

«So etwas gibt es nicht. Die Sache ist nicht so einfach. Du redest vom Kinderglauben. Das ist alles, was du mir gegeben hast, BB. Und du hast recht damit, er hält nicht an und er hilft nicht, wenn man älter wird. Stimmt es, Josie?»

«Ach, das ist schrecklich», sagte Julie und schob ihren Teller von sich.

«Ich werde dir etwas über den Glauben erzählen», sagte Tante Liz. Bei jedem Wort, das sie hervorstieß, lösten sich einzelne Lokken aus ihrem Knoten. Alle waren ruhig, starrten wie gebannt auf die herannahende Flut. Sie sahen sie kommen, aber niemand konnte sie aufhalten. Es war einer jener Momente, in denen jedes Geräusch, das Klirren der Gläser, das Kratzen der Gabel auf dem Teller, der aufkommende Wind, der an den Glyzinien draußen rüttelte, hundertfach wahrgenommen wurde.

«Ich weiß noch, als ich schwanger war...»

«Liz, um alles in der Welt», unterbrach Onkel Harry sie scharf.

«Wir haben keinerlei Familiengeheimnisse, Harry. Oder, Josie? Auch keine Familienloyalität. Ich war so unglücklich, Josie, als du und Michael ein Baby erwartet habt, und Harry und ich nicht. Wie das an mir nagte. Wie sonst hätte ich beweisen sollen, daß ich eine Frau bin? Nein, mehr als das. Wie sollte ich mich als Frau selbst beweisen?»

Josie lenkte sanft ein: «Du hattest deine Malerei...»

«Ach, Josie, hör doch mit dem Quatsch auf. Ich wollte ein Baby wie alle anderen auch. Und ich fühlte irgendwie, daß man es in diesem Haus, diesem Haus mit seinen Traditionen –» sie spie das Wort beinahe aus –, «daß man es irgendwie von mir erwartete. Ich mußte etwas hervorbringen. Am liebsten jedoch einen kleinen

Harry. Nicht wahr, Harry? Und ich war so glücklich, als der alte Dr. Jones, du erinnerst dich doch an ihn, Josie? Julie tut es sicher, er hat die Zwillinge zur Welt gebracht...»

«Dr. Rollins», sagte Julie mit Resignation in der Stimme, weil ihr bewußt war, daß nichts Liz' Schmerzausbruch aufhalten konnte. «Sein Name war Rollins.»

«Ja. Nun, der alte Dr. Rollins sagte mir endlich, daß ich schwanger war. Großer Gott. Das war vor sechs oder sieben Jahren. Nach all den Fehlgeburten und der letzten Eileiterschwangerschaft war ich so glücklich. Ich war vorsichtig, nahm es leicht, ließ es auf mich zukommen. Bis schließlich eines Tages Harry darauf bestand, daß ich mit ihm ausritt...»

«Liz», wiederholte Onkel Harry vom Kopfende des Tisches her. Seine Stimme fiel in den Raum wie das Wachs der Kerzen auf den Tisch. «Er wollte mir die neue Schwemme für die Schafe zeigen», fuhr sie fort. «Da konnte ich natürlich nicht nein sagen, und alles ist abgegangen. In großen Klumpen.»

«Liz.» Harry verbarg das Gesicht in den Händen.

«Wir riefen Dr. Rollins an, und er sagte, ich solle mich sofort ins Bett legen. Und während wir warteten, bis er aus der Stadt kam, schloß ich einen Handel ab.» Sie schaute Alex an. Ihre Augen waren naß. «Ich schloß einen Handel mit Gott ab. Du weißt, daß ich gemalt habe? Früher wollte ich Künstlerin werden. Und ich schloß einen Handel mit Ihm ab. Ich sagte, daß ich, so oder so, ob ich nun das Baby behalten würde oder nicht, mit dem Malen aufhören würde. Dumm, nicht wahr? Aber das war alles, was ich Ihm anbieten konnte, verstehst du? Das einzig Wertvolle, das ich besaß. Ich hatte keine anderen Talente. Mein größter Schatz. Es war sinnlos. Beeindruckte Ihn nicht im geringsten. Es ging alles ab. Mein Baby. Mein Baby. Und damals begann sich Harry für diesen Schafzucht-Unsinn zu interessieren. Für den Eisprung und all das. Es kommt alles daher. Seine kleine Frau war nun unfruchtbar, nicht? Es ist alles meine Schuld, oder? Du weißt das.»

Alle waren so still, es war unerträglich. Die Lungen preßten sich gegen den Brustkorb und schrien nach Luft. Tante Liz' Augen brannten. Eine Motte versuchte vergeblich, durch das Fenster hereinzuschwirren. Alex hörte, wie der weiche Leib dumpf gegen die Scheibe schlug. Plötzlich schlug Onkel Harry mit der Faust auf den Tisch, daß die Teller klirrten. Seine Stimme klang gereizt.

«Großer Gott, Frau. Ich habe bezahlt. Ich habe meinen Teil abbezahlt. Hör doch auf. Lade nicht alles auf mir ab. Nimm auch einen Teil der Schuld auf dich. Die Wahrheit ist, daß du es nicht kannst. Daß du es nicht willst. Du hattest Angst. Du hattest mit dem Malen aufgehört, weil du Angst hattest, nicht gut zu sein. Und du hattest Angst, es herauszufinden.» Er zeigte mit dem Finger auf sie, über den Tisch hinweg. «Du hast Angst vor dem Scheitern. Angst, ein Mensch zu sein. Fehlerhaft und schwach wie wir anderen.»

Tante Liz begann zu weinen. Tränenbäche rannen über ihre Wangen. Alex hatte noch nie zuvor einen Erwachsenen weinen gesehen, ein heftiges, würgendes, häßliches Weinen, das ihm das Herz brach, weil sie keinerlei Anstalten machte, aufzuhören oder es zu verbergen. Stolze Tante Liz.

«Das ist nicht wahr! Das ist nicht wahr!» schluchzte sie. Julie war aufgestanden, um zu ihr zu gehen, als plötzlich ein heftiger Donnerschlag ertönte. Alle sprangen auf, und die schweren Samtvorhänge zitterten, als wären sie lebendig. Ein zweites Grollen folgte, lauter als das erste, und eine heftige Windböe stieß die Vorhänge mitten in das Zimmer hinein, als wären sie aus dünnem Papier. Die Luftballons schnellten hoch und landeten an der Decke, und einer schwebte frei im Raum, das traurige Überbleibsel eines anderen Festes. Die Blitze zuckten, so daß das Land draußen hell dalag wie am Tag. Und dann öffnete sich der Himmel, und eine Sintflut von Wasser, Ströme von Regen ergossen sich auf das Haus und auf ganz Tiddalik.

Der Frosch hatte gelacht.

Der Lärm war ohrenbetäubend. Der Regen rüttelte an den Dachziegeln, füllte die Regenrinnen und stürzte durch die Abflußrohre in den Wassertank. Es fiel so viel Regen, daß er über die Dachkanten und die Dachrinnen oberhalb der Fenster schoß und man den nächsten sengenden Blitz wie durch einen Wasserfall sah. Dennoch erhellte er das ganze Zimmer, und die flackernden Kerzenflammen verlöschten beinahe, erholten sich wieder, wurden ganz klein. Das Licht in der Diele, das Licht im ganzen Haus ging aus. Und alles versank in Dunkelheit.

«Gott sei Dank», sagte Onkel Bob.

«Gott sei Dank für den Regen», sagte Mr. Doughty.

Und der große Frosch Tiddalik hörte nicht mehr auf zu lachen.

21

«Wir müssen die Fenster schließen. Es regnet herein.» Tante Liz' Stimme, noch immer von schmerzlichem Schluchzen durchsetzt, drang durch die tosende Sintflut.

Sie standen alle auf und liefen in verschiedene Richtungen, stolperten durch die Dunkelheit, um Fenster und Türen zu schließen, oben und im ganzen Haus. Alex ging zum Erkerfenster, um Tante Liz zu helfen. Die Fenster klemmten, da die alten Holzrahmen verzogen waren, und sie mußten beide ihre ganze Kraft aufwenden, um sie zu schließen. Sie waren völlig durchnäßt, als sie es endlich geschafft hatten.

Cynthia brachte zusätzliche Kerzen herein. Es war nichts Ungewöhnliches, daß bei heftigen Stürmen der Strom ausfiel. Was man allerdings nie wußte, war, wie lange der Stromausfall dauern würde. Cynthia zündete die Kerzen auf dem Tisch an. Daphne saß als einzige noch da, umrahmt von abgenagten Truthahnkeulen, benutzten Servietten, Papphüten und aufgebrochenen Knallbonbons. Sie schüttelte in einem fort den Kopf, als versuche sie, Klarheit zu gewinnen. «Ich geb's bald auf», sagte Cynthia. Sie legte die Hände an die Hüften, dann aber besann sie sich anders und strich sich über den Rücken.

«Du machst deine Sache ausgezeichnet, Cynthia», sagte Onkel Harry, während er wieder ins Zimmer kam. «Da, trink einen Schluck.» Er schenkte für Cynthia und sich ein Glas Wein ein und trank seines mit einem Zug leer. Die anderen kamen nach und nach wieder herein, und Julie wies die Mädchen an, Cynthia beim Tischabräumen zu helfen. Tante Liz stand ganz verloren da in ihrem dunkelroten Kleid, das nun vom Regen zerknittert und fleckig war. Alex' Mutter kam mit Mr. Doughty herein und setzte sich wieder auf ihren Platz. Sie sah genauso elend aus, wie Alex sich fühlte. Und BB stürzte geschäftig hinter Bob herein, den Rücken zur Wand, als müsse sie ihn schützen. Die Mädchen rollten unter ohrenbetäubendem Gequietsche den Servierwagen hinaus, aber niemand sagte etwas. Der Regen trommelte auf das Dach und übertönte jedes andere Geräusch. Bob ging herum und füllte die Gläser nach. Die Zwillinge kamen zurück und erklärten, Cynthia habe gesagt, es werde ihr etwas zustoßen, wenn nicht jemand käme und eine Taschenlampe hielt, während sie den Plumpudding aus dem kochenden Wasser nehme. Und sie wolle die Mädchen nicht daran lassen, weil sie fürchtete, sie könnten sich verbrühen.

«Ich gehe», sagte Mr. Doughty, der heilfroh war, vom Tisch aufstehen zu können. Julie stellte zwei Schüsseln mit Schlagsahne auf den Tisch, und Onkel Harry, der irgend etwas tun wollte, nahm ein paar Streichhölzer aus der Tasche und zündete die Kerzen auf dem Kamin wieder an.

Tante Liz ging zu ihm hinüber. Es war, als ginge sie zum Schafott.

«Es tut mir leid», sagte sie.

Onkel Bob stand hastig auf und schob den Stuhl knarrend zurück.

«Ich hol nur schnell noch eine Flasche Champagner aus dem Kühlschrank», sagte er und schoß aus dem Zimmer, um Mr. Doughty Gesellschaft zu leisten.

Liz und Harry standen beim Kamin hinter BB.

Tante Liz drehte sich um, blickte ins Zimmer und sagte:

«Es tut mir wirklich leid, daß ich mich so sehr habe gehen lassen.»

Keiner erwiderte etwas, und hinter BBs Kopf hob Onkel Harry die Hand und berührte einen zerknitterten Fleck auf Liz' Schulter. Es war eine kaum wahrnehmbare Berührung, gleich wieder vorbei, aber dem kleinen Alex, der sie beobachtete, schien es, als wolle Harry damit sagen: Mir tut es auch leid; und seine Tante akzeptierte es, indem sie kurz stillhielt, bevor sie sich abwandte und wieder zu ihrem Stuhl ging.

Alex überlegte gerade, ob er auch das Zimmer verlassen sollte, als BB ihre Stimme wiederfand und sagte:

«Ich bin sehr froh, daß du dich entschuldigt hast, Liz. Und ich nehme die Entschuldigung an, obwohl ich eigentlich nicht weiß, warum. Du warst sehr hart – hast mich und alles in Verruf gebracht. Und wenn ich dich so schlecht erzogen habe – wie kommt es, daß aus dir etwas so Tolles geworden ist? Du bist so perfekt. Du sagst, daß du nicht mehr an Gott glaubst – wie kommt es dann, daß du die einzige hier bist, die einen Handel mit Ihm abgeschlossen hat und sich daran hält?» Ihre Augen wurden schmal. «Auf jeden Fall hast du zuviel Wind um diese Malerei gemacht, wenn du mich fragst ...»

«Das stimmt nicht.»

«Ich will dir was sagen», fuhr BB fort, an niemand im speziellen gewandt. «Liz hat einmal ein Porträt von mir gemalt. Ein Porträt!

Ha! Ich hatte ein Gesicht wie eine Landschaft. Meine Augen waren Büsche, meine Nase ein Rinnsal, das in den Mund floß, meine Wangen waren Hügel. Es war schrecklich. Schrecklich. Furchen waren in meine Stirn gemeißelt. Nimm es mir nicht übel, Liz, aber du bist keine Porträtistin...»

«Du würdest dich wundern», entgegnete Tante Liz.

«... aber ich nehme deine Entschuldigung an.»

«Ich habe mich eigentlich nicht bei dir entschuldigt, BB», erwiderte Liz mit müder Stimme, als hätte sie eine weite, anstrengende Reise hinter sich, «ich habe mich bei Alex entschuldigt.»

Alex blickte zu ihr hin, aber BBs Stimme schnitt wie eine Rasierklinge dazwischen.

«Alex. Alex. Alex hängt mir beim Hals heraus. Wessen Sohn ist er überhaupt?»

Vor Alex' Augen drehte sich alles. Er sah, wie BB sich die Hand an den Mund schlug, wie ihre Lippen sich in ihre Knöchel verbissen. Daphnes Stock fiel zu Boden, daß es klapperte, als sie aufzustehen versuchte.

Aber Alex' Aufmerksamkeit war auf seine Mutter gerichtet. Sie war aufgesprungen und um den Tisch gerannt, bevor sie jemand aufhalten konnte. Sie hatte die Hände an BBs Kehle und schüttelte sie so heftig, daß Alex dachte, BBs kleiner Kopf würde abbrechen und herunterfallen. Er hörte BB röcheln. Er hörte seine Mutter, deren Stimme ihn, durch das unablässige Prasseln des Regens hindurch, bruchstückhaft erreichte, wie eine Irre wiederholen: «Du Hure. Du Hure. Ich bringe dich um.»

Er sah, wie Onkel Harry versuchte, sie von BB wegzuzerren. Onkel Harry hatte sie an ihrem dichten Haar gepackt und versuchte sie nach hinten zu ziehen. Tante Liz – war es Tante Liz? – zerrte an BBs Hüften. Daphne stieß ihren Stock immer wieder auf den Boden und schrie: «Nein, nein, nein.» Die Stimme seiner Mutter war zu einem gellenden Kreischen angeschwollen, aber Alex hörte nur das Echo von BBs Worten: «Wessen Sohn ist er überhaupt?», und die Worte dröhnten so laut in seinem Schädel wie der Regen, der aufs Dach trommelte. Pochend, hämmernd. Es war ein Alptraum, er träumte das an einem seltsamen Ort, an dem alles auf dem Kopf stand, wie in *Alice im Wunderland,* nur daß nicht alles zu klein, sondern zu groß, und nicht einzugrenzen war. Seine Mutter, seine Tante, sein Onkel und seine Großmutter, die einander anschrien, miteinander kämpften, Personen eines Dramas, das ihn betraf. Und sie wußten es. Sie wußten es! Alex versuchte, sich abzuschirmen. Er hielt sich die Ohren zu.

«Hört auf! Hört auf!» schrie er. Sie hörten ihn. Sie hörten auf. Sie drehten sich um und sahen ihn an. Er sah ihre Gesichter, aber er erkannte sie nicht. Er befand sich in einer Höhle, in einem fremden, geheimnisvollen Land, in der mythische Gestalten auf ihn lauerten. Um ihn zu packen, wenn er sich verirrte. Wo war er? Dieser Ort mit seinen flackernden Lichtern und orientalischen Schiffen, dahinströmendem grünem Wasser und Schatten spukender Gestalten an den Wänden? Er wußte, daß die Wände, wenn er sie berührte, weich und schwammig, kalt, feucht und nachgiebig sein würden. Er floh aus dem Zimmer.

«Alex, Alex», rief jemand. Das war doch nicht er? Wessen Sohn war er überhaupt? Wer war er? Er rannte in den dunklen Flur. Eine runde blaue Flamme kam vom anderen Ende der Diele auf ihn zu. Cynthia, noch ein Geheimnis, kam mit dem Pudding. Alex rannte an ihr vorbei. Er schlug ihr den heißen, mit Brandy übergossenen Pudding aus der Hand.

«Ach Scheiße, das war's jetzt!» rief sie.

«He! Alter Knabe!»

«Verdammt. Was ist hier los?»

«Alex! Alex!»

Die Haustür, die Veranda, die Stufen. Er stand im Regen. Eine wunderbare Kühle, die bis auf die Haut drang. Feuchtigkeit rann in seine Augen, klatschte sein Haar fest, Regen lief ihm über das Gesicht, so daß die Tränen auf seinen Lippen nicht so salzig schmeckten. Er lief, stolperte in der Dunkelheit, in den Sturzbächen von Wasser, Schlamm unter den Füßen, strauchelte über Wurzeln und Zweige, kletterte über einen Zaun, bis er an einen hochgelegenen Punkt kam, wo es nichts mehr gab. Nichts außer einem Obelisken: eine kühle Marmorfläche, gegen die er das Gesicht pressen und schluchzen und weinen und treten konnte, ohne daß jemand ihn sah oder hörte.

«Oh, ich hasse Weihnachten», schluchzte er. «Ich hasse diesen Ort.»

Alex verlor das Zeitgefühl auf dem kleinen Hügel, wo sein Großvater begraben lag. Aber er wußte, daß einige Zeit vergangen sein mußte, weil sich der Regenguß nun in ein angenehmes Prasseln verwandelt hatte. Sein Herz klopfte nicht mehr so stark, und sein Atem war regelmäßiger. Im Großen Haus waren die Lichter nicht angegangen. Er hätte es bemerkt. Er sah die Scheinwerfer des Lastwagens den Hügel herauf auf sich zukommen. Jemand mit einer Taschenlampe stieg aus. Der Lichtstrahl wanderte suchend umher, man hörte schwache Stimmen. Riefen sie ihn? Er war sich nicht sicher. Der Lastwagen fuhr davon, und er sah einen schwachen Schimmer hinter einem Fenster, nicht weit von ihm entfernt. Man hatte Cynthia nach Hause gebracht. Offenbar befand er sich sehr nahe bei ihrem Haus.

Er saß auf der Steinplatte, gegen den Obelisken gelehnt, und fühlte sich einigermaßen sicher. Er wußte nur nicht genau, wovor er sich sicher fühlte. Seine Finger betasteten in der Dunkelheit die in den glatten Marmor eingravierten Buchstaben. Er konnte ein L, ein B, ein O, und dann die Worte *In Liebe* ausmachen, mehr nicht. Er vermutete, daß er sich bei Onkel Harrys Familiengruft befand. Freiwillig wäre er ganz bestimmt nicht hierhergekommen. Er sah den schwachen Schimmer einer Kerze in Cynthias Fenster. Es beruhigte ihn. Er dachte über Cynthia und ihren dicken Bauch nach. Und er dachte über seine Mutter und seine Tante und Onkel Harry nach. Er wußte nicht, welche Schwierigkeiten sie miteinander hatten, aber er vermutete, daß Onkel Harry seine Mutter liebte. Sie früher geliebt hatte. Und daß Tante Liz das wußte – was ihr Verhalten erklärte. Und Onkel Harry liebte auch Tante Liz. Das konnte er sehen. Er dachte darüber nach und wußte, daß es das war, worauf BB angespielt hatte. Und die Frage, die sie alle aus der Fassung gebracht hatte, betraf seinen Vater. Oder den, der sein Vater war.

Er dachte über seinen Vater und über seine Mutter nach. Aber er konnte die Gefühle Erwachsener nicht verstehen, ihre Leidenschaft und Tiefe nur erahnen. Konnte nur raten, was vor seiner Geburt oder seither geschehen war. Er wußte nicht, wer sein Vater war. Vielleicht war es Onkel Harry. Nur seine Mutter wußte es genau. Aber etwas gab es, das er genau wußte. Keiner von ihnen liebte BB. Er ganz bestimmt nicht. Er haßte sie.

Gerade als er an sie dachte, sah er das Licht einer weiteren Taschenlampe denselben Weg wie der Lastwagen zu Cynthias Haus heraufschwanken. Angespannt wartete er, beobachtete, wie es sich zitternd durch den Regen kämpfte. Dann hörte er BBs Stimme. Sie rief nach ihm. Er preßte sich an den Obelisken, hatte Angst, gesehen zu werden. Das Licht der Taschenlampe hielt inne, dann wanderte es zu Cynthias Haus. Es erlosch. Er hörte Stimmen, hörte Cynthia rufen. Und dann flammte das Licht der Taschenlampe wieder auf und entfernte sich. Dann hörte Alex einen Schrei. Er lauschte wieder. Es war Cynthia, ohne jeden Zweifel. Es kam aus ihrem Haus. Er sah das Licht der Taschenlampe, das den Weg hinunter davontanzte. Sie mußte es gehört haben. Sie mußte es gehört haben.

Alex rannte zu Cynthias Haus hinüber. Ein- oder zweimal fiel er hin, raffte sich aber wieder auf. Ungeduldig fummelte er an der Tür, suchte die Klinke, war endlich drinnen. Er hörte Cynthia im Schlafzimmer stöhnen. Er zögerte.

«Cynthia? Cynthia?» Er tastete sich durch das Zimmer.

«Oh, hilf mir. Hilf mir bitte.» Er konnte überhaupt nichts sehen. Auf der Kommode stand eine kleine Kerze. Er ging auf das Bett zu, aber Cynthia lag auf dem Boden; er kniete sich nieder.

Sie packte ihn an dem nassen Blazer, erkannte seine Stimme.

«O Alex, Alex. Hilf mir. Es ist das Baby. Es kommt.»

«Ich werde Hilfe holen.»

«Nein, bitte laß mich nicht allein. Es ist schon fast da. Es sind nur die Schmerzen. Wie Wellen.» Sie hielt seine Hand so fest, daß er wußte, daß er nicht gehen konnte. «Es kommt!» schrie sie wieder. Als die Schmerzwelle nachgelassen hatte, keuchte sie: «Ich habe mich schon den ganzen Tag schlecht gefühlt, und mein Rükken hat weh getan. Aber das war schon öfter so. Ich dachte, ich hätte mehr Zeit. O Alex.»

«Ich brauche Licht. Nur ein bißchen Licht.»

«Laß meine Hand nicht los.»

«Ich hol nur die Kerze. Laß mich, nur einen Augenblick.»

Er holte die Kerze. Ihr armes nasses Gesicht war schweißüberströmt. Er sah die Furcht und die Jugend darin. Sie war nicht viel älter als er selbst. Er nahm Decken und Kissen vom Bett herunter und stopfte sie ihr unter den Rücken. Cynthia schluchzte zwischen den Wehen.

«Wenn doch Jim hier wäre! Er ist wahrscheinlich fortgegangen und läßt sich vollaufen. Angst hat er. Angst vor diesem kleinen

Baby, das auf die Welt kommt, seinem Baby. Ist es nicht dumm, Angst zu haben vor dem einzigen, das einem Glück bringt?»

Er wischte ihr mit dem Zipfel des Lakens das Gesicht ab. Er hatte ja selbst solche Angst. «Ja. Ja», sagte er.

«Jim sollte hier sein. Er hat versprochen, heute abend da zu sein.» Eine neuerliche Schmerzwelle ließ sie erschauern. Sie stöhnte. «O mein Gott. Hört es denn nie auf?»

Alex wußte nicht, wie er ihr sonst noch helfen sollte. Er hatte zugesehen, wie Onkel Harry und Reilley Zwillingslämmer zur Welt gebracht hatten, das war alles.

«Warum ist BB nicht geblieben? Ich hab gesehen, wie sie heraufgekommen ist.»

«Sie wollte mir nicht helfen! Sie hat dich gesucht, Alex. Sie sagte, sie wolle keinem schwarzen Bastard auf die Welt helfen.»

Ein weiterer heftiger Schmerz kündigte die nächsten Wehen an.

«Kannst du es sehen?»

Alex dachte an Onkel Harrys Worte: «Nun, kleiner Alex, reiß dich zusammen.» Alex holte die Kerze näher heran. Mit dem Laken wischte er Blut und Wasser fort. Er bildete sich ein, im dämmrigen Licht den Kopf des Babys erkennen zu können.

«Es ist gleich da, Cynthia, es ist gleich da. Wenn du nur noch ein bißchen preßt, nur ein bißchen.» Er schwitzte genauso stark wie Cynthia, begann selbst zu weinen, während er das Blut wegwischte, das an ihren Beinen herabtropfte, auf die Flecken im Laken starrte und dachte, daß sie sich niemals mehr herauswaschen lassen würden. Und alles, was er tun konnte, war, ihr zuzuflüstern, daß alles in Ordnung sei, daß sie sich tapfer hielt; er wollte nicht, daß sie die Angst in seinen Augen sah – er hatte die Furcht wahrgenommen, die sich in ihren Augen spiegelte. Und er betete zu Gott, daß das Baby kommen möge, bitte kommen möge, betete zum Heiligen Antonius seiner Großmutter, flehte Cynthias Dad an, auf seiner letzten Reise ein gutes Wort bei den Geistern einzulegen. Und irgend jemand erhörte ihn, denn nach einer letzten schmerzhaften Kontraktion und einem markerschütternden Schrei glitt der Kopf des Babys heraus.

«Noch einmal pressen, Cynthia, einmal noch.»

Alex hielt nun den Kopf des Babys, dessen Haar verklebt und mit etwas Weißlichem überzogen war, hielt ihn ganz vorsichtig in den Händen. «O Cynthia», stammelte er, und dann glitt zuerst die eine,

eine, dann die andere Schulter heraus. Die winzigen Hände griffen in die Luft, kämpften zappelnd um das Leben, schon bestrebt, Halt zu finden. Alex drehte das Baby herum, als es zur Gänze da war. Wie ein kleines Kaninchen fühlte es sich an, dachte er, aber oh, nach noch viel mehr!

«Schau, Cynthia, schau.»

Sie hob den Kopf und sah den Körper ihres kleinen Sohnes aus sich herauswachsen. Alex legte das Baby, die warme, lebendige Erweiterung ihrer selbst, samt der Nabelschnur auf ihren Bauch.

Cynthia steckte einen Finger in den Mund des Kleinen, um ihn zu säubern. Das Kind begann zu schreien. Alex deckte Cynthia und das Baby mit dem purpurfarbenen Bettüberwurf zu.

«Du, du», sagte Cynthia und drückte das Baby an sich. Alex berührte staunend die Hand des Babys. Die kleinen Finger griffen nach den seinen. Er hatte noch nie etwas so Schönes gespürt.

«Bist du soweit okay, daß ich jetzt laufe und Hilfe hole?»

Cynthia wandte den Blick nicht von ihrem Baby, untersuchte seine Ohren, seine Zehen, seine winzigen Finger.

«Du bist okay, kleiner Mann. Ich bring diese Hure um, wenn sie dich erwischt.» Ihre Augen glühten im Kerzenlicht. «Geh jetzt und hol Hilfe. Aber du hast die ganze Arbeit schon getan.»

Alex rannte den Hügel hinunter. Es war noch immer dunkel. Dunkel wie das Baby. Er lachte laut in den schwachen Regen. Er war fröhlich. Er hatte jemanden in diese Welt gebracht. Er war fähig gewesen zu helfen. Er war kein Kind mehr, das niemandem nützte. Kein Baby wie das, dem er gerade auf die Welt geholfen hatte. Nicht mehr das Baby, das er einmal gewesen war.

Cynthia, die Mutter. Genauso, wie seine Mutter ihn geboren hatte. Sie hatte dieselben Schmerzen gehabt, geschwitzt und geschrien, um ihn zur Welt zu bringen. Er würde immer das Kind seiner Mutter sein, gleichgültig, wie alt er war. Gleichgültig, wohin er ging. Er war ihr Sohn. Ihr Junge. BBs Frage war nun nicht länger wichtig für ihn. Sie war bedeutungslos. Eines Tages würde seine Mutter es ihm erklären. Und das genügte ihm jetzt.

Alex rannte durch das Tor in den Garten, ließ es offenstehen. Der Regen tröpfelte nur mehr ganz sacht. Das Gewitter war vorüber. Und als er den Hintereingang zum Großen Haus erreichte, gingen die Lichter wieder an, der Generator begann wieder zu surren, und er sah seinen Onkel, seine Mutter, seine Tante, die alle in der Diele standen, mit ängstlichen Gesichtern und regennassen Kleidern. Er fühlte sich von einer Welle der Liebe umgeben, weil sie so besorgt um ihn gewesen waren. Aber er hörte ihren Fragen nicht zu. Er war erfüllt von seinen Antworten, vom Licht, dem Licht seiner Erkenntnis. «Kommt schnell. Kommt schnell», rief er. «Fahr los, Onkel Harry. Cynthia hat ihr Baby bekommen!»

22

Sie war wach, ehe der Morgen graute. Sie lag da, in ihrem eigenen Bett, in ihrem nun wieder leeren Haus, und lauschte dem Opossum, das sie aufgeweckt hatte. Sie hörte, wie es über ihr mit den Pfoten scharrte, mit dem Schwanz über das Dach fegte. Einmal schleuderte sie ihren Pantoffel gegen die Decke, doch ohne Erfolg.

Aber sie konnte nicht wieder einschlafen. Ihre Nerven waren überreizt. Es war eine Empfindung, die ihr aus früheren Tagen vertraut war. Aber nie zuvor hatte sie diese Empfindung mit solcher Intensität übermannt, so heftig, daß sie, wenn sie die Augen öffnete, rote Funken tanzen sah. Es war wie die farbige Abstraktion einer Gewißheit: Das ist es. Darauf habe ich gewartet. Aber halt, der andere Teil ihres Ichs, die kühle blaue Linie zwischen dieser rotglühenden Realität und ihr selbst, sagte: Wovon sprichst du? Sie schloß die Augen und öffnete sie wieder, und sie konnte sehen und drehte den Kopf und schaute durch den Vorhang auf den fahlen Morgenhimmel, der die Farben, die sie empfand, widerspiegelte.

Sie sah die Sonne, die sich für einen neuen Tag emporhob, aufglühte, orange, sich über den Himmel ergoß, um die Wolkenfetzen, die der Nacht entflohen, in Ocker und Rot zu tauchen.

Sie waren alle in der Nacht geflohen: die Wolken, die Menschen. Welch ein Fiasko. Aber sie betrachtete die Folge von Ereignissen gleichgültig, hatte eine Distanz zwischen sich und diesem schrecklichen Mahl angelegt, diesem fürchterlichen Augenblick, als Josie ihre Kehle umklammert, ihr all diese schmutzigen Bezeichnungen an den Kopf geworfen hatte. Hure. Nutte. Wenn Josie ihr doch nur eine Chance gegeben hätte, dachte BB verständnislos, während sie die Beine über den Bettrand schwang und sich aufsetzte. Die Chance einer Erklärung. Daß sie niemanden hatte kränken wollen.

Es war ihr einfach herausgerutscht. Sie rieb sich den schmerzenden Nacken. Ihr Gesprür für den richtigen Zeitpunkt hatte immer versagt. Aber bei Daphne oder bei ihren Töchtern war das doch auch nicht anders.

BB schlurfte in die Küche. Einen Moment lang stand sie gedankenverloren in der Mitte des kleinen Raumes. Sie hörte ein schwaches trippelndes Geräusch hinter dem Kühlschrank und dann ein Klicken. Endlich hat es den Gauner erwischt, dachte sie. Aber sie war nicht freudig erregt, wie sie es normalerweise gewesen wäre, war nicht einmal neugierig. BB dachte an die vielen Fallen, in die sie getappt war, und an ihre Anstrengungen, wieder freizukommen, als sie erkannt hatte, was sie in Wirklichkeit waren. Sie hielt ein Glas unter die Wasserleitung und trank gierig. Das Wasser tropfte ihr über das Kinn.

BB ging zerstreut ins Wohnzimmer hinüber, starrte auf die Kartons und die Nähmaschine. Alle ihre Erinnerungen waren hier, ihr ganzes Leben. Alles, was sie mit den Mädchen, mit deren Vater geteilt hatte. Nicht, daß er ein schlechter Mann gewesen wäre. Sie hatte das erkannt, nachdem sie ihn verlassen hatte. Aber er hatte das Versprechen nicht eingelöst, das ihr das Leben ihrer Meinung nach gemacht hatte. Und als sie versucht hatte, ihr Leben wieder selbst in den Griff zu bekommen, hatte sie alles nur noch schlimmer gemacht. Diese Verrücktheit, als die Mädchen klein waren, als ihr Körper in dem gleichen überreizten Zustand war, in dem sich ihre Nerven jetzt befanden – sie schien jemand anderen betroffen zu haben. BB hielt das leere Wasserglas gegen ihren eingefallenen Magen. Sie spürte den Boden des Glases an ihrem Schambein. Welche Säfte doch früher in ihr gebrodelt hatten.

BB stellte das Glas auf die Nähmaschine und ging zurück in ihr Zimmer. Sie zog das Kleid an, das sie am Vorabend getragen hatte, es war ihr gleichgültig, daß es zerknittert und schmutzig war. Zog die Sandalen mit den Riemchen zwischen den Zehen an. Es würde wieder ein heißer Tag werden. Die Wände ihres kleinen Hauses fühlten sich trotz des Regens der vergangenen Nacht staubtrocken an. Der Regen hatte darüber hinweggewaschen, war die Rinnen des Wellblechdaches hinuntergelaufen, auf das schräge Dach der Veranda hinaus und in den Wassertank hinein. Hat das Holz nie berührt, dachte BB, die spürte, wie die Hitze ihr entgegenstrahlte. Sie wünschte, ihr Körper wäre so gewesen wie das Haus.

BB verspürte an diesem Morgen keinen Hunger. Daphne, um die sie sich hätte kümmern können, war nicht mehr da. Sie quetschte eine warme Träne des Selbstmitleides aus den Augen, während sie über die Veranda ging, und sah, daß die Scherben der Tontöpfe noch immer dort lagen, wo sie sie zusammengefegt hatte. Einige Blätter Papier, sorgfältig mit handgeschriebenen Tabellen ausgefüllt, flogen herum. Sie konnte sich nicht vorstellen, was es war oder wie sie hierher gekommen waren, bis sie in einer dampfenden Pfütze auf ein Blatt trat und sah, daß *Trächtige Mutterschafe* daraufgeschrieben stand. Und sie erinnerte sich, wie sie sich in der vergangenen Nacht eine Weile in Harrys Büro versteckt und gehofft hatte, den kleinen Alex zu erwischen. Was das bevor oder nachdem sie zu Cynthias Haus hinaufgegangen war? Danach. Sie war zuerst zu Cynthia gegangen, nachdem sie um das Große Haus herumgestrichen war. Sie war aus dem Speisezimmer gelaufen, während die Aufmerksamkeit der anderen durch Alex abgelenkt war. Sie war wütend gewesen, und Cynthia hatte geschrien, daß das Baby gleich dasein werde. Und BB hatte daran gedacht, wie sie gelitten hatte, um ihre eigenen Töchter zur Welt zu bringen, und hatten sie es zu schätzen gewußt? Nein, nicht im geringsten. Sie erinnerte sich, wie sie sich die Finger beim Nähen zerstochen hatte, als sie Kinder waren, während draußen der Hafen lockte. Nicht immer hatte sie nachgegeben.

Um Himmels willen, alles, was sie in der vergangenen Nacht hatte tun wollen, war, Alex mit ein wenig Weihwasser zu besprengen. Aber sie hatte ihn nicht gefunden, und während sie sich in Harrys Büro versteckt hatte, hatte sie im Licht der Taschenlampe die Tabellen an der Wand gesehen. Sie hatte sie heruntergenommen, nicht sicher, was sie mit ihnen tun würde, aber sah in ihnen eine weitere Möglichkeit, ins reine zu kommen, wenn alles andere scheitern sollte. Zu diesem Zeitpunkt war sie schon auf alle wütend gewesen. Und sie hatte einige Seiten herausgerissen, so wie sie einmal in einem Wutanfall den Spitzenbesatz vom Unterrock ihrer italienischen Mutter gerissen hatte. Und als sie dann im Regen den Hügel hinaufwanderte, war sie gestürzt und hatte ein paar Seiten verloren, und jetzt suchte sie sie und fand ein paar, zerknittert, aufgequollen; sie sahen aus wie weiße Kakadus, die auf dem Boden nach Futter suchten. Ich war so verzweifelt letzte Nacht, dachte sie nun, während sie die zerfurchte Straße hinuntermarschierte, sich dann anders besann und zum Fluß hinunterging, schließlich versucht nicht jeden Tag einer, dich umzubringen.

Sie würde mit dem Boot hinausfahren. Sie würde jetzt wahrscheinlich keine Gelegenheit mehr haben, mit Alex auf den Fluß hinauszufahren. Sie würden ihn von ihr fernhalten. Die Koppeln, die sie überquerte, sahen fast genauso aus wie vor dem Regen. Auf den schmalen Schafpfaden, die den Hügel hinaufführten, waren Schlammspuren, und das Gras daneben sah aus, als sei es mit einem weitzähnigen Kamm geeggt worden. Schon jetzt trocknete der Schlamm in der Sonne und bekam Risse. Braunes, braunes Land, dachte sie im Weitergehen. Wie hatte sie diese Einförmigkeit, die Leere dieses Landes gehaßt, als sie hierher nach Australien gekommen war. Ein gleichgültiges Land, gleichgültig den Menschen gegenüber, die hierherkamen, hier lebten und atmeten und liebten und haßten und starben. Es ist schon immer so gewesen, hatte Liz gesagt, aber BB hatte es als persönliche Beleidigung aufgefaßt. «Liebe ist, wie sie ist», hatte Liz gesagt. Aber BB hatte nicht auf sie gehört, hatte statt dessen eimerweise Wasser in ihren winzigen Garten geschüttet, hatte sich aus Gärtnereien in Melbourne und Sydney Samen und Pflanzen schicken lassen, um den Kampf aufzunehmen. Und kaum hatte sie ihnen den Rücken zugewandt, starben sie alle, und alles war wieder braun, nicht grün. Das Land hatte gesiegt, und es machte sich nichts daraus. Liz hatte recht gehabt. Wieder einmal. Liz hatte immer recht, das war der Haken. Wie hatte sie eine so aufreizende Tochter gebären können?

BB erreichte den Fluß, der heute braun, häßlich, angeschwollen dahinströmte. An seiner Oberfläche brodelte schmutziger Schaum. Das Boot lag da, und sie stieg hinein, band es von einem Teestrauch los, und es trieb in die Strömung hinaus. Einmal streckte BB den Arm nach dem Schaum aus, nur um zu sehen, ob die Schaumblasen aufplatzen würden, aber sie wurde enttäuscht. Das hätte sie sich ja denken können. BB zog die Hand zurück. Sie ließ sich vom Fluß forttragen, genauso wie sie sich fast ihr ganzes Leben lang von Strömen hatte dahintreiben lassen. BB blieb mehrere Stunden lang in dem Boot, ließ sich ans Ufer, an Sandbänke stoßen, in der Strommitte herumwirbeln, bis sich das Boot in den Zweigen eines halbversunkenen Baumes verhedderte. Nach und nach schrumpfte der Fluß zu einem Bach, das Boot saß fest, und nachdem BB endlos lang darauf gewartet hatte, daß irgend etwas geschah, richtete sie sich auf und sah, daß das Boot auf dem Trockenen lag. BB kletterte heraus und begann, den Weg, den sie gekommen war, zurückzumarschieren. Sie war ziemlich weit flußabwärts geraten, weit weg von den Schafschuppen und der Senke, in der Harry einmal Klee gepflanzt hatte. Die Sonne stand hoch am Himmel, und sie wußte, daß sie einen langen Weg vor sich hatte. Niemand würde nach ihr suchen kommen. Niemand. Man würde sie nicht vermissen. Aber es war ihr gleichgültig. Sie hatte versucht, Alex' Seele zu retten, das war alles. Sie blieb stehen und nahm eine Flasche aus der Tasche ihres Kleides. Sie hatte sie gestern abend eingesteckt. Mit den Zähnen zog sie den Korken heraus und schüttete das Wasser in den Fluß. Sie beobachtete, wie die blasse Flüssigkeit sich mit der braunen vermischte. Welch ein Segen hätte das Wasser sein können. Wieder etwas, das sie versucht hatte. Und wieder – vergeblich.

BB brauchte eine Ewigkeit, um nach Haus zu kommen. Sie war sehr durstig. Ich hätte das Weihwasser trinken sollen, dachte sie, obwohl sie wußte, daß sie so etwas nie tun könnte. Endlich sah sie ihr Haus, flimmernd in der Hitze, oben auf seinem Hügel. Sie hatte Blasen zwischen den Zehen. Wenn sie bloß noch die paar Schritte schaffte, hineingehen und sich in das kühle Zimmer setzen konnte. Nach der Hitze hier draußen würde ihr sogar ihr kleines Haus wie ein Eispalast vorkommen. Wie spät war es? Zwei, drei, vier Uhr. BB fühlte sich schwindlig vor Hunger. Den Hügel hinauf, über den Zaun, zerrissenes Kleid, blutende Füße, Geranien, oh, die armen Geranien, der Boden der Veranda federte. Sie stolperte in die wohltuende Dunkelheit des Hauses, in die Küche, trank direkt von der Wasserleitung und ließ das Wasser über Gesicht und Hals fließen. Dann setzte sie sich mit hochgeschobenem Rock auf den kühlen Linoleumboden, bis ihre Benommenheit nachließ, und als sie sich besser fühlte, stand sie auf und stellte den Teekessel auf den Herd, schob die Teller und Kleider von gestern, die ausgeschnittenen Rezepte und eine Schüssel mit ranzigem Hammelfett beiseite. Danach taumelte BB ins Schlafzimmer und legte sich zwischen Fotografien und Briefen und Orangenschalen auf das Bett und wartete auf das Pfeifen des Wasserkessels. Es war so ruhig im Haus, daß sie hörte, wie die Federn in dem Kissen unter ihrem Kopf knackten. Sie fühlte sich so einsam, so bedauernswert, daß Tränen aus ihren Augen quollen.

Sie hatte gute Lust, es ihnen allen zu zeigen, ein Ende zu machen und dann zu sehen, wie sie sich fühlten. Schuldig. Sie könnte einen Brief schreiben, in dem sie sie von jeglicher Schuld freisprach, das würde die Daumenschrauben noch fester anziehen. Sie könnte ein Glas Sherry trinken und etwas schlucken, Ammoniak oder Rattengift, sie könnte es nicht mit irgend etwas Hartem oder Unangenehmen tun wie einem Messer. BB preßte sich die Fingernägel ins Handgelenk. Nein, sie konnte sich die Pulsadern nicht aufschneiden. Einmal, als Kind, hatte sie versucht, ihrer Mutter zu beweisen, daß sie sie nicht brauchte. Sie hatte die Köpfe sämtlicher Streichhölzer einer ganzen Streichholzschachtel abgeschabt, aber es hatte zu lange gedauert, und sie hatte es langweilig gefunden. Statt dessen war sie dann davongelaufen. Aber sie war nur bis zu der Gärtnerei an der Straßenecke gekommen, wo sie sitzen blieb, bis es dunkel wurde und ihr der verführerische Duft der Blumen sagte, daß es an der Zeit war, nach Hause zu gehen.

Als BB nun in einen erschöpften Halbschlaf fiel, den Rhythmus ihres Atems an den des Opossums über ihrem Kopf anpaßte, konnte sie ihre Erinnerungen nicht mehr länger im Zaum halten. Sie brachen über sie herein. Sie hörte ihren Papa pfeifen. Er pfiff ihr immer Puccini-Melodien vor, weil er nicht singen konnte. Im Dunst, im roten Zwielicht sah BB ihn am Bettende stehen. Hinter seinem Ohr steckte ein Bleistift. Er war auf Besuch gekommen und hatte Mama mitgebracht. Mama hatte sich nicht verändert. Sie hatte noch immer die Geschwulst unter dem Kinn. Sie hatte BB einmal erzählt, das sei der Schwanz einer Katze, die sie verschluckt hätte. Mama fuhr sich über die Augenbrauen. Es war heiß. BB spürte, wie die Hitze sich an sie anpirschte. Es waren noch andere Leute im Zimmer. Ein lustiger kleiner Soldat mit einem Schnurrbart, der ihr irgendwie vertraut war und der ihr im Vorübergehen über die Zehen strich. Woher wußte er, daß sie das mochte? Und da war Josie, die Arme um Alex gelegt, als wolle sie ihn beschützen. Liz folgte ihnen, Liz, die mit ausgebreiteten Armen umherging, spielte wohl gerade die Portia und schwang sich auf den Toilettentisch, wo sie mit verschränkten Armen saß, gegen den Spiegel gelehnt. Der Dunst hatte sich in Rauch verwandelt. Durch ihre brennenden Lider sah BB Liz' Vater in einem braunen Anzug, und er hielt Daphnes Hand. Liz sprang von dem Toilettentisch, rannte zur Tür und schrie etwas, aber ihre Worte bildeten einen Tunnel und die Buchstaben einen Strudel, in den BB hineingezogen wurde.

Sie versuchte, sich an den Bettkanten anzuklammern, um diesem Vorwärtsstürmen Einhalt zu gebieten. Aber die rotglühende Hitze hatte sie in ihrer Gewalt. Sie hatte den ganzen Tag auf sie gewartet. Und nun umarmte sie sie wie ein Liebender, der ewige Treue schwört. Das Feuer wogte über sie hinweg und faßte die Pappkartons, loderte, züngelte, packte, der Zunge eines Salamanders gleich, die alten Stoffreste, die Wollknäuel aus dem Sonderangebot, die Kissenschaumstofffüllungen.

BB fiel zu Boden, während die Flammen ihre kostbaren Dinge fraßen. Die Vorhänge fingen Feuer, und nun brach die Wand zwischen dem Schlafzimmer und dem angrenzenden Raum zusammen, und durch die klaffende Lücke sah sie, wie die Flammenfinger den Überwurf auf der Nähmaschine hochhoben, emporschleuderten, mit ihm spielten. Oh, ich hab ihn selbst gemacht, das könnt ihr mir nicht antun. Handgenäht auf dem Schiff, mit dem sie nach Australien gekommen war, als Liz in ihrem Bauch schon strampelte.

Doch das Feuer wütete, es war hier der Herr. Und alles, was übrigblieb, war eine versengte Fotografie, ein sich kräuselndes Viereck, das neben BBs Gesicht lag. Babies. Josie und Liz mit ihr, vor langer Zeit aufgenommen. Ein vollkommener Augenblick, festgehalten in Schwarz und Weiß. In einem Versuch zu verstehen, griff BB nach dem Foto, aber es schmolz in ihrer Hand. Und dann – das Nichts.

23

Es war der Nachmittag des Begräbnisses. Liz und Josie saßen, nachdem die Trauergäste gegangen waren, in der Sonne auf der Veranda des Großen Hauses. In ihren schwarzen Kleidern sahen sie wie Motten aus, die sich aus ihrer gewöhnlichen Behausung hierher verirrt hatten.

Es war ein ausgesprochen schöner Tag, ein Tag, an dem die Landschaft ihre Arme zu öffnen und zu sagen schien: «Leg dich hin zu mir.» Die intensive Hitze der Vorwoche war vorüber, und eine sanfte Brise bewegte das Laub der Glyzinien, so daß die schweren Blüten gegen die Verandapfosten schlugen. Nicht einmal Fliegen waren da, und der Weg hinter den Sargträgern zur Familiengruft hinauf war ein angenehmer Spaziergang durch das kurze, stoppelige Gras gewesen, begleitet vom Gesang der Würger und der Elstern.

Es war nicht viel übriggeblieben, das man begraben konnte, und der Direktor des Begräbnisinstitutes hatte eigentlich eine Einäscherung vorgeschlagen. Aber Liz hatte ihm gesagt, daß BB katholisch war, und da sie keine Vorkehrungen für ihr Begräbnis getroffen hatte, war die Familiengruft der Bartons geöffnet worden. Es sei genügend Platz vorhanden, meinte Harry. Ein kleiner staubiger Konvoi folgte dem Leichenwagen nach dem Gottesdienst in der Stadt und rumpelte über die Straße nach Tiddalik. Die Autos und der Leichenwagen hatten auf dem Platz vor den Ställen geparkt, und die Trauergäste waren ernst, aber ohne Tränen durch die Felder und an Cynthias Häuschen vorbei hinauf zur Familiengruft gegangen und hatten Pater Murphys Worten gelauscht; Worte, die so wenig Bezug auf die Frau, die sie alle kannten, zu haben schienen wie der Obelisk auf den staubigen Boden, aus dem er emporragte.

Und anschließend, im abgedunkelten Speisezimmer, als sie Tee tranken und den Kuchen aßen, den Julie, umsichtig wie sie war, mitgebracht hatte, versuchten sie alle nette und wahre Dinge über BB zu sagen, was einigen schwerer fiel als anderen. Die Leute gingen bald fort. Daphne zog in Mr. Doughtys Haus, in dem sie sich, wie sie sagte, ganz heimisch fühlte – Mr. Doughty hatte eine Katze. Und Mr. Doughty, der schließlich neunundvierzig Jahre mit ein und derselben Frau verheiratet gewesen war und bei ihrem Tod festgestellt hatte, daß sein Leben doch nicht ganz so unabhängig war, wie sie ihn immer hatte glauben lassen, wollte diese Lücke in seinem Haushalt schließen. Er sei froh, Daphne bei sich zu haben, sagte er zu Liz und Josie, als er in seinem kleinen blauen Auto davonfuhr, denn er habe es satt, «Zimmern zu lauschen, die von Schweigen widerhallten». Liz sah ihnen nach, wie sie davonfuhren – und fragte sich, ob Fehler nicht wie Zahnräder waren, die die Menschen zusammenhielten.

Ein kleiner Vogel schoß unter die Dachrinne des Hauses und verschwand in einem winzigen Loch neben dem Abflußrohr an der Wand. Josie bewegte sich, und die sanfte Brise trug einen Hauch von Eau de Cologne zwischen sie und Liz. Es hing in der

Luft wie all die unausgesprochenen, verbotenen Gedanken, die zwischen ihnen stets präsent waren.

Josies Geruch; er war in Harrys Haar, auf seiner Haut gewesen. Er war Liz in die Nase gestiegen in der Nacht zum Christtag, dieser Hauch des unverwechselbaren Parfüms ihrer Schwester, als Harry sie im Schlaf berührt hatte und sie aus einem Traum aufgewacht war und ein Detail festzuhalten versuchte, das ihr seltsam, aber vertraut vorkam. War es ein Geräusch, das sie geweckt hatte? Ruby, der in der Diele schlief? Es gab keinen Ruby mehr. War es Daphne, die in einem Alptraum aufschrie? Sie hatte gelauscht. Nein, nicht Daphne. Daphne schlief und suchte auf der Milchstraße nach Porry. Liz hatte sich umgedreht. Aber dann hörte sie tatsächlich ein Geräusch. Sie hörte die Treppen knarren, als Josie nach der Mette nach Hause kam, hörte, wie sie vorsichtig eine Tür öffnete, hörte das gedämpfte Murmeln von Stimmen. Josie mit ihrem Sohn. Josie. Josie. Josie. Josies Parfüm. Josie und Harry. Liz entzog sich Harrys Hand. Sie waren zusammengewesen. Oh, sie wußte es, ohne jeden Zweifel. Und ihr Schmerz war so greifbar, daß sie die Hand auf ihr Herz legen mußte. Sie fühlte eine Enge, wie in ihrer Kehle. Daß die beiden ihn so leicht zerstören konnten, ihren Stolz, ihren Egoismus. Sahen sie denn nicht, wie es sie erniedrigte, nicht nur in ihren Augen? Daß sie sich selbst auch erniedrigt vorkam? Liz hatte sich auf die andere Seite des großen Bettes gerollt, so weit weg von Harry, wie sie konnte. Sie hatte sich in ihrem eigenen Elend zusammengekrümmt. Sie hatte nicht geweint in dieser Nacht, war nicht aufgestanden, hatte keine Szene gemacht. Erst am Weihnachtsmorgen, als sie ihr zerstörtes Gesicht im Badezimmerspiegel sah, wie ein Kind, das eine blutende Wunde bemerkt und in Tränen ausbricht, hatte sie dieser Betrug schmerzhaft getroffen. Was haben sie mir angetan? Und dann, als sie neben dem Christbaum mit den flakkernden Kerzen saßen, den Toast und den Tee neben sich auf dem Boden, hatte sie Harrys Geschenk ausgepackt, den schweren seidenen, mit Chrysanthemen bestickten Kimono berührt. Ein ideales Geschenk, wie nur Harry ihr es machen konnte, weil nur er ihr empfindsames Inneres kannte, den zarten, dicken Boden der Artischocke, an den man erst herankam, wenn man die Disteln entfernt hatte. Aber welchen Sinn hatte ein Zeichen der Liebe, wenn das Wichtigste fehlte? Jahre hindurch hatte sie den Unmut, die Angst, die Unsicherheit unterdrückt, hatte den Klumpen aus alldem, was sie wußte, unter Schichten von Hochmut begraben. Aber wie ein widerstandsfähiger Samen hatte es gekeimt und hatte, ein Unkraut, beim Weihnachtsessen Blüten getrieben. Sie hatte versucht, es auszureißen, aber BB hatte es genährt, bewässert und schließlich die letzten Sandkörner fortgeblasen, die es vor den Blicken verbargen.

Diesen einen befriedigenden, lähmenden Ausbruch am Eßtisch hatte Liz sofort bereut. Würde alles enthüllt, offengelegt, erbarmungslos ohne Wasser gelassen wie das Land, das sie liebte, dann würde alles sterben. Selbst die Liebe stirbt, wenn man sich nicht um sie kümmert.

Sie schaute auf die weißlichen Stämme der Eukalyptusbäume, auf die verkümmerten Kuradschongmalven entlang der Auffahrt, auf die Bäume mit der fasrigen Rinde weiter unten, wo der Garten aufhörte und die Koppeln lagen. Sie sah Alex, der dort unten mit seiner Viehpeitsche übte. Sie wußte nicht, wo Harry war. Sie fühlte sich ausgebrannt und schwer. «Ich hasse diese Bäume», sagte sie. «Sie sind so häßlich, eine solche tote, graue, braune Farbe.»

«Ja.»

«Ich kann noch immer nicht glauben, daß sie nicht mehr da ist. Und so schrecklich zu enden. Mein Gott, ich wünsch das niemandem.» Sie putzte sich die Nase. «Ich vermisse sie. Wer hätte gedacht, daß so etwas möglich ist? Ich mit meiner scharfen Zunge, mit der ich sie immer verletzt habe. Wenn sie mich nur in Ruhe gelassen hätte. Ist es so schwer, eine Tochter ihr eigenes Leben leben zu lassen? Alles, was ich von ihr wollte, war ... Liebe. Sie konnte sie mir niemals geben. Mein Gott, wenn wir doch die Zeit zurückdrehen und alles ungeschehen machen könnten. Aber das geht nicht. Warum konnte sie mich nicht so akzeptieren, wie ich war? Ich hab sie immer enttäuscht. Sie wollte, daß ich so sei wie du. Immer wie du, die hübschere. Die keinen Ärger gemacht hat. O mein Gott.»

«Wein nicht, bitte.»

«Jeden einzelnen Tag meines Lebens habe ich offenbar damit verbracht, über BB nachzudenken, mit BB zu kämpfen. Nun fühle ich mich ausgepumpt. Leer.»

«Mir geht es genauso.»

«An diesem Morgen, am zweiten Weihnachtsfeiertag, als das Telefon klingelte, bin ich aufgesprungen. Ich hatte tief geschlafen. Harry hat abgehoben. Es war die Polizei. Ich dachte sofort, daß etwas mit BB sein müsse. Ich hatte diese schreckliche Vorahnung wegen ihrer Reaktion auf... uns. Aber es war wegen Jim, der wegen Trunkenheit und Randalierens in der Zelle saß.»

«Kaum zu glauben...»

«... Und ob Harry kommen und ihn auslösen könne? Wir mußten auch für den Schaden bezahlen, den er angerichtet hatte: Er hatte das Schaufenster eines Spirituosengeschäfts mit einem Ziegelstein eingeschlagen und eine Ampel umgefahren, als er versuchte, nach Hause zu kommen.»

«Er hat an diesem Morgen im Krankenhaus nicht allzu gut ausgesehen.»

«Nein. Harry hat versucht, ihn auf der Toilette ein wenig menschlich herzurichten, bevor er ihn zu Cynthia brachte. Aber Cynthia sagte, er sehe noch immer wie der leibhaftige Tod aus und stinke nach Alkohol.»

«Was hat er zu seinem Sohn gesagt?»

«Er war zu wütend und zu benebelt, als daß er einen geraden Satz herausgebracht hätte. Er ist mit einem schrecklich finsteren Gesicht aus der Zelle gestürmt. Er, Cynthia und Daphne ließen eine richtige Haßtirade auf BB los, bevor wir ankamen.»

«Nun gut, das haben wir alle getan.»

«Und Harry war in einer schrecklichen Verfassung. BB hat seine Tabellen gestohlen, sonst kann es niemand gewesen sein. Er fand Papierfetzen und den Manuskripthalter in der Nähe ihres Hauses. Wie konnte sie so etwas tun? Jahre harter Arbeit umsonst. Er kann sie niemals ersetzen. Zerstört. Wofür? Wofür?» Liz saß da und schaute hinüber zu den Koppeln. Alex war noch immer dort unten mit seiner Viehpeitsche, und schließlich gelang es ihm, damit zu knallen.

Josie stand auf, um ihren Sohn besser sehen zu können.

«Ich weiß keine Antwort mehr, jetzt nicht mehr», meinte sie und hielt sich an der rauhen, warmen Balustrade fest. «Ich glaub auch nicht, daß es eine gibt. Sage ich jetzt nicht das gleiche wie du, Liz?» Sie drehte sich um und sah ihre Schwester an. Die Katze war auf Liz' Schoß gesprungen und schüttelte Haare auf ihren dunklen Rock. Liz sah der Katze zu, die sich putzte, während Liz geistesabwesend mit ihren Ohren spielte.

«Ich glaub nicht, daß ich wirklich so bin wie du», sagte Josie sanft. «Ich möchte es gerne sein», flüsterte sie, aber die Worte waren wie ein Hauch, der sich im Duft der blühenden Glyzinien verlor.

«Ich bin wie BB. Ich hab die ganze Zeit so zu tun versucht, als wär ich's nicht. Aber es stimmt. Ich war einmal auf dem Land, im Norden von New York. Michael war in der Stadt, und Alex schlief oben in dem Haus. Es war sehr ruhig und dunkel, und ich saß vor dem Fenster und tippte. Ich versuchte gerade, ein Liebesgedicht zu schreiben.» Josie lachte leise. «Und ich sah zum Fenster auf, und BB war da. Ihr Gesichtsausdruck war ausnahmsweise nicht verblüfft, es war einfach ein Gesicht, wie man es in der U-Bahn oder im Café an der Ecke sieht, ein bißchen müde, so als hätte sie gerade von ihrer Näharbeit aufgeblickt und als wären ihre Gedanken weit, weit weg. Ich dachte: Was macht sie hier? Und dann kam ich natürlich drauf. Das war ich. Mein eigenes Bild, das mir entgegenstarrte.» Sie riß eine Knospe vom wilden Wein ab und fuhr sich damit über die Stirn.

Liz streichelte noch immer die Katze. Alex' Viehpeitsche knallte wieder.

«Ich werde diesen Anblick niemals vergessen, wie der Rauch über Tiddalik hochstieg. Hätten wir das Feuer löschen können, wenn wir früher gekommen wären?»

«Ich bezweifle es», erwiderte Liz. «Jim war da und hat ein paar Sachen für Cynthia eingepackt, und er hat nichts gesehen, bis wir gekommen sind und Harry ihm zugerufen hat, er solle schnellstens mit dem Lastwagen rauffahren. Ich kann nicht verstehen, daß er es nicht gesehen hat. Oder gerochen.» Liz schüttelte den Kopf.

«Alex war auch da, und er hat auch nichts gesehen, bis es zu spät war. Er wollte unbedingt Cynthia und das Baby besuchen. Sie wird es Alexander nennen, weißt du.»

«Alexander Wariapendi Partridge. Wariapendi. Cynthia hat es aus einem Gedicht von Mary Gilmore. Es heißt ‹Nach etwas Ausschau halten›. Es hätte zu BB gepaßt.» Liz legte den Kopf zurück und rezitierte auswendig, mit geschlossenen Augen:

«Wisse, o Churinga-Land,
Wo im Staub ein dunkler Schatten liegt!
Bald wirst du ihn suchen und nicht finden –
Du, der du Arunta hinausgeführt hast,
bringst Arunta zum Weinen,
Wariapendi, nach Biami,
Wariapendi, nach dem Nichts.»

«Nein, es hätte keinen Unterschied gemacht, wer hiergewesen

wäre. Armer Alex. Ich habe dieser verdammten Schwester die ganze Zeit erklärt, daß er es war, der dieses dumme Baby ans Licht gebracht hat. Aber sie hat sich nicht von der Stelle gerührt. Keine Besuchserlaubnis für Kinder unter vierzehn. Weißt du noch, als wir Kinder waren und sie uns nicht zu Dad lassen wollten? Nein, es hätte keinen Unterschied gemacht, wenn wir dagewesen wären.»

An jenem frühen Abend war der Qualm aus BBs Haus gedrungen, war hoch in den Himmel emporgestiegen. Als sie näher kamen, sahen sie, wie die Flammen aus den Fenstern schossen, unter der Dachrinne emporzüngelten und dann zum Himmel zuckten. Es sah aus, als sei das ganze Haus von innen erleuchtet, als berste jedes Fenster vor orangefarbenem Licht.

Harry war schon da. Mit einem Eimer in der Hand beobachtete er hilflos das Inferno. Jim fuhr hinter ihnen mit dem Lastwagen und dem Wassertank hinauf. Zu spät.

«Zu spät. Zu spät», sagte Liz, als sie jetzt auf der Veranda saß und zum Horizont, auf den geschwärzten Schornstein von BBs Haus starrte.

«Niemand hätte das Feuer eindämmen können, als es schon so stark war. Dumme, nachlässige alte Frau. Man vermutet, daß es in der Küche angefangen hat. Warum hat sie nie aufgeräumt? Tausendmal hab ich ihr gesagt, wie gefährlich es in diesem Haus ist.»

Josie und Liz saßen auf der Veranda und dachten über die Vergangenheit nach. Josie, die ihre Knie umklammerte, blickte als erste in die Zukunft.

«Ich hab heute früh im Reisebüro angerufen. Ich fliege morgen.» Sie machte eine Pause. «Ich hätte nicht herkommen sollen.»

Liz sagte lange nichts. Dann drehte sie sich zu ihrer Schwester um. «Wirst du Alex jemals wieder hierherbringen?»

Liz und Josie sahen einander in die Augen, so ähnlich, so verschieden.

«Nein. Ich glaube nicht.»

Liz stand auf, strich den Rock mit den Händen glatt.

«Also, das war's dann wohl.» Sie stemmte eine Hand in die Hüfte, hielt die andere zum Schutz gegen die Sonne vor die Augen und blickte den Hügel hinauf zu BBs Schornstein, der sich schwarz und einsam vom blauen Himmel abhob. Liz wußte, daß er nach einer Weile genauso wie die Bäume am Horizont aussehen würde. Er würde abbröckeln, in sich zusammenfallen, grau und alt werden, von den Bäumen und Felsen kaum zu unterscheiden. Und eines Tages würde sie hinaussehen und ihn nicht mehr wahrnehmen. Aber in ihrem Gedächtnis hatte es sich eingeprägt, wo der Schornstein war, weil das, woran er sie erinnerte, niemals aus ihrem Gedächtnis verbannt werden konnte.

«Jetzt ist alles vorbei», sagte sie.

Josie antwortete nicht. Sie beobachtete ihren Sohn, der den Hügel herauf auf das Haus zukam und seine Viehpeitsche schwang. An der Art, wie er sich bewegte, an dem Lächeln in seinem Gesicht unter dem breitkrempigen Hut erkannte sie, wie ähnlich er Harry war. Und sie wünschte von ganzem Herzen, ihre Mutter BB hätte diese Gnade gekannt: Die Gabe zu merken, was um sie herum vorging, einen Augenblick wie diesen zu schätzen, in dem eine Mutter ihr Kind im Sonnenschein sah, heil und gesund, das sich unbeobachtet fühlte, aber auf sie zukam, während sie diesen Schmerz im Inneren spürte, der nie vergehen würde. Und als sie Alex so beobachtete, machte er eine Bewegung mit dem Arm, die so sehr einer ihrer Bewegungen glich, daß sie lächelte. Weil sie jetzt nur sich selbst in ihm wahrnahm. Und dann zog Alex ein Gesicht, das weder ihres noch das Harrys war, nicht einmal von Michael geliehen. Es war sein eigenes. Und sie vermochte auch das zu akzeptieren.

«Ja. Es ist alles vorbei.»

Josie streckte die Hand aus, als wollte sie etwas festhalten. Einen Moment lang dachte Liz, daß Josie sie berühren würde, und sie erstarrte. Aber sie hatte die Geste mißverstanden, denn Josie ließ die Hand fallen, drehte sich um und sah ihre Schwester ruhig an. Dieses Fallenlassen hieß: Ich gebe ihn auf. Liz reagierte nicht. Es gab nichts mehr zu sagen. Josie ging an ihrer Schwester vorbei ins Haus. Liz blieb stehen, blickte über die nun leeren Koppeln und wartete, daß das Fliegengitter zufallen würde. Aber Josie schloß es so sachte hinter sich, daß es sich anhörte wie ein Seufzer an einem stillen Nachmittag.

24

Sie waren fort.

Bis auf Harry und Liz war Tiddalik menschenleer.

«Möchtest du Frikadellen zum Abendessen?»

Es war spät, sie saßen ruhig in der Küche, nur das Ticken der Uhr – es ging auf Mitternacht und das Neue Jahr zu – wetteiferte mit dem Klirren der Messer und Gabeln. Es war eine laue, laue Nacht. Die Gästebettwäsche war gewaschen und wieder im Wäscheschrank. Der Christbaum im Wohnzimmer verlor Nadeln. Sie gingen behutsam miteinander um, wie Leute, die lange Zeit getrennt gewesen waren. Sie hatte ihn in den letzten Nächten aus ihrem Schlafzimmer ausgesperrt, unfähig, seine Unehrlichkeit, die Unehrlichkeit seines Körpers, neben sich zu spüren.

Bei allem Verständnis – das Vergeben brauchte Zeit.

Sie wollte ihn nicht bei sich haben, obwohl sie wußte, daß ihr Körper, sollte er dennoch kommen, hinschmelzen würde. Sie hatte ganz steif dagelegen, als sie ihn letzte Nacht an der Tür rütteln hörte. Es war das erste Mal, daß er an die Tür gekommen war. Er hatte nicht gerufen, nur ein- oder zweimal die Klinke bewegt, und dann hatte sie gehört, wie er auf Zehenspitzen durch die Diele ging, und am Morgen hatte sie entdeckt, daß er in dem Zimmer geschlafen hatte, in dem Alex gewohnt hatte. Ohne Bettücher. Der Gedanke an die heißen Decken an seinem Körper verhalf ihr zu einer kleinen, lindernden Rache.

Er hatte ihr erzählt, daß er Jim ausbezahlt habe, daß Jim und Cynthia die Farm verlassen müßten. Das war am Samstag gewesen, gleich nachdem Josie und Alex abgereist waren. Sie waren in die Stadt gefahren und hatten am Flughafen voneinander Abschied genommen. Harry und Alex hatten sich aneinandergeklammert. Die Frauen hatten ruhig zugesehen.

Als sie zurückgekommen waren, war Harry sofort in sein Büro gegangen und hatte die Tür hinter sich geschlossen. Er wollte mit seiner Verzweiflung allein sein. Er würde seine Träume nie verwirklichen, nie seinen Namen in den Geschichtsbüchern neben dem Professor Robinsons stehen sehen. Andere würden die Daten besitzen, die Lorbeeren ernten. Nicht er. Liz war zu ihrem Haus zurückgewandert, das wieder ihr Haus war. Alles gehörte ihr. Sie hatte Zeit für Kleinigkeiten: eine Grapefruit vom Baum zu pflükken, sich hinzusetzen und die Steinwände hinter sich zu befühlen, die kleinen, von der Sonne durchwärmten Muschelgehäuse mit den Fingern abzutasten. Das tat sie. Sie setzte sich, schälte eine Grapefruit und aß sie, sah den Elstern zu, die an den unreifen Früchten der Obstbäume pickten, und wartete, daß Harry aus seinem Büro kam, über den staubigen Hof ging, durch das Gatter in den Garten, zu ihrem Haus. Sie sah, wie Jim das Büro betrat.

Jim sprach als erster.

«Boss...»

«Ich will deine verdammte Entschuldigung nicht hören, Jim. Ich möchte, daß du gehst.»

Er schrieb einen Scheck aus. Er blickte nicht auf, um Jim nicht ins Gesicht sehen zu müssen. «BB ist verbrannt, und du hast es geschehen lassen. Was hast du getan? Schnell einen gehoben?»

«Boss, Sie sind immer wie ein Sohn für mich gewesen», sagte Jim und drehte seinen Hut nervös zwischen den Fingern. «Und ich muß es Ihnen erklären, damit Sie nicht den Rest Ihres Lebens schlecht von mir denken.»

Jim begann loszusprudeln. «Sie müssen mir zuhören, Boss. Ich schwöre, ich hab das Feuer nicht gesehen. Ehrlich, erst, als es zu spät war und Sie zurückgekommen sind.» Harrys Gesicht zeigte keinerlei Regung. Jim schrie ihn an: «Nun, sie hätte es verdient, wenn ich es nicht gesehen hätte. Sie hat Cynthia nicht geholfen, als sie Hilfe brauchte. Mein Gott, jeder anständige Mensch wäre dageblieben und hätte dem Mädchen geholfen. Aber sie? Nein, sie nicht, diese Hure. Ich hätte es wissen müssen. Weil ich sie von früher her kannte. Als sie Barmädchen in Sydney war. Ja, ich hab sie gekannt. Das war damals, als Sie so versessen darauf waren, in die Armee zu kommen. Und Ihr Vater mich nach Sydney geschickt hat – und dort hab ich sie dann getroffen. Ihretwegen hab ich einmal einen Kerl umgebracht...»

«Den Koch.» Harry verbarg den Kopf in den Händen. «Das war ein Unfall.»

Jim schluchzte jetzt. «Ja, den Koch.» Er wischte sich mit dem Arm über die Nase und straffte sich. «Also, es hat mich ziemlich geschafft, als ich erfahren habe, daß sie Cyn nicht hatte helfen wollen. Kleiner schwarzer Bastard, hat sie gesagt. Schauen Sie, ich bin kein Heiliger. Ich hab mich selbst über die Aborigines lustig gemacht, bevor ich eine von ihnen kennengelernt habe. Sie ist ein menschliches Wesen, und die da hat sie wie Dreck behandelt. Wie Dreck!»

Harry war ungerührt.

«Jim, ich möchte nichts mehr hören. Du und Cynthia, ihr müßt gehen. Und je eher, desto besser.»

«Die alte Nutte hat doch noch gewonnen», murmelte Jim.

Er setzte seinen Hut auf und nahm den Scheck von Harry entgegen. Seine Hände zitterten. Er dachte daran, wie er an jenem Tag in Cynthias Häuschen gewesen war. Er hatte ein paar Nachthemden und Toilettenartikel eingepackt, die sie haben wollte, und kam gerade bei der Haustür heraus. Und ihm fiel auf, daß Cynthia so hübsche Stiefmütterchen entlang des Weges gepflanzt hatte. Dann sah er den Rauch und blieb stehen. Er stellte den Koffer zu Boden und wollte schon zu dem Lastwagen laufen; schließlich hatte er ja immer auf dem Land gelebt und wußte, was ein Feuer anrichten konnte. Und dann sah er Cynthias Stiefmütterchen. Ihre rührenden Bemühungen, den mit zerbrochenen Ziegelsteinen ausgelegten Weg hübscher zu gestalten. Und er zögerte. Weil er wußte, daß es nicht das Große Haus oder die Ställe waren. Es hätte ein Nachbar sein können. Nein, er machte sich etwas vor. Er wußte, was es war. Und er wußte, wessen Haus es war. Und er dachte, er würde dieser alten Hexe einen gehörigen Schreck einjagen. Und er dachte, er würde Cynthia einen Strauß Stiefmütterchen pflücken. So setzte er sich mitten auf dem Weg auf den Koffer und ließ sich Zeit. Er sah erst auf, als er Harrys Auto hörte, und dann raste er mit dem Lastwagen hinunter zu den Stallungen, um den Wassertank zu füllen. Als er bei BBs Haus ankam, gab es nichts mehr zu retten. Er hatte nicht damit gerechnet, daß das Feuer sie tatsächlich töten würde.

Jim kam aus dem Büro; Liz, die noch immer wartete, sah ihn. Und einige Zeit später kam Harry heraus. Sie stand auf, ging in die Küche, setzte den Kessel auf und machte ihm eine Tasse Tee. Sie fragte nie nach Jim. Harry erzählte ihr nie etwas. Sagte nur, daß Jim und Cynthia am nächsten Morgen die Farm verlassen würden.

Und dann hatte sie vom Küchenfenster aus zugesehen und gewartet, bis die Staubwolken im Hof ihr sagten, daß die beiden gegangen waren. Erst dann nahm sie ihre Schürze ab und lief zum Gartentor, lehnte sich dagegen, und ihre Finger berührten den weiß lackierten obersten Balken. Sie beobachtete den Staub, bis er sich wieder gelegt hatte. Lange Zeit hing er über dem Hof. Nach Cynthias Abreise empfand sie eine Leere, wie sie sie bei den anderen nicht gefühlt hatte.

Am Silvesterabend aßen sie in Schweigen, bis Harry sagte: «Ich mach noch einen Spaziergang.»

Er schob den Stuhl zurück und ging. Einen Augenblick lang blieb Liz sitzen und lauschte in die ruhige Nacht hinaus, bevor sie aufstand und ihm nacheilte. In der Einfahrt holte sie ihn ein. Sie sprachen nicht miteinander, berührten einander nicht. Sie wanderte neben ihm her, paßte ihren Schritt dem seinen an. Der Mond übergoß alles mit einem weißen Licht, kühl, aber sanft. Der Boden unter ihren Füßen war weich und staubig, fein wie Puder. Die weißen Rinden der Eukalyptusbäume leuchteten ihnen entgegen. Die kleinen rotfunkelnden Augen der Opossums glühten in der Dunkelheit von den höchsten Bäumen. Sie spazierten zur Einfahrt, eine Wasserrinne und ein Bachbett entlang, das nun ausgetrocknet war, und dann auf einen kiesigen Pfad, der steil aufwärts führte: hinauf auf den Hügel, wo die Stromleitungen quer über ihr Land führten. Rinder und Schafe trappelten an ihnen vorbei.

Während sie gingen, hatte Liz das Gefühl, als ließen sie mit jedem Schritt das Geschehene hinter sich. Je höher sie kamen, desto stärker wurde das Gefühl des Friedens. Sie spürte, daß Harry das gleiche fühlte. Oben auf der Anhöhe, als sie endlich haltmachten, erhob sich ein lauer Wind, befreit von den Zwängen der Hügel und Täler, zu neuer Freiheit. Sie sahen ganz Tiddalik vor sich, die weiten Koppeln, fahl im Mondschein, das Land, das ihnen in der Hitze den Atem raubte, im Winter die Kälte ins Gesicht schlug, ihnen das Herz brach, wenn der Regen nicht kam. Es war alles da, alles in diesem Flecken Erde, der ihnen gehörte. Und sie gehörten ihm. Für immer. Es war besser, die Dinge hinter sich zu lassen. Liz wußte es. Es war die einzige Möglichkeit.

Sie ließen sich vom Wind umwehen, bis ihnen kühl wurde und die Sterne am Himmel nur strahlender und blendender aussahen. Sie gingen den Hügel hinunter, im Gleichschritt, und ihre Füße, die mit dem Boden vertraut waren, stolperten weder über Felsen noch Wurzeln. Ihre Hände streiften aneinander, und Liz hakte den kleinen Finger in seinen ein.

Morgen, dachte Liz, würde sie hierherkommen und die Malfarben mitnehmen, die Josie ihr geschenkt hatte. Sie würde ihre Staffelei dort aufbauen, wo sie gerade mit Harry gestanden war. Sie